Boris Akunin/
Grigori Tschchartischwili

Schöner als der Tod
Friedhofsgeschichten

Boris Akunin/
Grigori Tschchartischwili

Schöner als der Tod

Friedhofsgeschichten

Deutsch von Birgit Veit

Goldmann Verlag

Die russische Originalausgabe erschien 2004 unter dem Titel
»КЛАДЪИЩЕНСКИЕ ИСТОРИИ. 1999–2004«
bei KoLibri, Moskau.

Verlagsgruppe Random House FSC-DEU-0100
Das für dieses Buch verwendete FSC-zertifizierte Papier
EOS liefert Salzer, St. Pölten

1. Auflage
Copyright © der Originalausgabe 2004 by Boris Akunin
Copyright © der deutschsprachigen Ausgabe 2007
by Wilhelm Goldmann Verlag, München,
in der Verlagsgruppe Random House GmbH
First published by KoLibri, Moskau, Russia,
and Edizioni Frassinelli, Milan, Italy.
Published by arrangement with Edizioni Frassinelli S.r.l.
Satz: Buch-Werkstatt GmbH, Bad Aibling
Druck und Einband: Friedrich Pustet KG, Regensburg
Printed in Germany
ISBN 978-3-442-31160-6

www.goldmann-verlag.de

Erklärung

Ich habe an diesem Buch lange gesessen, ich schrieb ein bis zwei Stücke pro Jahr. Das Thema ist nicht dazu angetan, dass man sich hetzt, ja und dann war da das Gefühl, dass es sich nicht um ein Buch, sondern um einen Weg handelt, den ich gehen muss, und dass es da nicht angebracht ist, hüpfend vorwärtszustürmen – man könnte sonst im Eifer des Gefechts eine Kurve übersehen und vom Weg abkommen. Manchmal spürte ich, dass ich anhalten musste, um auf das nächste Signal zu warten, das mich weiterlocken würde.

Dieser Weg sollte sich über fünf ganze Jahre hinziehen. Er nahm seinen Ausgang an der Mauer eines alten Moskauer Friedhofs und führte mich dann weit, sehr weit weg. In dieser Zeit änderte sich vieles; auch ich selbst bin nicht mehr der Gleiche: Ich habe mich seitdem in den *raisonneur* Grigori Tschchartischwili und den witzigen Entertainer Boris Akunin aufgespalten, so dass wir das Buch zu zweit schrieben: Ersterer verfasste die essayistischen Fragmente, Letzterer die belletristischen. Außerdem erfuhr ich, dass ich ein *Taphophiler* bin, ein »Liebhaber von Friedhöfen« – es stellte sich heraus, dass ein derartiges exotisches Hobby (das bei manchen bis zur Manie geht) tatsächlich existiert. Aber ich verdiene nur begrenzt den Namen ›Taphophiler‹, denn ich sammle ja nicht Friedhöfe und Gräber, sondern interessiere mich für das Geheimnis der vergangenen

Zeit: Wohin verschwindet sie, und was geschieht mit den Menschen, die sie bevölkert haben?

Wissen Sie, was ich das Interessanteste an den Einwohnern von Moskau, London, Paris, Amsterdam und erst recht von Rom und Jerusalem finde? Dass die Mehrzahl von ihnen tot ist. Das kann man von den Einwohnern New Yorks oder Tokios nicht sagen, weil die Städte, in denen sie leben, zu jung sind.

Wenn man sich die Einwohner einer wirklich alten Stadt durch die ganze Geschichte als eine riesige Menschenmenge vorstellt und dieses Meer von Köpfen betrachtet, dann stellt sich heraus, dass die leeren Augenhöhlen und von der Zeit geweißten Schädel gegenüber den lebendigen Gesichtern in der Mehrzahl sind. Die Bewohner der Städte leben mit der Vergangenheit, sie sind von allen Seiten von Toten umstellt.

Nein, ich will damit keineswegs sagen, dass die alten Megalopolen Geisterstädte sind. Sie sind voller Leben und Hektik und sprudeln vor Energie. Es geht mir um etwas anderes.

Seit einiger Zeit hat sich in mir das Gefühl verstärkt, dass die Menschen, die vor uns gelebt haben, nicht verschwunden sind. Sie sind da geblieben, wo sie waren; wir existieren einfach in verschiedenen Zeitdimensionen. Einander unsichtbar gehen wir durch dieselben Straßen. Wir gehen durch diese Menschen hindurch, und hinter den Glasfassaden neumodischer Bauten spähen die Umrisse der Häuser hervor, die hier früher gestanden haben: klassische Giebeldächer und naive Zwischengeschosse, hochmütige, schmiedeeiserne Gitter und gestreifte Schranken.

Alles, was es einmal gegeben hat, und alle, die einmal gelebt haben, bleiben für immer.

Haben Sie denn nie in der dichten Menge auf dem Kusnezki Most oder in der Nikolskaja Uliza eine wer weiß woher aufgetauchte und sich sofort auflösende Silhouette im Wellington-Hut und Graf-Almaviva-Mantel gesehen? Und ein durchsichtiges Mädchenprofil in einer Haube mit Bändern unter dem Kinn? Nein? Dann haben Sie Moskau noch nicht richtig sehen gelernt.

Alte Städte, das ist etwas ganz anderes als neue Städte, die hundert oder zweihundert Jahre alt sind. In einer großen alten Stadt wurden so viele Menschen geboren, haben geliebt, gehasst, gelitten, sich gefreut und sind dann gestorben, dass dieser ganze Ozean nervlicher und spiritueller Energie sich nicht sang- und klanglos von heute auf morgen in nichts hat auflösen können.

Einen Ausspruch Brodskys über die Antike aufnehmend, kann man sagen: Die Vorfahren sind für uns vorhanden, aber wir nicht für sie, denn wir wissen etwas über sie, während sie von uns keine Ahnung haben. Sie existieren unabhängig von uns. Und der Stadt, in der sie lebten, war es ebenfalls nicht um uns Heutige zu tun. Je älter eine Stadt ist, desto weniger beachtet sie ihre jetzigen Bewohner – denn sie sind in der Minderzahl. Wir Lebenden können eine solche Stadt nur schwer beeindrucken; sie hat ja andere gesehen – genauso kühne, unternehmungslustige, talentierte – und womöglich waren die Gestorbenen sogar besser als wir.

New York befindet sich im Gleichschritt mit den heutigen New Yorkern, die Stadt ist ihre Zeitgenössin, ihre Partnerin und ihre Komplizin. Rom und Paris dagegen schauen hochmütig auf die herab, die an den alten Mauern Werbeplakate für Nescafé oder das Waschmittel Ariel aufgehängt haben. Eine alte Stadt weiß: Diesen ganzen Zauber wird eine Welle der Zeit fortschwemmen. Statt der geschäftigen Menschen in Jeans und bunten T-Shirts werden hier andere spazieren gehen, die anders gekleidet sind. Und auch die heutigen Menschen werden nicht verschwinden, sie ziehen nur von einem Bezirk in einen anderen, unterirdischen um. Da liegen sie ein paar Jahrzehnte, verschmelzen dann mit dem Boden und werden schließlich zum festen Bestandteil der Stadt.

Die Friedhöfe in den großen Städten leben gewöhnlich nicht lange: nur so lange, wie es eben dauert, um das als Kirchhof abgeteilte Areal mit Gräbern zu füllen, und dann noch einmal fünfzig Jahre, bis diejenigen, die sich um die Grabsteine gekümmert haben, ausgestorben sind. Hundert oder hundertfünfzig Jahre später ist über den Knochen der Toten eine Erdschicht gewachsen, auf der sich Plätze ausbreiten oder Häuser stehen, während an den Rändern der in die Breite gegangenen Stadt neue Nekropolen auftauchen.

Die Toten sind unsere Nachbarn und Mitbewohner. Wir gehen über ihre Knochen, nutzen die Häuser, die für sie gebaut wurden, und gehen im Schatten der von ihnen gepflanzten Bäume spazieren. Wir und unsere Toten stören einander nicht.

Bei Paris wurde vor ein paar Jahren ein ganzes Reich von Skeletten entdeckt: Katakomben, wo Millionen und Abermillionen früherer Pariser Bürger liegen, deren sterbliche Überreste einst von den städtischen Friedhöfen hierhergeschafft wurden. Jeder kann zum Bahnhof Denfert-Rochereau fahren, unter die Erde tauchen und die endlosen Reihen mit den Schädeln besichtigen, sich seinen eigenen irgendwo in der Ecke vorstellen, in der siebzehnten Reihe, der achtundsechzigste von links, und möglicherweise die Gewichtung seiner Person einer kleinen Korrektur unterziehen.

Aber die Möglichkeit, einen Blick ins Erdinnere zu werfen,

wo sich die vor uns Lebenden angesiedelt haben, ist eine Seltenheit. Ort des Treffens mit unseren Vorgängern sind für uns meist durch ein Wunder erhaltene alte Friedhöfe, kleine Inseln kondensierter und angehaltener Zeit, wo schon seit langem niemand mehr begraben wird. Letzteres ist unabdingbar, denn aufgewühlte Erde und frischer Kummer riechen nicht nach Ewigkeit, sondern nach Tod. Dieser Geruch ist zu scharf; er hindert Sie daran, das feine Aroma einer anderen Zeit wahrzunehmen.

Wenn Sie Moskau begreifen und ein Gefühl dafür bekommen wollen, gehen Sie auf dem Alten Donskoje-Friedhof spazieren. Verbringen Sie in Paris einen halben Tag auf dem Père Lachaise. Fahren Sie in London zum Highgate-Friedhof. Selbst in New York gibt es einen Bezirk, wo die Zeit stehen geblieben ist: Greenwood in Brooklyn.

Wenn der Tag, das Wetter und Ihr Seelenzustand mit der Umgebung harmonieren, werden Sie sich als einen Teil der Zeit, die vor Ihnen war, und einen Teil der Zeit, die nach Ihnen sein wird, empfinden. Und Sie werden vielleicht eine Stimme hören, die Ihnen zuflüstert: »Geburt und Tod sind nicht Mauern, sondern Pforten.«

Alter Donskoje-Friedhof
(Moskau)

Wie gewonnen, so zerronnen
oder
Der vergessene Tod

Die für Bestattungen noch nicht geschlossenen Moskauer Friedhöfe sind mir aus tiefster Seele zuwider. Sie erinnern an blutende Stücke frisch herausgerissenen Fleisches. Da fahren Busse vor mit schwarzen Streifen an der Seite, da spricht man zu leise und weint zu laut, viermal stündlich heult im Fließbandtakt des Krematoriums das Choralvorspiel auf, und die Amtsdame in Trauerkleidung sagt mit erprobter Stimme: »Wir treten einzeln heran und nehmen Abschied.«

Wenn es Sie ohne Notwendigkeit aus bloßer Neugier auf den Nikolo-Archangelskoje-, den Wostrjakowskoje- oder den Chowanskoje-Friedhof verschlagen hat, verlassen Sie ihn, ohne sich umzublicken – Sie werden sonst erschrecken vor den unermesslichen, sich bis zum Horizont ziehenden öden Flächen, in denen graue und schwarze Steine stecken, Sie werden von der besonderen, fetten Luft Erstickungsanfälle bekommen, Sie werden von der klingenden Stille taub werden, und Sie werden ewig leben wollen, um jeden Preis, Hauptsache nicht als Häufchen Asche in der Zelle der Urnenwand liegen oder in Eiweiße, Fette und Kohlenstoffe zerfallen unter dem Blumenbeet der Größe siebzig mal eins achtzig.

Die neuen Friedhöfe können Ihnen nichts zum Thema Leben und Tod sagen, sie verunsichern nur, machen Angst und verwirren. Hol' sie der Teufel, lass' ihren Kiefer aus Granit und Beton doch hinter der Ringautobahn schmatzen! Wir gehen lieber in das Altstadtviertel Semljanoj Gorod auf den Alten Donskoje-Friedhof, denn in unserer schönen und geheimnisvollen Stadt gibt es meiner Ansicht nach keinen schöneren und geheimnisvolleren Ort.

Der Alte Donskoje-Friedhof ähnelt den modernen Giganten der Bestattungsindustrie überhaupt nicht: Dort geht man über Asphalt, hier über blattbestreute Wege; dort steht staubiges Gras, hier wachsen Vogelbeerbäume und Weiden; dort liegt eine Betonplatte mit der Inschrift: *Nataschka, Töchterchen, wie konntest du uns allein lassen?*, hier steht ein Marmorengel mit einem aufgeschlagenen Buch, und in dem Buch steht: *Selig sind / die da Leid tragen / Denn sie sollen getröstet werden.*

Schlendern Sie nur nicht aus Versehen auf den Neuen Donskoje-Friedhof, der daneben, hinter einer roten, zinnenbewehrten Mauer liegt. Er lockt mit den Zwiebelkuppeln der Kirche, aber das ist ein Wolf im Schafsfell: Es ist das gewendete Krematorium Nummer eins. Am Tor begrüßt Sie lächelnd der steinerne Sergej Andrejewitsch Muromzew, Vorsitzender der ersten Staatsduma. Glauben Sie diesem glücklichen Prinzen nicht, der wie eine Biene lebenslang (1850–1910) den ganzen Honig der kurzen Europäisierung Russlands aufsog und bis zum Anbruch der Unannehmlichkeiten still dalag, anscheinend völlig überzeugt vom Sieg des russischen Parlamentarismus und dem kontinuierlichen Zuwachs an angenehmen Nachbarn in Gestalt von Privatdozenten und Rechtsanwälten. Von wegen, ringsum liegen lauter Stalinpreisträger, Brigadekommandeure, Astronauten und verdiente Erbauer der Sozialistischen Russischen Republik. Die Zeit wird kommen, da ihre Grabsteine mit den Sputniks, Reißfedern und Sternen auch als Exotik der Geschichte gelten werden. Nur nicht für meine Generation.

Wir müssen weiter, durch das andere Tor, über das der hohe Glockenturm ragt. Das Moskau, das ich liebe, ist da beerdigt. Beerdigt, aber nicht tot.

Das erste Mal, als ich fühlte, dass es lebt, war in meiner frühen Jugend, als ich in einer stillen Institution arbeitete, die nicht weit vom Donskoje-Kloster lag, und mit den Kollegen an die alten Gräber ging, um den nicht leckeren, aber starken Wein »Agdam« zu trinken. Wir saßen auf einer Holzbank gegenüber dem staubigen Flachrelief mit Sergij von Radonesch, Pereswet und Osljabja (das immer noch da ist, es ist nicht an die Mauer der wiedererrichteten Erlöserkirche zurückgekehrt), aßen zu dem aserbaidschanischen Gift die süßen Klosteräpfel, und das Gespräch wandte sich unbegreiflicherweise immer wieder vom letzten Album der Gruppe »Sparks« (oder was hörten wir damals?) der Saltytschicha zu und sprang von den Super Rifle Jeans zu Tschaadajew.

Pjotr Jakowlewitsch Tschaadajew ruht ganz in der Nähe meiner geliebten Bank. Über diesen Mann, der in Rom ein Brutus und in Athen ein Perikles gewesen wäre, teilt sein Grab den Nachkommen ein einziges Faktum mit: *Beschloss sein Leben im Jahre 1856 am 14. April.* Das stimmt nachdenklich.

Was die Saltytschicha angeht, so hat die Zeit auf ihrem Grabstein kein einziges Wort und keinen einzigen Buchstaben bewahrt. Sie hat wirklich existiert, die Moskauer Gutsbesitzerin Darja Nikolajewna Saltykowa, die hundert Leibeigene zu Tode quälte – das ist das Einzige, was das Grab bekräftigt. Aber Ungeheuer fügen sich in keinen Rahmen, die Struktur ihrer Seele ist dunkel und rätselhaft, und das passendste Denkmal für ein

Monster wäre das Verschweigen in Form eines nackten, grauen Obelisken, dessen Silhouette an einen in die Erde gerammten Espenpfahl erinnert.

Fünf Schritte entfernt von der Ruhestätte der russischen Zeitgenossin des Marquis de Sade wächst ein seltsamer steinerner Baum in Form eines verästelten Kreuzes aus der Erde – ein Freimaurerzeichen als Erinnerung an den Leutnant Baskakow, der im Jahre 1794 starb. Weitere Informationen fehlen, schade.

Die Inschriften und plumpen Verse auf den Gräbern sind eine spannende und keineswegs monotone Lektüre. Es ist nichts anderes als der Versuch, die Emotion zu materialisieren und zu verewigen, und zwar ein äußerst erfolgreicher Versuch, denn die Trauernden sind längst dahin, ihre Trauer aber ist gegenwärtig:

> HIER RUHT DER JUNGE GOTTESKNECHT MIT
> NAMEN NIKOLAJ.
> AUS DIESER WELT UND IHREN SORGEN
> RIEF IHN GOTT INS PARADEIS.
>
> (Von den untröstlichen Eltern für den Ehrenbürger,
> den Knaben Nikolaj Gratschow.)

Oder, ganz ungeschickt, aber noch ergreifender:

> RUH, LIEBER STAUB,
> IN UNSRER ERDE SCHOSS
> SEELE, SCHWEB GEN HIMMEL SCHWERELOS
> NUR ICH MUSS BLEIBEN UND WEISS MIR
> KEINEN TROST.
>
> (Wer das wem gewidmet hat, ist nicht mehr zu lesen.)

Aber meine liebste Grabinschrift, die den Stein der Fürstin Schachowskaja schmückt, ist nicht rührend, sondern rachsüchtig: *Starb an einer Operation des Doktors Snegirjow.*

Wo sind Sie, Doktor Snegirjow? Hat sich Ihr Grab erhalten? Wohl kaum. Aber hier auf dem Alten Donskoje-Friedhof erinnert man sich bis heute an Sie, wenn auch nicht im Guten.

Vor zwanzig Jahren, als ich fast jeden Tag hierherging, kam kaum jemand auf diesem verwilderten, halbvergessenen Friedhof vorbei. Allenfalls führten die Feinschmecker der Moskauer Lokalgeschichte die Gäste der Hauptstadt hierher, um ihnen die wichtigste Sehenswürdigkeit des Friedhofs vorzusetzen: das schwarze Bronzekreuz mit einem Christus, der in einer Nische der Klostermauer hängt, langgestreckt und in voller Körpergröße. An frischen Blumen zu Füßen des Erlösers mangelte es schon damals nie; aber mich ließ dieses in jeder Beziehung bemerkenswerte Denkmal des russischen Jugendstils kalt: Es war mir zu elegant und zu brav.

Ich mag nun mal keine Sehenswürdigkeiten. Offenbar sind sie von den vielen Blicken derart blankgeputzt, dass über sie sofort alles bekannt ist; sie haben kein Geheimnis. Auf den Wegweisern des Donskoje-Friedhofs findet sich eine Anzahl berühmter Namen: Hier ruhen der Historiker Kljutschewski, der Dichter Majkow, der Architekt Bowe, der Kosak Ilowaiski der Zwölfte – aber die überwältigende Mehrzahl der hiesigen Verstorbenen hat sich durch nichts hervorgetan. Die Berühmten und Großen begrub man damals in Petersburg, hier aber war Moskau, also Provinz. Die Pracht einzelner Grabdenkmäler sollte Sie nicht in die Irre führen – sie ist ein Beleg für Reichtum, aber nicht für Erfolg im Leben. Gott weiß, wie viele gescheiterte Karrieren und wie viel unersättlicher Ehrgeiz auf dem Alten Donskoje-Friedhof begraben sind. Wenn man diese ganzen abgeblätterten Wappen und halbverwitterten Ehrentitel sieht, kommt einem der dänische König Erik der Erinnerungswürdige in den Sinn, von dem nur der klangvolle Beiname überliefert ist, aber warum die Zeitgenossen ihn für so erinnerungswürdig erachteten, hat die Geschichte nicht festgehalten.

Meine Auserwählten braucht niemand außer mir. Ihre Namen haben kein Aufsehen erregt, solange sie lebten, und nachdem sie gestorben sind, ist außer dem Stein auf ihrem Grab nichts von ihnen in dieser Welt übriggeblieben. An Fräulein Jekaterina Bessonowa, zweiundsiebzig Jahre alt, die im Jahre 1823 in der achten Stunde nach Mitternacht starb, und dem Staatsrat Gawriil Stepanowitsch Karnowitsch, der immer ausnehmend tugendhaft und wahrhaft christlich gelebt hat, fasziniert mich das Rätsel ihres verschwundenen Lebens. Am lakonischsten ist dieses Gefühl in dem Haiku »Ein wenig bekanntes Faktum« von Igor Burdonow formuliert:

Alle sind sie tot –
Die Menschen, die im Russischen Staat
Im August 1864 lebten.

Sie sind wirklich alle tot – diejenigen, die gefastet haben, die sich zu Besuchen einfanden, die die »Moskauer Gouvernementsnachrichten« lasen und über den hinterhältigen Disraeli schimpften. Aber auf dem Alten Donskoje-Friedhof überkommt mich das heftige, also untrügliche Gefühl, dass sie irgendwo in der Nähe sind, dass man die Hände nach ihnen ausstrecken kann; nur weiß ich nicht, wie man die entgleitende Zeit fangen, wie man das Geheimnis am Schlafittchen packen kann.

Dieses Schlafittchen ist ganz nah, noch ein ganz kleines Stückchen, und du hast es in der Hand. Aber was das Nächste scheint, kann das Fernste sein ...

Und ich verfasse Romane über das neunzehnte Jahrhundert, wobei ich mich bemühe, ihnen die Hauptsache einzupflanzen: das Gefühl für das Geheimnis und das Entgleiten der Zeit. Ich bevölkere mein erfundenes Russland mit Gestalten, deren Vor- und Nachnamen ich nicht selten den Grabsteinen des Alten Donskoje-Friedhofs entnommen habe. Ich weiß selbst nicht, was ich damit bezwecke: diejenigen, die nicht mehr da sind, aus dem Grab zu holen oder selbst in ihr Leben einzutauchen.

Lippen eins, Zähne zwei

Vor ein paar Jahren ist ein Mann in Moskau verschwunden. Verschollen. Das ist keine große Sache, in unserer Hauptstadt verschwinden laut Statistik jährlich bis zu dreitausend Bürger beiderlei Geschlechts, aber bei ihm handelte es sich nicht um einen Obdachlosen oder eine sklerotische Alte, sondern um einen Hauptmann der Miliz, einen Hörer der Kriminologischen Fakultät der Polizeiakademie des Innenministeriums. Seine Personalien: Nikolaj Leninowitsch Tschuchtschew, Russe, geboren 1970, Träger der Medaille *Ausgezeichnet für die Wahrung der öffentlichen Ordnung.*

Als Tschuchtschew nicht zum Übernachten im Wohnheim auftauchte, was noch nie vorgekommen war, und am nächsten Morgen unentschuldigt den Unterricht versäumte, begann man sich in der Akademie Sorgen zu machen. Immerhin war er ein Offizier der Miliz. Es könnte ja etwas passiert sein. Sie wollten ihn in die Liste der zu Suchenden aufnehmen, aber der Vorgesetzte bekam in diesem Moment von höherer Stelle den geheimen Wink: Nicht nach dem Hörer Tschuchtschew suchen, Lärm um die Angelegenheit vermeiden, Spekulationen tunlichst unterlassen. Es gehe nämlich um ein Staatsgeheimnis.

Wenn es sich um ein Staatsgeheimnis handelte, dann

war nichts zu machen, wussten sie: Sie strichen den Hauptmann also aus den Listen, gaben seinen Heimplatz einem anderen Offizier, legten seine persönliche Habe in einen Koffer und deponierten diesen in einem Abstellraum, weil Tschuchtschew keine Angehörigen hatte.

Da hat also ein Mensch still vor sich hingelebt und ist ohne das geringste Plätschern untergetaucht, hat sich ohne Rückstände in Luft aufgelöst. Und das, wo er doch eigentlich ein besonderer Mensch war.

Das heißt, natürlich sind alle Menschen zweifellos besonders. Das sieht man aus der Entfernung vielleicht nicht immer, aber das ist absolut sicher. Jeder weiß in tiefster Seele über sich, dass er nicht so ist wie die anderen. Auch Nikolaj war sich dessen bewusst, aber im Unterschied zu den meisten Menschen hatte er objektive Gründe dafür. Vielleicht waren sie so objektiv nun auch wieder nicht, sondern einfach Zufall, aber er zweifelte nicht an seiner Besonderheit und sagte zu dem Unterleutnant Frau Lissitschkina, die ihm in der letzten Zeit sehr gefiel: »Ich glaube an meinen Stern.«

Die Besonderheit bestand darin, dass Tschuchtschew ein Mann war, der Schätze zu finden verstand. Zwar war er bisher erst einmal auf einen Schatz gestoßen, aber dafür in einem Alter, in dem sich die späteren Leitlinien herausbilden: mit vierzehn Jahren.

In dem Städtchen, in dem der kleine Kolja aufwuchs, gab es einen ausgedienten Stollen. Während des Krieges hatten die Deutschen da ihre Vorräte aufbewahrt, aber als sie den Rückzug antraten, verminten sie alles auf Teufel komm raus. Unsere Leute waren später zu faul, sich ab-

21

zurackern, und wofür auch? Sie verschlossen den Stollen mit einer Eisentür, damit die Kinder nicht darin herumkröchen, hängten ein Schild mit einem Totenkopf und der Aufschrift »Unbefugten ist der Zutritt verboten« auf und vergaßen die Sache. Vierzig Jahre lang rostete die Tür vor sich hin, aber eines Morgens kam Kolja vom Fluss und sah: Das Schloss war einfach heruntergefallen, und durch einen Spalt blickte man in eine große schwarze Leere.

Er war ein neugieriger Bursche und kein Angsthase. Er kroch hinein. Er dachte, vielleicht finde ich einen deutschen Helm oder, wenn ich Glück habe, das Magazin einer »Schmeisser-MP«. Und was die Minen betrifft, wenn man sie vorsichtig herauslöst und richtig auseinandernimmt, leisten sie gute Dienste beim Fischfang.

Eigentlich hätte Kolja in diesem gefährlichen Stollen in die Luft fliegen müssen, aber hier zeigte sich eben sein Stern, dem zu verdanken ist, dass er nicht mit dem Fuß im Stolperdraht einer hochspringenden Schrapnellmine fünfunddreißig hängen blieb, nicht auf die Feder einer Stockmine aus Beton und Metall trat, sondern stattdessen in einem halbverfaulten Munitionskasten eine kleine, ungefähr dreißig mal vierzig Zentimeter große Schachtel fand, die bis zum Rand mit Goldschmuck vollgestopft war. Wahrscheinlich hatte sie irgendein Kollaborateur versteckt, der bessere Zeiten abwarten wollte, aber es war dem Mistkerl dann nicht gelungen, den Schatz holen zu kommen.

Wenn der kleine Kolja Tschuchtschew reifer an Jahren und Lebenserfahrung gewesen wäre, hätte er niemandem von seinem Fund erzählt und das Gold unauffällig in kleinen Portionen zu verschieben versucht, aber was kann man von so einem Kindskopf schon erwarten? Er brüstete sich damit und posaunte es in der ganzen Stadt aus.

Kurz, die Schachtel wurde von der Miliz beschlagnahmt, die Zeitungen berichteten von dem heldenhaften Kolja, er bekam eine lobende Urkunde und die gesetzliche Belohnung: ein Viertel des staatlichen Preises für den Goldwert, 784 Rubel und ein paar Kopeken. Er kaufte sich ein Moped der Marke »Werchowina« und eine tschechoslowakische Spinnangel und gab den Rest seiner Mutter.

So ein einzigartiger Fall hatte sich also mit Tschuchtschew in jugendlichem Alter ereignet.

Damals klärte sich auch die Wahl seines Lebenswegs. Kolja beschloss, Mitarbeiter der Polizeiorgane zu werden. Erstens sollte bei ihm auch in Zukunft alles im Einklang mit dem Gesetz laufen. Zweitens kann ein Milizionär dahin gehen, wo Unbefugten der Zutritt verboten ist, und Schätze finden sich bekanntlich nur dort, wo nicht jeder hingelassen wird. Und drittens, nun, er konnte ja schließlich nicht zu den Bergleuten gehen.

In den folgenden Jahren verlief Tschuchtschews Leben ohne besondere Vorkommnisse: er leistete seinen Militärdienst, lernte in der Polizeischule, heiratete und ließ sich scheiden, arbeitete im Meldeamt und kämpfte sich zur Moskauer Akademie durch, aber all das war nur sein äußeres Leben, nicht die Hauptsache. Das Wesentliche war, dass Nikolaj die Augen offen hielt. Er durfte sich nicht blamieren, wenn der Stern ihn zu einem echten Schatz führte. Und Tschuchtschew glaubte daran, dass er sich nicht blamieren werde.

Das Akademiestudium gefiel dem Hauptmann. Und das

nicht nur deshalb, weil es ihm den Weg zu einer Beförderung und vielleicht sogar zu einer Versetzung auf eine feste Stelle in der Hauptstadt oder im Umkreis von Moskau öffnete, sondern weil die Akademie auf dem Gelände eines früheren Klosters im ältesten Teil von Moskau lag. Glaubte man dem spannenden Buch »Die unterirdischen Schätze der Altstadt«, strotzte die Erde hier buchstäblich von geheimen Gängen und Verstecken, in denen die Moskauer ihr Hab und Gut mal vor den Tataren, mal vor den Polen, mal vor den Franzosen und den Vorgängern und Kollegen des Hauptmanns Tschuchtschew versteckt hatten. Nehmen wir zum Beispiel das Kloster der Enthauptung Johannes' des Täufers. Bis 1918 waren hier Nonnen untergebracht. Um ihre Seele zu retten, stifteten adelige Fräulein und Kaufmannsfrauen goldene Ikonenbeschläge, schwere Silberleuchter und andere wertvolle Gegenstände, die man in der Kirche braucht. Als die Sowjetmacht auf die Idee kam, die Immobilie, die äußerst passender Weise von einer Steinmauer eingefasst war, der Geheimpolizei zu übergeben, wurde das Kloster geschlossen. Man kam die Edelmetalle abholen – aber es war nichts da, überall nackte Wände. Die Nonnen hatten ihr ganzes Gut irgendwo versteckt.

Da fragt sich, wo? Sie konnten das Gold und Silber doch nicht durch die Straßen der revolutionären Hauptstadt geschleppt haben!

Es musste hier sein, das liebe Gold, ahnte der Hauptmann und fixierte den Zellentrakt, wo früher das Gefängnis gewesen war und jetzt die Sammlung der Lehrmittel aufgehoben wurde. Oder hier (er dachte an die verfallene

Kirche, die auf einem festen, in der Tiefe verankerten Fundament stand).

Man kann also insgesamt durchaus nicht sagen, alles sei purer Zufall gewesen. Wer weiß, wo er die Augen haben muss, findet früher oder später das, was er sehen will.

Kurz, am achten Dezember, um halb zwei, in der Pause zwischen den Unterrichtsstunden, spazierte Nikolaj an der Kirche vorbei. Er kaute ein Wurstbrot, trank Saft aus einem Tetrapak, schaute sich nach allen Seiten um – alles wie immer.

Auf einmal sah er zwei Arbeiter, die an der Mauer einen Graben aushoben, um Kabel zu verlegen. Er ging hin und guckte. Kombinierte, ach so, die nutzen das Tauwetter, bevor die Erde wieder gefriert. Dazu muss man sagen, dass in jenem Dezember ein ganz ungewöhnliches Tauwetter herrschte: Der ganze Schnee war weggetaut, und in einzelnen Stadtbezirken stieg die Säule des Thermometers tagsüber bis zehn Grad über Null.

Der Hauptmann beobachtete, wie die Spatenstiche in den roten Grund eindrangen, und sein Herz klopfte schneller als gewöhnlich. Er stellte sich vor, wie unter den Lehmschollen ein schwarzer Truhendeckel oder die braune Seite eines Kruges auftauchte. Ganz undeutlich, nur ein Eckchen. Bevor die Arbeiter das bemerkt hätten, würde Nikolaj rufen: »He, verschwindet, hier darf nicht gegraben werden, das ist Sperrbezirk.« Sie würden den Brigadier oder sonst einen Vorgesetzten holen, er würde schnell in die Grube springen und ...

Tschuchtschew kam mit seinem Gedankenspiel nicht weiter, denn der Spaten knirschte widerlich – er war wohl an das Fundament der Kirche gestoßen, aber dem Hauptmann schien, es klang nicht nach Stein, sondern nach Eisen.

Und wirklich: Aus der Erde ragte ein rostiges Eckchen, auf dem man deutlich eine Niete sah. An dem steinernen Fundament der Kirche lehnte eine Metallplatte, oder – nur die Ruhe! – es war der obere Teil einer verschütteten Tür.

Nikolaj brach der Schweiß aus. Die Arbeiter schwangen seelenruhig weiter ihre Spaten, sie hatten sich noch nicht einmal umgesehen.

Hier legte Tschuchtschew die Willensstärke an den Tag, die in seinem Arbeitszeugnis hervorgehoben wurde: Er wartete, bis die Arbeiter zum Mittagessen gingen, obwohl er vor Ungeduld fast platzte.

Er sprang in den Graben und kratzte mit einem kleinen Brett. Wirklich: eine Tür, zugeschüttet bis oben mit allem möglichen Dreck: Schotter, vermoderte Späne, Gipsbrocken. Es sah so aus, als sei der Eingang bewusst versteckt worden.

Nikolaj griff sich den Spaten und schaufelte schnell den Schutt weg, bis er einen halben Meter tiefer kam. Dann nahm er eine Brechstange, steckte sie in den Spalt und legte sich mit seinem ganzen Gewicht darauf. Aus dem Loch strömte süßlicher Modergeruch. Genau der Duft, den der Ort, wo ein Schatz versteckt ist, ausströmen muss.

Der Hauptmann schüttete alles wieder zu und warf für alle Fälle noch Erde darüber. Er musste jetzt warten, bis die Nacht kam und keiner da war.

Solange die Pförtnerloge noch besetzt war, lief Tschuchtschew ins Heim. Er zog sich seine alte Uniform an, die er jetzt nur bei praktischen Übungen trug wie zum Beispiel einer Razzia im Obdachlosenmilieu, schlüpfte in die Stiefel und steckte seinen Pionierspaten und die gute Lampe »Tussa«, die ihm die Kameraden zu seinem dreißigsten Geburtstag fürs nächtliche Angeln geschenkt hatten, in die Tasche.

Bis zum Abend hing er im Lehrgebäude herum, ging dann wie alle zum Ausgang, bog aber unterwegs ab und schob sich dicht an der Mauer entlang auf den Wirtschaftshof.

Er setzte sich in die Führerkabine eines ausrangierten »Sil«-Lasters und quälte sich in einer dunklen Ecke bis elf. Erst als es auf dem Gelände ganz ruhig war, schritt er zur Tat.

Während der Stunden des Wartens hatte sich in dem Hauptmann so viel Energie gesammelt, dass er die anderthalb Meter tiefe Grube in fünfzehn Minuten aushob. Er legte die alte Tür ganz frei. Obwohl sie rostige Stellen hatte, war sie robust, nicht so wie die Tür des Stollens, ein schlampiges Nachkriegsprodukt. Aber auch mit ihr wurde Tschuchtschew in fünf Sekunden fertig. Er zog so daran, dass sie fast aus den Angeln geflogen wäre.

Mit eingezogenem Kopf schritt er in die Finsternis, zog die Tür hinter sich zu und machte erst jetzt seine »Tussa« an.

Unter seinen Füßen sah er Stufen. Er ging nach unten, und zwar ein gutes Stück, sieben, acht Meter. In dem Keller, der unter der Kirche lag, war Tschuchtschew schon einmal gewesen, hatte aber nichts Interessantes gefunden, nur staubige Regale mit archivierten Akten. Der unterirdische Raum, in den er nun gelangt war, lag sicherlich tiefer.

Der Lichtstrahl tastete die Fetzen eines Spinnengewebes an der gewölbten Decke ab, die schmutzig weißen Wände, die Bruchstücke von Ziegelsteinen auf dem Boden.

Es war so still, dass der Hauptmann ganz deutlich das Klopfen seines eigenen Herzens hörte.

Nur die Ruhe, Kolja, sagte sich Tschuchtschew, nichts überstürzen. Wenn sie den Eingang zugeschüttet haben, hatten sie etwas zu verstecken. Also wird gesucht. Und zwar nach allen Regeln, nach denen die Durchsuchung eines geschlossenen Raums durchzuführen ist: angefangen mit der Ecke und dann im Uhrzeigersinn, Meter für Meter.

Die Wand, die sich der Hauptmann als erste vorzunehmen beschlossen hatte, gab ihm Rätsel auf. Sie bestand aus lauter kleinen Mulden, ganz bekannter Form. Als er genauer hinsah, verstand Nikolaj: Das waren Spuren von Kugeln, Revolver- oder Pistolenkugeln. Zuerst wunderte er sich, aber als er in den Staubschwaden auf dem Boden ein Arsenal verrosteter Patronenhülsen entdeckte, klärte sich das Rätsel auf.

Meine Güte, das war ja ein Erschießungskeller. Da in dem Kloster ein Gefängnis der Geheimpolizei gewesen war, hatten sie hier mit großer Leidenschaft die Feinde der Revolution umgelegt, ohne sich die Hände schmutzig zu machen. Damals war man nicht gerade zimperlich, mit Bewährung und vorzeitiger Entlassung konnte niemand rechnen. Jetzt war klar, warum sie den Keller dichtgemacht und die Tür zugeschüttet hatten.

Schrecklich, wie enttäuscht Hauptmann Tschuchtschew war.

Und ihm wurde natürlich unheimlich. Er war zwar kein nervöser oder leicht zu beeindruckender Mensch, hatte aber durchaus Feingefühl. Nicht im Sinne von Sentimentalität, sondern im Sinne eines scharfen Gespürs. Wenn du so viele Jahre lang auf geheime, nur für dich erkennbare Zeichen achtest, kann diese Mystik nicht ohne Folgen bleiben.

Und Nikolaj hörte Schreie, Stöhnen, das Echo der Schüsse, sogar Mutterflüche drangen an sein Ohr. Er wollte schon die Beine in die Hand nehmen und aus dieser verfluchten Grube flüchten, aber sein Stern verhinderte das. Er flüsterte ihm ins Ohr: Schau mal, Kolja, in der Ecke dahinten.

Tschuchtschew vertrieb die inexistenten Geräusche aus seiner Seele und folgte der angegebenen Richtung.

Dort in der Ecke war es äußerst ungemütlich. Der Hauptmann hätte nicht sagen können, woher dieses Gefühl rührte, aber er bekam eine Gänsehaut.

Also das hier ist die Wand. Nikolaj leuchtete mit der Taschenlampe, um sich zurechtzufinden. Das hier ist Schimmel. Das Mäusekot. Oder eher Rattenkot – die Kügelchen waren reichlich groß.

Bom-bom-bom, ertönte es in der Ferne. Die Uhr vom Glockenturm des Klosters schlug Mitternacht.

Tschuchtschew rieb sich mit dem Finger unter dem Schnurrbart und strich dann über die Vorderzähne – das war so seine Angewohnheit, wenn er in Nachdenken versunken war.

»Lippen eins, Zähne zwei«, drang plötzlich ein leises, aber deutliches Flüstern aus der Wand.

Dann folgte noch ein Gebrummel, das fast gar nicht mehr zu hören war.

»Wie?«, fragte der Hauptmann und prallte unversehens zurück.

Vor ihm war nichts, absolut nichts! Nur die Wand.

Plötzlich kam von irgendwoher (vielleicht aus den Ritzen im Mauerwerk?) so etwas wie Nebel oder ein Dunstschleier, oder vielleicht verschwamm Nikolaj von der Erschütterung auch alles vor den Augen, jedenfalls war die Sicht fast gleich null. Ein Luftzug entstand, im Strahl der Lampe wirbelten weiße Punkte, dann lichtete sich die Wolke, und der Milizionär sah in der Wand, direkt vor seiner Nase, eine Öffnung, die es dort vorher nicht gegeben hatte.

»Scheibenkleister«, sagte Tschuchtschew, der aus Prinzip keine unanständigen Schimpfwörter gebrauchte, und ließ seine »Tussa« auf den Steinfußboden fallen.

Die Lampe ging nicht kaputt, sie war nur zur Seite gerollt und leuchtete in die falsche Richtung, so dass Nikolaj nicht sehen konnte, wer in dem Loch war.

Aber dass da jemand war, war sicher.

Dem Hauptmann stach ein saurer Gestank in die Nase, ein kalter Hauch wehte ihn an wie aus einem offenen Kühlwagen, und es war ein pfeifendes Flüstern zu hören, das wohl von einer Frau kam: »Wer ist da? He, wer ist da?«

»Hauptmann Tschuchtschew«, antwortete Nikolaj streng, während er fieberhaft nachdachte, was für eine offizielle Begründung er für den Aufenthalt im Keller liefern könnte.

Eigentlich war das gar nicht so schwierig. Ein Vertreter der Obrigkeit hat das Recht zu gehen, wohin er will, wenn er eine Ordnungswidrigkeit vermutet. Und hier lag zweifellos eine Ordnungswidrigkeit vor, wenn auch nicht klar war, was für eine.

»Hauptmann Tschuchtschew«, hauchte die Finsternis. »Hauptmann Tschuchtschew?! Nikoluschka, mein Engel! Du bist wirklich gekommen! Ich hatte es schon nicht mehr zu hoffen gewagt!«

Es war eine alte Frau, die sprach, da war er sich jetzt sicher. Erstens krächzte ihr Stimme, und zweitens lispelte sie, so dass statt *Tschuchtschew Tjuchtschew* oder sogar *Tjuttschew* herauskam.

Eine kalte Brise kitzelte Nikolaj an der Wange, der Gestank nahm zu – die Alte hatte offenbar beschlossen, dem Hauptmann dichter auf den Leib zu rücken.

»Nicht so stürmisch!«, warnte er für alle Fälle unwirsch und bückte sich nach der Lampe. »Ausweiskontrolle! Ihre Papiere!«

Hier taten sich jede Menge Fragen auf. Erstens, was für eine Person das war. Zweitens, wie sie in den zugeschütteten Keller gelangt war. Hieß das, es gab einen Eingang von der anderen Seite? Drittens, wo das Stück Wand hingekommen war. Viertens, woher die Alte seinen Namen wusste. »Nikoluschka«, so hatte ihn niemand genannt, selbst in seiner Kindheit nicht, die meisten hatten »Kolja« gesagt, seine Mutter »Koljuntschik« und seine Großmutter »Klausemaus«.

»Hast du deine Darja nicht erkannt?«, fragte die Stimme zitternd und schluchzend. »Ach, wie ich auf dich gewartet habe, Herzallerliebster, ach, wie lange, du Unbarmherziger! Wofür habe ich mir denn die Sünden auf die Seele geladen! Doch ohne Verstand ist auch die Sünde keine Sünde, und meinen Verstand, den hast du mir weggenommen. Als du mich verlassen und gegen eine junge Gelbhaarige eingetauscht hast. Man müsste diese ganzen gelbhaarigen Huren in Fetzen reißen, im Wasser sieden, mit dem Plätteisen verbrennen! Aber alle kannst du ja nicht ausrotten.«

Und in diesem begeisterten Zischeln lag so viel Hass, dass Tschuchtschews Finger erschlafften und die Lampe wieder herunterfiel.

»Aber mich haben sie auch gequält, und wie!« Das schlangenartige Zischeln der Alten ging in Weinen über. »Die ganzen Jahre im dunklen Kerker, bei trockenem Brot. Und der Pöbel neckt mich durchs Gitter, zeigt mir frisch gebackene Piroggen und hänselt: ›Saltytschicha, komm mal riechen. Wassiljewna, Sawischna, wart Ihr nicht mal die Gnädigste? Wir haben heiße Piroggen mit Fisch, Stör, Rindfleisch, Ei. Bitte schön, bei uns gibt es genau das Richtige für Euch! In unserem Laden finden sich Atlas und Kanevas, Kopfschmuck, der funkelt, Warzen, Furunkel ...‹ Ich brülle sie an wie ein Tier und verfluche sie unflätig, aber sie lachen nur. ›Du bist keine Frau, du bist ein Mann, das steht in dem Erlass. Zieh die Unterhose aus und zeig, was du hast! Wie hat dich der Soldat nur besteigen können?‹ Dass ich von dem Soldaten schwanger wurde, dafür kann ich nichts. Glaub den bösen Zungen nicht. Er hat mich vergewaltigt, als ich geschwächt daniederlag, im Fieber. Nikoluschka, mein Geliebter, nur dich liebe ich abgöttisch ...«

Tschuchtschew hörte kaum auf den Unsinn. Er ahnte schon, was das für eine Vogelscheuche war. Vor kurzem war an der Klostermauer eine Kapelle eröffnet worden, in deren Nähe sich alle möglichen Besoffenen und Penner durchbettelten. Die Alte war mit Sicherheit auch von da. Eine richtig Verrückte, ganz wirr im Kopf, früher nannte man solche Leute *Narr in Christo*. Ein anderer Name für sie war *die Seligen* – Wassili dem Seligen ist die Basilius-Kathedrale auf dem Roten Platz geweiht. Anzunehmen war, dass die Alte tagsüber auf der Straße herumhing und nachts in den Keller kroch.

Der Hauptmann hob schon mit ganz fester, nicht mehr im Geringsten zitternder Hand die Taschenlampe auf und leuchtete; die Annahme bestätigte sich. Schwankend stand an der Mauer eine große Alte, knochig wie eine Hexe, mit glühenden, riesigen, schwarzen Augen, kurz, die hinterletzte Pennerin: oben eingewickelt in irgendwelche Tücher, unten eine weite Hose mit ausgebeulten Knien wie bei einer alten Trainingshose made in China, und an den Füßen hatte sie abgerissene Strohpantoffeln.

»Was für ein Licht von dir ausgeht, wie von dem *da oben*!«, sagte das Schreckgespenst grinsend und näherte sich mit seinen knotigen Pfoten dem Hauptmann. »Hat *der* dich geschickt, ja?«

»Hände weg!«, schrie Tschuchtschew, dem sich alles vor Kälte zusammenzog. Wie konnte sie hier übernachten, dass sie hier nicht erfror! »Wer soll mich wohin geschickt haben?«

»Der die Scheibe bewacht«, erklärte die Pennerin unverständlich. »Das kann nur er gewesen sein. Richte das Licht auf dich, Nikoluschka. Lass dein zuckriges Gesichtchen sehen. Ich vergehe vor Sehnsucht.« Sie klatschte plötzlich in die Hände und wurde ganz aufgeregt. »Ach, ich dumme

Gans, ich dumme Gans! Ich habe mich ja gar nicht schön gemacht, nicht gekämmt, ich sehe aus, dass Gott erbarm. Und da wundere ich mich, dass du mich nicht liebkost, mir kein zärtliches Wort sagst. Schau mich nicht an, mein Honigsüßer, ich bin gleich wieder da!«

Sie machte eine Handbewegung, und wieder, wie vor fünf Minuten, geriet die Luft in Bewegung, und Nebel kam auf, aber diesmal nur ganz kurz.

»So, jetzt sieh dir deine Darja an!«

Der Dunstschleier hatte sich aufgelöst, und Tschuchtschew sah statt einer alten eine junge, aber sehr hässliche Frau: mit schwarzen Haaren, fleischig, mit einer Knubbelnase. Das Erstaunlichste war, dass sie nicht in Lumpen war, sondern in einem langen, eleganten Kleid mit einem sehr, sehr tiefen Ausschnitt, und in dem Ausschnitt wackelte ein Busen der Größe E, wenn nicht gar F. Und es roch jetzt nicht sauer, sondern duftete stark nach Blumen.

Da fiel Nikolaj, obwohl er ein kühner Mann war, die Lampe aus der Hand (schon das dritte Mal), er drehte sich um und stürzte zur Treppe. Er wusste gar nicht mehr, wie er aus dem Keller gekommen war, hörte aber noch die Worte: »Halt! Wohin willst du? Wir sehen uns jetzt doch hundert Jahre nicht mehr!«

Das war also in der Nacht des achten Dezember, genauer: schon des neunten, denn als Tschuchtschew aus der Grube gestiegen war, schaute er als Erstes auf die Uhr. Das war er als Milizionär so gewohnt: Wenn etwas passiert war, wurde sofort protokolliert. Es war elf nach zwölf.

Nachdem er eine Weile in dem Graben gestanden und sich etwas gefasst hatte, kam der Hauptmann zu dem Schluss, es müsse sich um eine Halluzination gehandelt haben, um ein von der Wissenschaft wenig geklärtes Phänomen. Aber er kletterte nicht zurück in den Keller – wie sollte er auch ohne Lampe? Er schüttete die Eisentür mit Schutt zu und beschloss, die »Tussa« am nächsten Tag zu holen.

Er wälzte sich bis zum Morgen im Bett. Ein paarmal schlummerte er ein, aber nicht für lange, mit kaltem Schweiß bedeckt schreckte er hoch und schrie. Aber was er für einen Alptraum gehabt hatte, daran konnte er sich nicht mehr erinnern.

Am Vormittag ging er statt zum Unterricht in den Lesesaal, bat um ein Buch zur Geschichte Moskaus, fand etwas über das Johannes-der-Täufer-Kloster und über die alte Kirche. Er setzte sich hin und las.

Es stellte sich heraus, dass die Kirche so alt gar nicht war, erst vor hundertdreißig Jahren war sie erbaut worden. Vorher hatte hier eine andere Kirche gestanden, eine alte. 1860 war die frühere Kirche abgerissen worden, sie ersparten sich eine Bauphase und errichteten die neue Kirche auf dem alten Fundament.

Weiter folgten zweifelhafte Geschichten von der Fürstentochter Tarakanowa, von Marfa, dieser Närrin in Christo, und von der schrecklichen Mörderin Saltytschicha ...

Als er an diese Stelle kam, fuhr Nikolaj auf. Er erinnerte sich, wie das nächtliche Ungeheuer »Saltytschicha, komm und riech mal« und Ähnliches gebrummelt hatte. Er huschte mit den Augen über die Zeilen, aber in dem Buch stand wenig über die Saltytschicha: eine grausame Besitze-rin von Leibeigenen, die in das Klostergefängnis gesperrt wurde, wo sie auch starb.

»Ich brauche eine möglichst große Enzyklopädie. Buch-stabe S«, bat Tschuchtschew die Bibliothekarin.

Er bekam einen dicken Wälzer, suchte die »Saltytschi-cha« und fand sie.

Der Artikel hatte folgenden Inhalt:

»Saltytschicha, richtiger Name: Saltykowa, Darja Nikolajew-na [März 1730–27.11. (9.12.) 1801, nach anderen Angaben: 1800]. Witwe eines Garderittmeisters, reiche Gutsbesitzerin der Gouvernements Moskau, Wologda und Kostroma. Hat in sieben Jahren (1756–1762) 139 Menschen zu Tode gequält, vorwiegend blonde Frauen und Mädchen. Sie verbrühte die Opfer oder prügelte sie zu Tode, übergoss sie mit kochendem Wasser, verbrannte sie mit dem Plätteisen, zündete ihnen die Haare an. Die Anfälle wilder Grausamkeit begannen bei der S., nachdem ihr Liebhaber, Hauptmann Nikolaj Tjuttschew, Groß-vater des bekannten Dichters Fjodor Tjuttschew, sie verlassen hatte. Zuerst wollte S. den Hauptmann und seine junge Frau töten. Als die Eheleute sich durch Flucht retten konnten, ließ sie ihre Wut an ihrer schutzlosen Dienerschaft aus. Die Leibei-genen versuchten sich zu beschweren, aber die S. kaufte sich bei den Behörden mit Bestechungsgeschenken frei. Schließlich drangen 1762 zwei Bauern, deren Frauen sie getötet hatte, bis zur Kaiserin vor; diese befahl dem Justizkollegium, eine stren-ge Untersuchung durchzuführen, die sich sechs Jahre hinzog. Das Gericht verurteilte die Missetäterin zum Tode und beschlag-nahmte ihr gesamtes Eigentum. Aber S. hatte Truhen mit Gold versteckt und verriet den Ort, wo der Schatz vergraben war, selbst unter Folter nicht. Katharina die Große befand, dass eine schnelle Hinrichtung für ein solches ›Monstrum‹ zu milde wäre, und ordnete an: ›1. Der S. den Adelstitel abzuerkennen und in unserem ganzen Reich zu verbieten, dass sie jemand mit dem Namen des Geschlechts ihres Vaters oder Mannes anredet. 2. Sie in Moskau auf den Platz zu führen, an den Pfahl zu schmieden und an ihrem Hals ein Schild anzubringen, auf dem in großen Buchstaben ›Peiniger‹ und ›Mörder‹ steht. 3. Nachdem sie eine Stunde an diesem Schandpfahl gestanden hat, sie in Eisen zu schmieden und in eines der Frauenklöster zu bringen, die sich in der Moskauer Altstadt Belyj Gorod oder Semljanoj Gorod befinden, und dort in der Nähe einer beliebigen Kirche in ein eigens ausgehobenes, unterirdisches Gefängnis zu sperren, in dem man sie bis zum Tod so halten solle, dass sie keinerlei Licht sähe.‹ Außerdem wurde die S. für unwürdig befunden, als Angehörige des *barmherzigen* Geschlechts zu gelten, weshalb man ›dieses Ungeheuer‹ in Zukunft eine *Mannsperson* nennen solle. Sie wurde in ein unterirdisches Gefängnis des ›Johannes-der-Täufer-Klosters für Jungfrauen‹ gesperrt, wo sie in einem besonderen Keller saß, der lange Jahre die Moskauer als Sehenswürdigkeit anzog. Sie gebar ein Kind von einem Wachsoldaten, fand aber auch dadurch keine Gnade. Die ganzen mehr als dreißig Jahre, die sie bis zu ihrem Tod eingesperrt war, zeigte sie keinerlei Reue über die verübten Untaten. Sie wurde von ihren Verwandten auf dem Friedhof des Moskauer Donskoje-Klosters beerdigt.«

Während des Lesens überkamen Tschuchtschew wechselnde, starke Gefühle. Die Gedanken in seinem Kopf überschlugen sich richtiggehend. Als er von den Grausamkeiten las, dachte er zuerst nur: »So ein Scheusal.« Doch dann stieß er auf den Hauptmann Nikolaj Tjuttschew und strich sich gleich mit dem Finger über Lippen und Zähne. Vor Nervosität bekam er ein Zucken in den Augen.

Dem Hauptmann wurde heiß, er rang nach Luft.

Wie das?, fragte er sich. Diese Sadistin hockt hier im Keller unter der Kirche? In der Enzyklopädie stand doch: *auf dem Friedhof beerdigt.*

Er entschuldigte sich in der Akademie für sein Fehlen und rannte auf den Donskoje-Friedhof. Er fand das Grab auf dem Plan, stellte sich neben den Stein und überlegte, ob eine Exhumierung angezeigt sei.

Aber die Idee taugte nichts, das wurde ihm schnell klar. Erstens fiele ein unheimlicher Wust Papierkram an. Zweitens könnte er da womöglich in der Klapsmühle landen. Und drittens, wofür denn, zum Teufel?

Nennen wir doch die Dinge einmal bei ihrem Namen: Was im Grab liegt, sind die Knochen (das ist in Ordnung); was er im Keller gesehen hatte, war dagegen ein Gespenst.

Vor fünfzehn Jahren wäre Nikolaj eine solche Idee niemals in den Sinn gekommen.

Als Kind wusste er zweifelsfrei, dass es keinen Gott gibt, aber jetzt war das auf einmal nicht mehr sicher. Selbst im Büro des Akademieleiters hing neben dem Präsidenten Putin eine Ikone. Das war jetzt im Dienst nicht hinderlich, im Gegenteil, es brachte Vorteile. Jeder zweite Milizionär trug ein Kreuz um den Hals. So eine unmaterialistische Weltsicht, die war jetzt an der Tagesordnung. Und wenn es Himmel und Hölle gab, warum sollte es dann keine Gespenster geben?

Tschuchtschew, der große Fortschritte in der analytischen Kriminalistik gemacht hatte, konnte auch folgendes wichtige Faktum nicht außer Acht lassen: Am neunten Dezember, also heute, jährte sich genau zum zweihundertsten Mal der Tag, an dem die Saltytschicha ins Gras gebissen hatte, will sagen, gestorben war. Vielleicht ließ man die Gespenster ein Mal in hundert Jahren zu einem Spaziergang heraus, zur Feier des Jubiläums sozusagen. Es musste ja einen Grund geben, warum sie geschrien hatte: »Wir sehen uns jetzt doch hundert Jahre nicht mehr.« Von ihm aus hätten es ruhig tausend Jahre sein können, er hatte nichts dagegen.

Obwohl er sich da wiederum auch nicht sicher war.

Sein Stern hatte ihn ja nicht ohne Grund gedrängt, die finstere Ecke zu untersuchen. Es ging ja nicht darum, ihn zu erschrecken oder zum Narren zu halten. Was stand in der Enzyklopädie?

Das verrückte Weib hatte Truhen mit Gold versteckt, sie hatte niemand daran gelassen. Vielleicht fand ihre Seele auch deshalb keine Ruhe: Sie bewacht ihr Hab und Gut. Seit über zweihundert Jahren liegt irgendwo Gold und wartet auf einen neuen Besitzer. Sollte das Hauptmann Tschuchtschew sein?

Es haute doch alles so gut hin.

Die Saltytschicha hatte ihren Liebhaber immer noch nicht vergessen und schmachtete nach ihm, oder nicht?

Tschuchtschew hieß ebenfalls Nikoluschka, war ebenfalls Hauptmann und auch beinah ein Tjuttschew.

Er müsste es richtig anstellen und sie bitten, dann würde sie schon sagen, wo der Schatz ist. Sie dürfte es nur nicht spitzkriegen, sonst wäre sie beleidigt und würde hysterisch. Sie hatte Charakter, da sollte man es lieber nicht drauf ankommen lassen.

Natürlich gab es ein Risiko, aber wer wagt, gewinnt.

Für alle Fälle traf Tschuchtschew folgende drei Vorsichtsmaßnahmen.

Erstens steckte er sich ein Heiligenbild in die Hosentasche. Und zwar in die Innentasche, um den Teufel nicht gleich zu verschrecken. Wenn es drauf ankäme, würde er es schon herausholen.

Zweitens nahm er seine Dienstwaffe mit und überstrich die Kugeln mit silberner Farbe.

Drittens lieh er sich bei Sergej Wolosjuk einen Dreispitz, wie man ihn zur Zeit Peters des Großen trug. Sergej war im letzten Jahr mit der Volleyballmannschaft des Innenministeriums nach Venedig gefahren und hatte ihn da für Neujahr oder einfach so zum Spaß gekauft. Wenn er sich den Dreispitz in die Stirn drückte, würde sie ihn nicht erkennen, sagte er sich. In ihrem Alter hatte die Saltytschicha wohl kaum sonderlich gute Augen. Und außerdem war es ja dunkel.

Er hatte sich also gut ausgerüstet, so dass er ohne Angst in den Keller stieg. Das Einzige, was er fürchtete, war, dass das Gespenst ausbleiben könne. Deshalb war er schon um halb elf, anderthalb Stunden, bevor der Neunte vorbei war, zur Stelle.

Er zündete ein Streichholz an, fand die »Tussa«, stellte aber den Strahl ganz schwach. Eine zu starke Beleuchtung konnte dem angeblichen Hauptmann Tjuttschew nur schaden.

Aber alles war umsonst. Weder die abgerissene Alte noch die fleischige Gestalt in dem eleganten Kleid zeigte sich Nikolaj.

Er schritt schon ungeduldig an der bewussten Ecke auf und ab. Klopfte immer wieder gegen den Ziegelstein und rief sogar: »Darja, ich bin's, Kolja Tjuttschew.« Ein paarmal hörte man etwas hinter der Wand. Aber vielleicht schien es ihm auch nur so.

Währenddessen stand die Zeit nicht still. Es musste jeden Augenblick Mitternacht sein.

Der Hauptmann stellte sich vor die Wand, rieb sich konzentriert die Lippe, befeuchtete den Finger an den Zähnen und spuckte.

Und plötzlich hörte er genau wie gestern: »Lippen eins, Zähne zwei, Steinbrech-Sprengwurz, steh mir bei ...« Und dann noch etwas, das man aber nicht mehr verstand.

»Darja Nikolajewna!«, schrie Tschuchtschew. »Darjuscha! Hier bin ich! Hierher!«

Die Wand überzog sich mit Dampf, trübe, weißliche Luft ballte sich, und schon stand die tote Gutsbesitzerin vor dem Hauptmann und reckte ihre nackten, dicken Hände nach ihm.

Dieser Tjuttschew muss ein heroischer Mann gewesen sein, dachte der Hauptmann bei sich, denn auch in ihrer Jugend sah die Saltytschicha nicht gerade wie Marilyn Monroe aus.

»Nikoluschka, mein Geliebter!«, zischelte das Gespenst.

»Du bist zurückgekommen! Das habe ich nicht zu hoffen gewagt.«

Als er sah, dass sie ihn umarmen wollte, kniff Tschuchtschew unwillkürlich die Augen zusammen, aber es passierte nichts besonders Schlimmes – seine Schultern wurden lediglich von einem Schüttelfrost erfasst, und die Kälte streifte seine Wange.

»Ich bin auf dem Friedhof gewesen«, sagte Nikolaj, um der Begegnung eine konstruktive Richtung zu geben. »Ich habe einen Kranz auf das Grab gelegt.«

»Auf dem Friedhof liegt nur mein Skelett«, antwortete die Gestorbene ruhig und bestätigte damit seine These. »Als ich starb, wurde mir befohlen, mich hier aufzuhalten, am Ort meiner irdischen Bestrafung.«

»Was geschieht denn nach dem Tod?«, fragte Tschuchtschew und überlegte, wie er am geschicktesten auf das Wichtigste zu sprechen käme, auf den Schatz.

Die Saltytschicha fragte verwundert: »Das weißt du nicht? War es denn bei dir anders? Obwohl, warum sollte man dich nicht durch die Scheibe lassen, du hast ja nicht gewütet und deine Seele nicht mit Sünden beschwert. Ich habe mir ja alles nur selber aufgebürdet ...«

Letzteres sagte sie sichtlich beleidigt, von dem Gespenst spritzten kleine glutrote Funken in alle Richtungen, und Nikolaj schlüpfte mit seiner linken Hand schnell unter das Hemd, wo die kleine Ikone steckte, und mit der rechten in die Tasche zu der Makarow-Pistole mit den silbernen Kugeln.

Aber das Gespenst hatte sich schon beruhigt, der Zorn wurde von Trauer abgelöst.

»Du bist nicht schuld, Nikoluschka. Alle Männer sind in der Liebe Feiglinge, sie schützen ihre Seele, verstecken sie. Wenn eine Frau liebt, ist es ihr egal, was mit ihrer Seele geschieht. Ich habe nie an meine gedacht, habe nie Angst vor der Strafe gehabt. Ich habe nur auf mein Herz gehört. Und als ich ausgelitten hatte und meinen verhassten, hässlichen Leib verließ, da musste ich für alles Rede und Antwort stehen. Als du gestorben bist, bist du da durch eine schwarze Röhre geflogen?«

»Sicher«, druckste Tschuchtschew vorsichtig herum.

»Und hast du da das Licht gesehen?«

»Na klar.«

»Und wie ist das? Bist du dann in die Freiheit geflogen?« Die Saltytschicha sagte seufzend: »Meine Seele hat das nicht geschafft, sie ist zu sehr beschwert. Ich sehe den weiten Raum, alles ist blau und grün, und ein rosiges Licht leuchtet über dem Fluss. Ich möchte so gerne dahin, schrecklich gerne! Ich sehe, da spazieren schon viele herum, und es erklingen süße Töne! Ich nehme Anlauf und fliege hoch – pralle aber mit Schwung gegen die Scheibe. Weiter komme ich nicht. Ich stoße mich wie eine Mücke am Fenster, komme aber nicht durch. Andere Seelen fliegen an mir vorbei, die eine ruhig, die anderen mit einem Klirren, es gibt welche, die auch zuerst gegen die Wand schlagen, dann weinen sie, und die Scheibe lässt sie durch, nur mich nicht … Dann höre ich eine Stimme. Sie ist charmant, nur sehr traurig. ›Du kommst nicht durch, Töchterchen. Du brauchst es gar nicht zu versuchen. Deine Seele ist zu schwer. Du musst erst bereuen.‹ Ich schreie: ›Lass mich durch, Großvater, ich habe nichts zu bereuen. Du hast den Menschen die Liebe beigebracht, vielleicht habe ich stärker als alle auf der Welt geliebt, habe meine Seele nicht für die Liebe geschont! Lass mich im samtweichen Gras spazieren gehen!‹ ›Von mir aus gerne. Du stehst dir selbst im Weg. Du musst bereuen, Darja.‹ Ich sage zu ihm: ›Gut, ich bereue, ich bereue! Öffne schnell das Fenster. Ich will in dieser Weite auf meinen Nikoluschka warten!‹ Ich bekam keine Antwort darauf. Lange nicht. Dann hörte ich: ›Komm in hundert Jahren wieder. Früher geht's nicht.‹ Und da bin ich wieder in meine Grube gefallen. Sie hatten den Eingang schon zugemauert, damit der Kerker der blutrünstigen Saltytschicha Gottes Welt nicht verunziere. Weißt du, mein lieber Freund, was es heißt, hundert Jahre in einem steinernen Verlies zu sitzen? Ohne die freudige Unterbrechung des Schlafes und ohne ein Fleckchen Licht? Jede Stunde, jede Minute ist eine Ewigkeit. Mich hat nur eines gerettet, mein Engel – ich habe an dich gedacht. Ich habe mich die ganze Zeit mit der Frage gequält, ob du mich geliebt hast oder nicht? Vielleicht nicht lange, wenigstens einen Tag? Hundert Jahre lang habe ich mich an der Wand gestoßen und immer wiederholt: Hat er mich geliebt oder nicht? Und als die angegebene Frist vorbei war, am Ende des Tages, um Mitternacht, öffnete sich das Gewölbe, und ich flog über Dächer und Kuppeln, Türme und Wolken. Und ich sah die Röhre, sah das Licht, das in ihr brannte, und die wunderbare Wiese auf der anderen Seite. Aber wieder ließ mich die verfluchte Scheibe nicht durch. Und eine Stimme sagte: ›Für viel Liebe und viel Qual wird auch viel vergeben. Aber du hast nicht bereut. Komm in hundert Jahren wieder.‹ Da war ich wieder hier. Und wieder fragte ich mich: Hat er mich geliebt oder nicht, hat er mich geliebt oder nicht? Nur mit dem Unterschied, dass die zweiten hundert Jahre noch bitterer waren als die ersten. Jetzt werde ich zum dritten Mal losfliegen und mein Glück versuchen, aber jetzt fürchte ich nichts mehr. Ich habe dich gesehen, mein Täubchen, also wird man mich auch durchlassen!«

Als sie vom Losfliegen sprach, kam Tschuchtschew zu sich und sah auf die Uhr. Es war sieben vor zwölf, wie konnte er dastehen und Mund und Nase aufsperren? Das Schreckgespenst würde jetzt wegfliegen und womöglich nicht zurückkommen. Und was, wenn sie nun ihre Frist verkürzten oder ihr eine weniger strenge Strafe zubilligten, statt verschärfter Haft normale Bedingungen? Wenn sie nicht in diese Einzelzelle zurückkehrte, erführe er auch nichts von dem Schatz.

Da packte er den Stier bei den Hörnern.

»Sag mal, Dascha, wo hast du die Truhen mit dem Gold versteckt? Das interessiert mich. Die haben hier alles auf den Kopf gestellt und nichts gefunden.«

Er hielt den Atem an: Würde sie es sagen oder nicht?

»Mein Besitz? Die goldenen Teller, die Perlen mit Diamanten und Smaragden und die unzähligen Zobel?«, fragte die Saltytschicha. »Die habe ich gut versteckt. Die findet man nie im Leben.«

Die Zobel waren natürlich verfault, aber die Edelsteine und das Goldgeschirr, das war genau das, was er brauchte, sagte sich Tschuchtschew und biss sich auf die Zunge.

»Dir, mein Zuckersüßer, sag' ich's. Kannst du dich an mein Gut auf dem Kusnezki Most erinnern? Wenn du von der Lubjanka aus guckst, siehst du rechts von der Straße ein Wirtschaftsgebäude und links einen Gemüsegarten. In dem Garten ist ein alter, ausgetrockneter Brunnen. Weißt du noch? Du hast mir da doch eine Heckenrose gepflückt. Ich habe sie später in einer Kristallschatulle aufbewahrt.«

»Ja, ich weiß«, sagte Nikolaj dienstbeflissen weil er sie zur Eile drängen wollte.

»Was meinst du, warum ich den leeren Brunnenschacht nicht habe zuschütten lassen? Ich habe die Toten da hineingeworfen, bestimmt fünfzig Leichen; der Polizei habe ich gemeldet, die Leute seien entlaufen. Der Schacht ist tief, zwei mal zwölf Klafter. Als ich von einem treuen Mann erfuhr, dass meine Feinde am nächsten Tag kommen würden und mich in Eisenketten legen, da habe ich die Truhen in die Tiefe schaffen lassen. Senka und Timoschka, meinen treuen Dienern, habe ich befohlen, alles mit Erde und Reisig zuzuschütten. Sie haben die ganze Nacht gegraben. Im Morgengrauen, als nur noch wenig zu tun blieb, habe ich sie vergiftet und ebenfalls da hineingeworfen. Den oberen Rand habe ich dann selber zugeschüttet.«

»Der Brunnen soll links vom Kusnezki Most sein?«, rekapitulierte der Hauptmann. »Ich kann mich nicht erinnern, Dascha, ist das weit vom Fahrdamm?«

»Wovon, mein Süßer?«

»Na, von der Straße.«

»Funfunddreißig Schritt von der Ecke Lubjanka entfernt. Und dann noch zwölf nach rechts. Das habe ich mir gemerkt.«

»Einen Stadtplan vom Moskau des achtzehnten Jahrhunderts zu beschaffen ist kein Problem«, kommentierte Tschuchtschew. »Zwei Meter weiter rechts oder links, das spielt keine Rolle. Das Wichtigste ist, den Eigentümer des Grundstücks herauszufinden. Der muss was auf die Pfote kriegen, *fifty-fifty* oder so, sonst klappt's nicht.«

Und plötzlich traf es ihn wie der Schlag.

»Links vom Kusnezki Most?«, stöhnte Tschuchtschew. »Fünfunddreißig Schritte? Das ist doch der Sitz der Geheimpolizei!«

Die tote Gutsbesitzerin fragte ihn noch nach etwas, streckte ihm ihre eisigen, körperlosen Hände vors Gesicht, aber im Kopf des Hauptmanns schwirrten die Gedanken in wahlloser Unordnung herum. Etwa so: So ist das immer auf der Welt, es sieht ganz einfach aus, und dann auf einmal Pustekuchen. Wenn es um einen Ort geht, dann nie einfach so, zufällig. Da nehmen wir zum Beispiel diese Saltytschicha. Als ob es in Moskau wenig Klöster mit Mauern gäbe, aber die Bosse vom Geheimdienst mussten für ihre Erschießungen im Jahre achtzehn ausgerechnet das Johannes-der-Täufer-Kloster wählen, wo dieses verrückte Hutzelweib dreißig Jahre in der Grube gesessen hatte und dann als Gespenst herumspukte. Und die Lubjanka? Als Dserschinski und Co. von Petersburg nach Moskau umzogen, hätten sie für ihr Büro doch jede beliebige Immobilie nehmen können, aber nein – sie schauten sich mit ihren eisernen Augen um und sagten: Das hier ist unser Platz. Wir möchten im Haus der Versicherungsgesellschaft »Rossija« sitzen, um ganz Russland unsicher zu machen, und das Grundstück gegenüber gefällt uns auch, das nehmen wir ebenfalls. Die Ritter der Revolution wussten wohl kaum, dass das der Ort war, an dem die Saltytschicha ihre leibeigenen Mädchen brutal gequält hatte – sie ließen sich bei ihrer Wahl von ihrem hitzigen Temperament leiten.

»Du bist mit deinen Gedanken nicht da, wo du sein sollst, Kolja«, rief sich der Hauptmann zur Ordnung. »Die Zeit, die Zeit läuft dir davon!«

»Ich komme an deine Truhen nicht heran!«, schrie er betrübt. »Ich komme einfach nicht an sie heran!«

Die Gutsbesitzerin sagte verwundert: »Wofür willst du denn das Gold, Nikoluschka?« Aber als sie hörte, dass Tschuchtschew nur fassungslos eine Antwort stammeln konnte, fügte sie schnell hinzu: »Von mir aus nimm es dir ruhig. Dass es tief unter der Erde ist und darüber Zimmer und Gelasse gebaut wurden, das macht doch nichts. Du kennst doch die Beschwörungsformel. Du brauchst nur die Zauberworte zu sagen, dann bist du sofort da.«

»Wwwwas denn für eine Beschbeschwörungsformel?«, fragte Tschuchtschew stotternd.

»›Lippen eins, Zähne zwei, Steinbrech-Sprengwurz, steh mir bei, Erde, mach mir auf die Tür, komm, ich zahl' dir auch dafür.‹ Eine gute Beschwörungsformel. Sie hilft einem, unter die Erde und über eine steinerne Mauer zu kommen.«

»Und wieso hast du dann zweihundert Jahre hinter Schloss und Riegel gesessen?«, wandte Nikolaj ein und stellte seine analytischen Fähigkeiten zur Schau. »Wärst du da nicht besser spazieren gegangen, als in der Dunkelheit zu hocken?«

»Ach, Nikoluschka, man muss sich ja zuerst die Lippen und die Zähne reiben. Ich habe aber keine, das fällt nur nicht sofort auf. Und in meiner Nähe war niemand, der einen Körper hatte. Bis du gekommen bist. Moment mal!«, sagte das Gespenst auf einmal, hielt inne und wankte dann auf Tschuchtschew zu. »Woher hast du denn Lippen und Zähne? Bist du denn kein reiner Geist? Ich wundere mich schon, dass du Hitze ausströmst und ein warmer Luftzug weht ...«

»Lieber im Erdboden versinken! Verbrennen! Sie wirft sich jetzt auf mich!«, ging es dem Hauptmann durch den Kopf, und ihm graute so sehr, in die Glotzaugen des Ungeheuers zu blicken, dass er sowohl die Ikone als auch die angemalten Kugeln vergaß. Ehrlich gesagt: Sie hätten ihn wohl auch kaum gerettet.

Aber die Saltytschicha stürzte sich nicht auf den feige zurückgeschreckten Tschuchtschew, sondern strich nur mit ihrer flimmernden Hand über seine Wange, als streichele sie ihn. »Ich muss gehen«, sagte sie ganz, ganz zärtlich, und ihr Gesicht war auf einmal nicht mehr hässlich. »Das ist noch besser, wenn du lebendig bist. Leb, so lange du kannst. Du kommst schon noch in die grüne Weite, du brauchst keine Angst zu haben, dass sie dich nicht durchlassen. Sag mir nur, mein holder Falke, hast du mich nur ein kleines bisschen geliebt? Da du zu mir bösem und verrücktem Weib gekommen bist, und sei es auch erst nach zweihundert Jahren, hast du mich vielleicht doch geliebt?«

Und da verstand der Hauptmann, dass sie ihm nichts Böses antun werde. Und die Uhr schlug auch schon Mitternacht – das Gespenst würde gleich verschwinden. Es verschwamm schon und strömte nach oben.

Er hätte die Alte mit unflätigen Flüchen zum Teufel jagen können, umso mehr, als er die wichtigste Information von ihr schon bekommen hatte. Aber in ihrer Einfalt tat sie ihm irgendwie leid.

»Natürlich habe ich dich geliebt, was für eine Frage«, brummelte Tschuchtschew, der nicht wartete, bis die Saltytschicha ganz hinter der Decke verschwunden war, sondern zum Ausgang drängte – er wollte sich endlich an die Arbeit machen.

»Du hast mich geliebt?! Ja?«, hörte er ihre sich überschlagende Stimme im Rücken. »Ach, was für ein Glück! Ach, was für ein Unglück! Ach, ich Ausgeburt der Hölle, ach, ich blutrünstige Bestie! Was habe ich mit euch armen Mädchen angestellt? Wofür habe ich euch gequält, wofür habe ich euch vom Erdboden getilgt? Dafür finde ich keine Vergebung!«

Von diesem Geheul begleitet, sprang Tschuchtschew aus dem Keller, als gerade der letzte Schlag der Uhr ertönte.

Eine Stunde später ging er mit wild schlagendem Herzen langsam an der grauen Mauer des massiven Gebäudes entlang, dessen eine Seite an der Uliza Lubjanka und dessen andere Seite am Kusnezki Most lag.

Die über dem Eingang hängende Kamera drehte sich Verdacht schöpfend dem nächtlichen Fußgänger entgegen, verlor aber schnell ihr Interesse, als sie die Milizuniform erkannte. Doch, Nikolaj hatte wirklich den richtigen Beruf gewählt.

Zweiunddreißig, dreiunddreißig, vierunddreißig, fünfunddreißig, zählte der Hauptmann ab, blieb stehen und machte eine scharfe Drehung nach links.

Er hatte keinerlei Zweifel, dass sich die Mauer öffnen

und die Erde auftun werde. Tschuchtschew war zuvor ins Heim gerannt, um den Dreispitz gegen eine Mütze einzutauschen, und hatte dort gleich ein Experiment angestellt: Er hatte sich vor die zur Nacht verriegelte Tür der Frauenetage gestellt, die Zauberformel gesprochen und war sofort auf die andere Seite gelangt. Man hätte auf diese Weise in das Zimmer 238 vordringen und den Unterleutnant Frau Lissitschkina betrachten können, aber Nikolaj verschob das auf später.

Was ihm Sorgen machte, war also nicht die Granitmauer, sondern etwas ganz anderes. Zwei mal zwölf Klafter – das waren ungefähr fünfzig Meter. Das ist tief, aber man sagt, der Föderale Sicherheitsdienst habe unzählig viele unterirdische Etagen. Was, wenn sie den Brunnen der Saltytschicha längst ausgegraben hatten und da jetzt ein Büro mit Computern oder irgendein Geheimarchiv war?

Die Kamera drehte wieder ihren dünnen Hals, und Nikolaj zögerte nicht mehr. »Komme, was da wolle«, dachte er. »Frisch gewagt, ist halb gewonnen ...« Er fuhr sich mit dem Finger über die Lippen und anschließend über die Zähne, murmelte schnell die Beschwörungsformel und trat dann einen Schritt vor, wo sich eine milchig weiße Wolke gebildet hatte.

Ja, und was weiter mit ihm geschah, darf man nicht erzählen, weil das Staatsgeheimnis ist. Jedenfalls kehrte er nicht mehr an die Akademie zurück.

Das ist alles. Bleibt nur noch von einer kleinen Auffälligkeit der Natur zu berichten, die sogar die Zeitung in ihrer Rubrik »Wetterfrosch« der Erwähnung wert befand.

Auf einem der Gräber des alten Donskoje-Friedhofs, und

zwar dem, wo der Legende nach die berüchtigte Gutsbesitzerin Saltytschicha liegt, ist die schmächtige, weißgel-
be Blüte eines Schneeglöckchens aufgegangen. Im Dezember!

Es herrschte allerdings Tauwetter. In einzelnen Bezirken
war die Säule des Thermometers bis zehn Grad über Null
gestiegen.

Highgate-Friedhof

(London)

>>It has all been very interesting<<
oder
Der wohlanständige Tod

Mit der nördlichen U-Bahn-Linie bis zur Haltestelle Highgate fahren. Lange über die sich durch die Hügel windenden Straßen gehen. Vor einer dunkelgrauen Mauer stehen bleiben.

Bevor man durch das Tor geht, sollte man tief Luft holen und sich an das England erinnern, das man seit seiner Kindheit von Dickens, Bulwer-Lytton, Conan Doyle und Galsworthy kennt. Hier unter diesen dichten Ulmen und Eichen (eigentlich habe ich keine Ahnung, wie diese ganze Flora heißt – wir Städter brauchen das ja auch nicht zu wissen) ist es beerdigt, jenes echte viktorianische England, das es einmal gab, das die Welt regierte und das es nie wieder geben wird.

Die schönste der mir bekannten Beschreibungen Londons stammt von Joseph Brodsky:

London: eine wunderbare Stadt, überall gehen die Uhren.
Hinter dem Big Ben kommt das Herz nicht hinterher.
Angeschwollen wie eine Vene, wälzt sich die Themse zum Meer,
Und die Bässe der Dampfer von Chelsea tuten.

Auf dem Highgate-Friedhof gibt es nichts, was diesem lehrreichen Bild ähnelt: weder Wasser noch Laute noch den Herzschlag noch Uhren, die in diesem verwunschenen Königreich völlig fehl am Platze sind.

Die Uhr ist hier unter dem letzten Edward oder vielleicht unter dem letzten George stehengeblieben – jedenfalls zu der Zeit, als die Pax Britannica noch nicht dahin war. Seitdem wird in dem alten, ehrwürdigsten Teil des Friedhofs niemand mehr begraben, denn alle fünfzigtausend Parzellen sind mit hundertsechsundsechzigtausend Plätzen belegt, das Knirschen der Spaten stört nicht den Schlaf des großen Imperiums, über dessen Besitztümern (ein Drittel der Kontinente und neun Zehntel der Ozeane) nie die Sonne unterging.

Die Nekropole hatte alle leeren Stellen besetzt, hatte aufgehört, Geld einzubringen und ein umfangreiches Personal zu ernähren. Die Lebenszeit des Friedhofs war zu Ende, und die Totenstadt begann zu sterben. Alles verwilderte hier, ertrank in dichtem Gestrüpp, das gar nicht britisch aussieht. Die Kombination der prüden Grabsteine mit der üppigen Pflanzenwelt – Ordnung und Chaos, Anstand der Zivilisation und Unanständigkeit der Naturgewalt – hat etwas Faszinierendes. Highgate ist ein seltsamer viktorianischer Dschungel, eine unglaubliche Quintessenz der Kipling-Welt. So etwas wie Mowgli im Smoking und Panther Bagheera mit einer Turnüre auf dem geschmeidigen Rücken. Oder stellen Sie sich Soames Forsyte vor mit einem Kopfschmuck aus Federn und einem prunkvollen Rock aus Gras.

Dieser schreiende Verstoß gegen die Etikette verletzt keineswegs den allgemeinen Eindruck herrschenden Anstands. Echte Ladys und echte Gentlemen lassen sich auf keine Weise in Verlegenheit bringen, weil sie das Gefühl für die eigene Würde nie und unter keinen Umständen verlieren und auch der Tod keine Rechtfertigung für *inappropriate behaviour* ist. Die höchste und entzückendste Manifestation britischen Anstands ist der berühmte Satz der Schriftstellerin Lady Montagu vor ihrem Tod: *It has all been very interesting.* Möge Gott es jedem geben, so würdig und höflich von seinem Leben Abschied zu nehmen.

Angelegt wurde der Friedhof 1839, ganz zu Beginn der Herrschaft der Königin Viktoria, als Ruhestätte für anständige Leute, die es sich leisten konnten, 10 Pfund für ein Einzelgrab, 94 Pfund für ein Familiengrab oder 5000 Pfund für ein prächtiges Mausoleum zu zahlen. Dieser hohe Preis sicherte die Exklusivität des Klubs. Natürlich konnte man sich vor Neureichen und den Schacherern nicht retten, doch in der viktorianischen Gesellschaft hatte man Respekt vor dem Geld, für hervorragende Erfolge im Kommerz schlug Ihre Majestät die Parvenüs zum Ritter oder beförderte einen sogar in den Rang der Peers. Andersgläubige begrub man in Highgate an der Mauer, in ungeweihter Erde, möglichst weit weg von der anständigen Gesellschaft. So ist der große Michael Faraday begraben, im hintersten Winkel und ohne Kreuz, denn er gehörte zu der verachteten Sandemanian-Sekte.

Vor hundert Jahren überkam einen Menschen mit Sandemanian-Sekte-Vorstellungskraft beim Anblick des gepflegten, sterilen Friedhofs von Highgate sicher Schwermut und Abscheu. All diese steinernen Standardurnen und abgeschmackten trauernden Engel verkörpern die armselige Phantasie der verstorbenen Parlamentsmitglieder, Generäle und Bankiers, ihr aggressives Streben, auf keinen Fall aus der Reihe zu tanzen, selbst nach dem Tod nicht.

Aber für eine bis oben zugeknöpfte Gesellschaft ist eine gewisse, sorgfältig dosierte Anzahl von Sonderlingen lebensnotwendig. Die viktorianische Exzentrik ist nicht weniger berühmt als die berüchtigte Zurückhaltung. Auch auf dem Highgate-Friedhof geht es nicht ohne Verrücktheiten zu (die den Rahmen des Anstands aber nie überschreiten).

Die britischen Absonderlichkeiten sind im Allgemeinen bekannt und als Tribut an die Tradition sakrosankt. Den Ehrenplatz unter ihnen hat die Tierliebe. Deshalb kommt zwischen den keltischen Kreuzen und abgeblätterten Gipsheilanden auf einmal unversehens die steinerne Schnauze eines Lieblingshunds oder einer Lieblingskatze hervorgekrochen. Der bekannteste der Highgate-Hunde ist die Riesendogge des Boxkämpfers Tom Sayers (1826–1865), den das Londoner Publikum abgöttisch verehrte. Als der Sportler starb, gab ihm eine zehntausendköpfige Menge das letzte Geleit, und in einer Kutsche an der Spitze der Trauerprozession saß in stolzer Einsamkeit der Lieblingshund des Verstorbenen. Auf dem Grabmal ist nur das Profil von Tom Sayers zu sehen, während der Hund in voller Größe abgebildet ist.

Aber ein Hund, das ist noch gar nichts! Auf dem Grab des Zoobesitzers George Wombwell (1788–1850) schlummert sein Lieblingslöwe Nero, der zu Lebzeiten für seine Vernunft und seinen friedlichen Charakter gepriesen wurde und seinem Herrn mit Sicherheit einen nicht unerheblichen Gewinn einbrachte.

Noch bizarrer sieht die Dankesbekundung des höfischen Abdeckers Mister John Atcheler aus, der auf sein Grab eine Pferdeskulptur stellen ließ – zu den Pflichten des Verstorbenen gehörte es, die alt gewordenen oder ausgemusterten Insassen der königlichen Pferdeställe zu töten. Und nun steht so ein gespenstischer armer Gaul seit hundertfünfzig Jahren über dem Skelett seines Mörders und klopft, was das Zeug hält, mit seinem steinernen Huf gegen den Sargdeckel. Das hat dieser John Atcheler wahrlich verdient.

Wie extravagante Menschen mit ihren Streichen die Einfarbigkeit der viktorianischen Gesellschaft farblich auflockern, so beleben extravagante Grabdenkmäler die graue Totenstadt. Diese wenigen aberwitzigen Skulpturen, das absurde Granitklavier auf dem Grab eines Pianisten, der unheimlich schwere Luftballon auf dem Grab eines Aeronauten und der Tennisschläger auf dem Grab eines Fabrikanten lassen den Besucher erzittern, denn sie erinnern daran, dass ihn eine dichtgedrängte, unsichtbare Menge von hundertsechzigtausend Menschen umgibt, die früher gelebt haben, sich jetzt wer weiß wo befinden und in diesem Augenblick möglicherweise mit ihren durch das Geheimnis des Todes verklärten Augen auf den müßigen Gaffer blicken.

Nicht nur die aberwitzigen Skulpturen sind beeindruckend, sondern auch die Grabinschriften. Das ist eine besondere Literaturgattung, die oft mehr von der vergangenen Zeit und deren Bewohnern erzählt als die Plastiken. Auf den Stelen von Highgate findet man, wie es sich gehört, meist knappe biographische Angaben und Grüße von den Angehörigen, aber auch Gedichte, im Wesentlichen von minderwertiger Friedhofsqualität. Doch man begegnet auch kleinen Meisterwerken, so zum Beispiel dem Vierzeiler, der in den Stein eines atheistischen Professors gemeißelt ist:

Ich war nicht, sondern wurde schließlich.
Ich lebe, diene, und ich liebe.
Ich liebte, diente, und ich ließ es.
Was sollte mich daran verdrießen?

Kein auch nur leidlich bekannter Friedhof kommt ohne Berühmtheiten aus. Wenn eine Nekropole überfüllt ist und nicht

mehr gebraucht wird, kann diese nutzlose Zone der Abgeschie-
denheit nur durch die Magie klangvoller Namen, die den Nachkommen heilig sind, vor den Planierraupen gerettet werden.
Womit das schließlich endet, ist ja klar: Die Preise für die Immobilie wachsen ins Unendliche, was Sentimentalität an dumme Verschwendung grenzen lässt, dann werden die berühmtesten Verstorbenen umgebettet, während alle anderen liegen
bleiben können, wo sie lagen, nur ohne Denkmäler und Grabsteine.

Highgate hält sich überwiegend dank zweier, dreier Namen,
aufgrund derer der Friedhof ausnahmslos in allen Reiseführern
aufgeführt ist.

Es gibt hier Stars von sozusagen lokaler Bedeutung: Menschen, die zu Lebzeiten berühmt waren und jetzt gänzlich
vergessen sind. So zum Beispiel der legendäre Louis Prévost,
der, wie aus der Grabinschrift hervorgeht, *mehr als vierzig
Sprachen* beherrschte. Oder Robert Liston, eine Koryphäe der
Chirurgie, der als Erster eine Narkose vornahm und innerhalb
von dreißig Sekunden ein Bein amputieren konnte. Oder der
wahre Erfinder des Kinos William Friese-Greene, dem die hin-
terlistigen französischen Brüder den Ruhm stahlen. Eigentlich
zählen diese Gräber aber nicht, sie hätten Highgate nicht retten können.

Anders ist es mit den Grabstätten der Familien Dickens und
Galsworthy. Diese Namen erfüllen das Herz eines jeden britischen Lopachin, dieses Tschechow-Helden, der den Kirschgar-
ten abholzen will, mit Ehrfurcht. Das Unglück will es, dass beide
Titanen in Highgate nur, wie man heute sagt, virtuell anwesend
sind. Die Asche von Charles Dickens ruht nach dem Willen der
Königin Viktoria in der Westminster Abbey, während der Name

auf der Stele von Highgate ein Willkürakt der verlassenen Ehefrau Catherine ist, die wenigstens postum die auseinandergerissene Familie kitten wollte.

Schenken Sie auch der Inschrift auf dem Grab von John Galsworthy keinen Glauben. Seine Asche wurde, wie es das Testament vorsah, über den Feldern von Sussex verstreut, und hier auf dem Friedhof, wo man die Forsytes begrub, finden sich von dem Schriftsteller nur die Buchstaben, die in den Granit gemeißelt sind.

Das Fehlen der sterblichen Überreste von Dickens und Galsworthy in Highgate hat etwas Symbolisches. Highgate war nicht als Friedhof für Genies geplant, sondern für die zuverlässigen Stützen des Throns, die gottesfürchtige Bourgeoisie, die Spitze der Middle Class, das heißt die Vertreter des englischsten Englands. Umso wundersamer ist es, dass der wichtigste Star der Nekropole, sein Schutzengel, kein Engländer, kein Christ und zudem ein Erzfeind der Bourgeoisie ist.

Hier, im neuen Teil des Friedhofs, ist der Begründer des Kommunismus, Karl Marx, begraben. Wenn die lokale Stadtverwaltung morgen erklärte, der Friedhof von Highgate würde wegen fehlender Mittel aufgelöst, kann man sich sicher sein, das große China und das weniger große, aber dem Marxismus noch treuer ergebene Nordkorea sofort die Unterhaltskosten für den viktorianischen Park übernähmen. Schon heute ist der Totengräber des Kapitalismus ja der Haupternährer seiner Nachbarn aus der Ausbeuterklasse. Seinetwegen, dieses fürchterlichen, bärtigen Mannes wegen, kommen ganze Delegationen und individuelle Wallfahrer angereist. Und jeder zahlt dem Friedhof Eintrittsgeld.

Am Marx-Denkmal liegen immer frische Blumen, so habe

ich einst im Gesellschaftskundeunterricht oder einem anderen Schulfach gehört. Als ich viele Jahre später dahinkam, konnte ich mich davon überzeugen: es ist die reine Wahrheit.*

Der triumphale Sieg des deutschen Immigranten sticht durch den Kontrast mit dem Nachbargrab noch mehr ins Auge. Hier liegt ein unversöhnlicher Feind von Marx, der Philosoph Herbert Spencer, der zu Lebzeiten entschieden berühmter und einflussreicher war, jetzt aber nur die Funktion einer Beilage zu dem Hauptgrab hat und allenfalls im Lieblingskalauer von Highgate erwähnt wird, der mit dem Namen der beliebten Warenhauskette »Marks & Spencer« spielt. (Übrigens ist in den britischen Nekropolen die paradoxe postume Nachbarschaft keine ungewöhnliche Sache. In Westminster zum Beispiel liegen Maria Stuart und Elisabeth die Große in ein und demselben Sarkophag, obwohl Erstere bekanntlich mit Feuereifer die Protestanten ausmerzen ließ, während Letztere mit derselben Inbrunst die Katholiken ausrottete.)

Das Marx-Denkmal ist gelungen zu nennen. Es strahlt Macht, Energie und Tragik aus, so dass nicht das Plakat einer Erste-Mai-Demonstration in der Erinnerung auftaucht, sondern der lebendige Mensch, der einen so dramatischen Einfluss auf den Lauf der Weltgeschichte allgemein und insbesondere unser Leben genommen hat.

Karl Marx war ein Mann starker Leidenschaften. Hat man Ihnen in der Schule erzählt, dass er sich in seiner Jugend du-

---

* Der Vollständigkeit halber muss ich sagen, dass es auf diesem im höchsten Grade gemeinnützigen Friedhof noch eine Grabstätte gibt, wo immer Blumen duften. Und zwar an der Stelle, wo sexuelle Minderheiten und Anhänger der Political Correctness das Andenken der Schriftstellerin Radclyffe Hall ehren, die als Erste einen Roman über eine lesbische Liebe verfasst hat.

elliert hat und über seinem linken Auge die Narbe von einem Säbelhieb zurückbehielt?

Dass er die letzten Kapitel des »Kapitals« im Stehen geschrieben hat (weil er wegen seiner Furunkel am Gesäß nicht sitzen konnte) und dabei drohend murmelte: »Ich werde schon dafür sorgen, dass die Bourgeoisie meine Furunkel nicht vergisst«?

Dass er stolz auf die aristokratische Abstammung seiner Frau war und darauf Wert legte, dass auf ihrer Visitenkarte »geborene Baronin von Westphalen« stand?

Dass der Begründer des Kommunismus mit seiner Haushälterin Helene Demuth ein Kind zeugte und Engels als echter Freund die Schuld auf sich nahm? Dass der Säugling um des lieben Friedens der Frau Marx willen in fremde Hände gegeben wurde? Und dass jetzt alle drei – Karl, Jenny und Helene – friedlich unter derselben Grabplatte liegen?

Hier ruht auch noch die Urne mit der Asche der Lieblingstochter des Philosophen, Eleanor, die wegen einer unglücklichen Liebe Gift nahm. Dieses Gefäß stand viele Jahre im Stabsquartier der britischen Kommunisten, wurde dann von der Polizei beschlagnahmt und wanderte ins Depot von Scotland Yard. Die Wiedervereinigung mit der Familie vollzog sich erst im Jahr 1954, als man die Marxens von einem Friedhofsabschnitt auf einen anderen umsiedelte, ein höheres Ansehen genoss.

Das hätte man nicht tun sollen. Die Ruhe der Toten sollte man unter keinen Umständen stören. Die weisen Einwohner des alten China wussten das sehr wohl und ahndeten die Öffnung von Gräbern mit der Todesstrafe. Egal, für wie wichtig die Lebenden das Ziel der Exhumierung halten, man sollte die Verstorbenen in Ruhe lassen, mit allem anderen kann man nur ihnen und sich selbst schaden.

Nehmen wir Marx. Solange die Kommunisten keinen Kult um ihn betrieben und Geld für die Umbettung und das Denkmal sammelten, ging es dem Marxismus blendend. Er breitete sich in einem glänzenden Siegeszug über die Kontinente aus, zog ein Drittel der Erdbevölkerung in seinen Bann und vereinigte fast alle Proletarier. Aber man brauchte nur blasphemisch in Karls unterirdische Wohnstätte einzudringen, da brach eine Katastrophe nach der anderen über seine Anhänger herein, eine schlimmer als die andere: zuerst die Zerschlagung des Stalinismus und der Ungarnaufstand, dann das Ende der großen Freundschaft zwischen der UdSSR und der Volksrepublik China, den beiden führenden sozialistischen Mächten, et cetera et cetera bis zum völligen Zusammenbruch der kommunistischen Ideologie.

Die Geschichte des Friedhofs von Highgate ist reich an Episoden, die imstande sind, die schädlichen Konsequenzen und die Vergeblichkeit von Exhumierungen vor Augen zu führen. Die skandalträchtigste von ihnen ereignete sich im Dezember 1907, als man den Sarg eines gewissen Thomas Druce ausgrub. Die Schwiegertochter und der Enkel dieses Händlers von der Baker Street, der fast ein halbes Jahrhundert zuvor gestorben war, behaupteten, bei Druce handele es sich in Wirklichkeit um den Herzog von Portland, einen bekannten Sonderling und Misanthropen, der unter seinem Palast einen unterirdischen Gang zur Baker Street habe anlegen lassen, jahrelang zwei Familien unterhalten und ein Doppelleben geführt habe, das eines hochadeligen Millionärs und das eines kleinen Ladenbesitzers. Grund für den Streit war natürlich das Erbe. Die Familie Druce prozessierte zehn Jahre lang, um die Erlaubnis zur Öffnung des Sarges zu erhalten. Sie bekam sie schließlich. Und was kam heraus? In dem Grab lag kein Herzog, sondern ein Plebejer. Für die einen Beteiligten an diesem schlechten Streich endete die Sache mit der Einweisung ins Irrenhaus, für die zweiten mit Gefängnis, für die dritten mit der Flucht ins Ausland. Was aber den armen, unschuldig aus seiner Ruhe gerissenen Thomas betrifft, so habe ich zu diesem Punkt eine Hypothese, die ich etwas später darlegen will.

Lasst uns erst über die Merkwürdigkeiten der Liebe sprechen.

Es war einmal ein Maler, der gehörte zu den Präraffaeliten und hieß Dante Gabriel Rossetti. Er war unsterblich verliebt in ein bildschönes Mädchen, das Haare von der Farbe spanischen Goldes hatte und Elizabeth Siddal hieß. Für die Präraffaeliten war Elizabeth eine göttliche Schönheit, fast alle hielten sie auf ihrer Leinwand fest. Die berühmteste Darstellung mit dem Titel »Ophelia«, die so oft gedruckt wurde, dass man sie bald auch auf Pralinenschachteln anzutreffen vermutet, stammt von John Everett Millais. Elizabeth musste als Modell von Blumen umgeben stundenlang in einer Badewanne liegen. Sie erkältete sich, erkrankte an Schwindsucht und siechte langsam dahin. Sie starb jung, kurz nachdem Dante Rossetti sie geheiratet hatte. Der untröstliche Maler legte ihr ein dickes Manuskript mit Gedichten in den Sarg, die er der Geliebten gewidmet hatte. Das war eine unheimlich schöne, an Kitsch grenzende Geste und ganz im Sinne des Präraffaelismus. Aber die Jahre gingen ins Land, die Erinnerungen an die Liebe verblassten, und Rossetti kam außerdem zu dem Schluss, dass er in erster Linie Dichter und nicht Maler sei, weshalb er unter allen Umständen seine besten Gedichte herausgeben wollte.

So kam es zu der unheimlichsten der Exhumierungen von Highgate. Mitten in der Nacht wühlten sie, von einem Feuer und Öllampen beleuchtet, die Erde auf und hoben den Sargdeckel. Augenzeugen sagten, Elizabeth sei in den sieben Jahren nicht verwest und habe immer noch wie Ophelia dagelegen. Eine Hand im Handschuh führte vorsichtig die berühmten Goldlocken zur Seite, nahm die Blätter, die neben dem toten Gesicht lagen, und die Verstorbene wurde wieder versenkt.

Die ganze Geschichte war natürlich eine hervorragende Werbung für das Buch. Aber poetischen Ruhm zu erwerben gelang dem Dichter nicht – die Gedichte wurden in der Zeitung grausam verrissen. Rossetti schlief nicht mehr, verlor seine Ruhe und plagte sich den ganzen Rest seines Lebens mit Gewissensbissen. Als er starb, ließ er sich nicht in seinem Familiengrab beerdigen, sondern so weit wie möglich von Highgate entfernt, das ihm panische Angst eingejagt hatte.

Wie sollte die Erzählung über einen Friedhof ohne schauerliche Dinge und Geister auskommen?

Fünfzigtausend mit Gras und Sträuchern überwucherte Gräber (und keine einzige lebendige Seele, jedenfalls im alten Teil des Friedhofs, wo man nicht ohne Begleitung hinkommt) sind schon an sich ein ungemütliches Schauspiel. Selbst am helllichten Tag herrscht hier eine absolute, widernatürliche Stille. Die alten Bäume haben ihre Kronen so dicht zueinandergesteckt, dass sich schon ein paar Schritte von der Allee entfernt die Konturen der Grabsteine im Halbdunkel verlieren. Du gehst und spürst förmlich den starr auf dich gerichteten Blick vieler toter Augen.

Im zwanzigsten Jahrhundert verfiel Highgate und verwilderte. Als die Menschen nicht mehr kamen, vermehrten sich hier in der Stadt seltene Vogelarten, Igel und sogar Füchse. Gut,

Vögel und Igel, das geht ja noch, das jagt einem keine Angst ein, aber ein Fuchs, das können wir nicht auf sich beruhen lassen. Als Japanologe weiß ich nur zu gut, dass ein Fuchs nicht einfach ein normales Tier ist. Auf Japanisch heißt er *Kitsune* und ruft bei den kühnen Nachkommen der Samurai abergläubisches Entsetzen hervor. Jeder Japaner weiß, dass Kitsune ein Wiedergänger ist, der menschliche Gestalt annehmen und alle möglichen schrecklichen Dinge anstellen kann. Er ähnelt dem europäischen Werwolf, ist aber sehr viel listiger und raffinierter. Eine Begegnung mit einem Friedhofsfuchs kann deshalb nichts Gutes verheißen. Besonders, wenn es sich nicht um einen gewöhnlichen Friedhof, sondern um Highgate handelt, wo man sich seinerzeit so für Exhumierungen begeisterte.

Es mag ja noch angehen, wenn hinter einer Wegbiegung auf einmal der falsche Herzog von Portland auftaucht, vorwurfsvoll mit seinem grauen Backenbart wackelt, den Deckel seiner silbernen Uhr klickend zuschnappen lässt und dann von dannen schreitet. Bei ihm handelt es sich wenigstens um einen Händler, einen soliden Mann. Aber was, wenn aus einer moosbewachsenen Gruft eine goldhaarige Schönheit mit erloschenen Augen herausschaut und leise zischelt: *Give me back my poems?* Und ganz unheimlich wird einem, wenn man sich das zottelige Gespenst des aus der Ruhe geschreckten Karl Marx im leichenblassen Mondlicht vorstellt. Ein Gespenst geht um in Europa ...

Wir sollten auch nicht vergessen, dass der blutrünstige Jack the Ripper, den die Londoner Polizei nie gefasst hat, aller Wahrscheinlichkeit nach hier begraben ist. Es gibt Hinweise, dass der Verstümmler der Prostituierten von Whitechapel zur gehobenen Gesellschaft gehörte. Und falls das stimmt, wo hätte er dann seine letzte Ruhe finden können, wenn nicht in Highgate?

Die Frage ist nur, ob eine solche Seele überhaupt Ruhe finden kann, selbst nach ihrem Tod.

Und das ist noch nicht alles.

In der Bibliothek des Londoner Bürgermeisteramts stieß ich auf ein Buch über die Vampire von Highgate, die sich vor dreißig Jahren in den hiesigen Wäldern wild vermehrt hatten. Der Verfasser zitiert Auszüge aus Zeitungen, wo von abgerissenen Köpfen und durchgebissenen Arterien die Rede ist. Aber am überzeugendsten fand ich nicht die Sensationen der Horrorgeschichten, sondern die nüchternen Zeugenaussagen der Ortsansässigen: »Ich war auf dem Nachhauseweg von der Arbeit. Es war ungefähr halb zehn Uhr abends. Ich ging die Swains Lane am Friedhof entlang ... Auf einmal sehe ich, wie mir eine Gestalt entgegenschwebt, ganz lautlos. Ich habe einen furchtbaren Schreck gekriegt. Dann schaute ich wieder hin, und die Gestalt war verschwunden ...« (»Hampstead and Highgate Express«, 20. März 1970)

Erfindungen der Regenbogenpresse, dachte ich, als ich in dem hellen Lesesaal saß. Zu meiner Zufriedenheit las ich in einem anderen, vernünftigeren Buch, dass in den siebziger Jahren auf dem Friedhof Leute auftauchten, die den Kampf gegen die Vampire aufnahmen, einige Gräber öffneten und den Verstorbenen einen Espenpfahl ins Herz rammten. Einer dieser Ghostbusters kam dafür sogar ins Gefängnis. Das geschieht diesen Vandalen recht, befand ich und beruhigte mich endgültig.

Aber als ich auf den Friedhof kam, sah ich, dass die Eingänge einiger Grabgewölbe sorgfältig mit Ziegelsteinen zugemauert sind, und erinnerte mich wieder an das suspekte Buch. Der Verfasser schreibt, die Türen einiger besonders verdächtiger Grabmäler habe man zugemauert.

Gott sei Dank war ich nicht allein, mich begleitete ein Einheimischer, der örtliche Wächter und Aufseher. Dieser grauhaarige Gentleman, ein Mitglied der Gesellschaft »Friends of Highgate Cemetery« war gegen eine kleine Spende bereit, mich zu dem hintersten, fast unbegehbaren Ende der Nekropole zu führen.

Ich wollte ans Grab des Sonderlings James Holman, der, völlig blind, sich auf eine Weltreise begeben hatte und ein Buch darüber schrieb, was er in den fremden Ländern hörte, roch und fühlte.

Ich zeigte auf eine zugemauerte Gruft und fragte meinen Führer zum Spaß, ob es wahr ist, dass dies eine Vorsichtsmaßnahme gegen Vampire sei.

Mein Cicerone, der bis zu diesem Augenblick sehr gesprächig gewesen war, verstummte auf einmal. Er antwortete nicht sofort und recht kurz angebunden: »Unsinn. Lassen Sie uns weitergehen.«

Er wurde finster und schaute in eine andere Richtung. Und schmatzte mit den Lippen oder knirschte mit den Zähnen. Das war wahrscheinlich englischer Humor, aber es ging auf den Abend zu, von den Gräbern wehte ein kalter Luftzug, und über den Steinen begann sich der Nebel zu ballen ...

Ich schaute mich um und sah auf einmal, dass ein kleiner, stämmiger Alter mit bulldoggenartig herunterhängenden Backen und schlaffem Kinn hinter einem Busch stand und mich aufmerksam anblickte. Ich schwöre, er war eine Sekunde zuvor noch nicht da gewesen!

Der Unbekannte schluckte, fuhr sich mit der Hand über die kurz geschnittenen Haare, die schwarzen Augen zogen sich zusammen und funkelten. Mir wurde richtig mulmig.

Ich verabschiedete mich irgendwie von dem Führer und wandte mich zum Ausgang, wobei ich mich überreden musste, mich nicht umzusehen – meine Güte, was für eine Kinderei! Doch meine Schritte wurden von selbst immer länger, immer schneller.

Die Materie ist das Primäre

Der Mohr folgte dem bärtigen Mann lautlos. Dieser schien anscheinend etwas zu spüren, denn er beschleunigte seinen Schritt mit jeder Sekunde. Aber das waren alles Kinkerlitzchen, Hauptsache, nicht den Falschen erwischen.

Der Mohr schaute auf den ängstlich zwischen die Schultern geklemmten Nacken des späten Besuchers und sog mit seinen feinen Nüstern schnell die Luft ein.

Ein Russe! Das ist gut, das ist einfach hervorragend! Eine wunderbare, höchst appetitliche Nation! Schmackhafter als die sind wohl nur die Nordkoreaner!

Na, na, was noch? Nicht getauft. Gut!

Der geht nicht zur Kirche. Ein Materialist also? Vortrefflich!

War Mitglied im Kommunistischen Jugendverband. Von 1971 bis 1984. Mmm, blendend!

In einem schwerelosen Sprung flog der Mohr über einen steinernen Engel und schmatzte aufgeregt, denn er stellte sich vor, wie die geschmeidigen Wirbel unter seinen Zähnen knacken und wie das Blut seinen Gaumen in heißen Stößen kitzeln würde. Er durfte sich nur nicht dazu hinreißen lassen, alles auszusaugen, ohne einen kleinen Rest drinnen zu lassen. Das wäre dummer, kleinbürgerlicher Egoismus.

Der vielversprechende Besucher schoss wie eine Kugel

durch das Tor und atmete erleichtert auf. Er ging die Mauer entlang und pfiff sich sogar eins. Er hatte sich beruhigt. Das war prima. Sein Adrenalinspiegel würde nun fallen, das Blut seinen bitteren Geschmack verlieren und aufhören zu schäumen. Der Mohr hatte Schaumweine nie gemocht.

Er glitt über die Erde, von dem russischen Materialisten durch die steinerne Mauer getrennt, die er mit einem Satz überwinden konnte. Die Erfahrung hatte ihn gelehrt: Er durfte nicht hetzen, das war nicht ungefährlich. Er würde sonst noch irgendeinen Dreck trinken und dann Qualen leiden.

Zu Beginn seines Lebens in Highgate, als er gerade eben entdeckt hatte, dass die Materie Flüssigkeitszufuhr braucht, hatte der Mohr sich unvorsichtigerweise am Blut des erstbesten Bourgeois sattgetrunken, der dumm genug gewesen war, spätnachts an der Mauer entlangzuspazieren. Die Folgen waren verheerend. Das heißt, einerseits bestätigte sich die Hypothese: Der Prozess der Zersetzung wurde rückgängig gemacht, und die Materie regenerierte sich vollständig, aber der sittliche und psychologische Effekt stürzte den Mohren in echte Panik.

Untergraben durch die dekadente, spießbürgerliche Moral, wurde sein Bewusstsein lahm und kleinlaut. Ihm kamen Gedanken, mit denen er zu Lebzeiten nie zu tun gehabt hatte. Zum Beispiel folgender: Wie hatte er eine so ungeheuerliche Verantwortung übernehmen können? Er wusste doch, was für ein explosives Gemisch er in seinem Arbeitszimmer zusammenbraute. Wäre es nicht besser gewesen, seine intellektuelle Stärke auf etwas weniger Destruktives zu lenken?

Hatten ihn die machtgierigen, skrupellosen, selbstverliebten sogenannten Volksführer und kleinen Revolutionäre jeder Art nicht sein ganzes Leben angekotzt? War ihm denn nicht klar gewesen, was Diktatur des Proletariats hieß? War er nicht entsetzt gewesen über die Massenerschießungen der Pariser Kommune? Warum hatte er dann so viele Jahre und so viel Kraft darauf verwandt, um den blutigen Sieg der sozialistischen Revolution voranzutreiben? Doch wohl nicht etwa nur wegen der Furunkel an seinem Hintern und seiner Wut auf die Gläubiger, diese Blutsauger?

Er hatte sich noch nie so scheußlich gefühlt. Aber sein starker Wille triumphierte über das Gift der Bourgeoisie, und der Mohr ging in Zukunft vorsichtiger bei der Wahl seiner Nahrung vor.

Oh, Prinzipienlosigkeit und Allesfresserei waren der Grund für den Untergang vieler, allzu vieler Pseudomaterialisten, die den Versuchungen nicht standhielten. Das Schicksal all dieser Opportunisten gestaltete sich ohne eine einzige Ausnahme traurig.

Sie - diejenigen, die daran glaubten, dass die Materie das Primäre ist, und deshalb fest an sie gebunden waren – ließen sich in zwei Kategorien aufteilen.

Erstens die verweichlichten Liberalen vom Typ der armen Jenny. Wie sehr hatte er davon geträumt, nach der Beerdigung wieder mit ihr zusammensein zu können, mit dem einzigen ihm wirklich nahen Menschen, der ihn voll und ganz akzeptierte und ihm alles verzieh. Aber statt Jenny erwarteten ihn im Grab nur Knochen.

Nein, sie hatte ihn nicht verraten können, indem sie sich auf die Seite des Idealismus schlug, das war ausgeschlossen. Jenny glaubte aufrichtig an dasselbe, woran ihr Gatte glaubte, sie hatte sich nie verstellen können. Und als sie auf den Friedhof kam, hatte sie natürlich schnell gespürt, dass die aus Eiweiß bestehende Materie ohne Zufluss frischen Hämoglobins schnell zerfallen würde. Aber Jenny brachte es nicht über sich, Blut zu trinken – sie war zu gut für so etwas. Hinzu kamen ihre aristokratischen Vorurteile: Wie kann man sich dazu herablassen, einem unbekannten Menschen in den Hals zu beißen? Und so war sie also ausgetrocknet, hatte sich in Nichts verwandelt, das heißt, sie hatte ihn doch verraten.

Von Lenchen, der Haushälterin, brauchte man gar nicht zu reden. Ein sinnloses totes Stück Fleisch wurde in die Erde hinabgelassen. Sie war eine ungebildete, rückständige Frau. Sobald sie gestorben war, stürzte sie zu ihrem lieben Gott und flehte um Verzeihung für den Herrn Doktor.

Die zweite Kategorie von Pseudomaterialisten, das sind in ihren Mitteln wenig wählerische Gierschlunde, die Lassalle, dem Renegaten und Verräter der Arbeiterklasse, folgten. Diese Leute haben im zwanzigsten Jahrhundert die hehre Sache des Marxismus zugrunde gerichtet. Nicht imstande, Hunger und Entbehrungen auszuhalten, stürzten sie sich auf den erstbesten Besucher, und schon bald begann die Materie gemäß den Gesetzen der Dialektik über ihr Bewusstsein zu dominieren. Nachdem sie sich an klassenfremdem Blut gütlich getan hatten, verwandelten sie sich selbst in wohlanständige Bourgeois, setzten ideologisches Fett an und begannen, mit dem lieben Gott zu kokettieren. Nach ein paar Jahren war von den einstigen Materialisten nichts mehr übrig, im Grab lag nur verfaultes Zeug.

Von den Langlebigen war in Highgate außer dem Mohren nur noch Jack übrig, aber sie redeten schon über hundert Jahre nicht mehr miteinander und grüßten einander nicht einmal. Begrüß du so einen mal! Du sagst ihm: *»Good evening«* und kriegst von ihm »Heil, Luzifer« zur Antwort! Das ist das zwingende Ende des hirnlosen Proudhonismus. Diese elenden, ungeduldigen Gesellen verstehen nicht, dass man die Revolution nicht mit kleinen Provokationen und politischem Terrorismus vorantreiben kann. Zu Lebzeiten verstümmelte Jack die armen Londoner Schlampen, weil er sich davon in den Slums Pogrome und im Volk Aufruhr versprach, was in einen anarchistischen Aufstand münden sollte. Dann spürten die Zuhälter von Whitechapel Jack the Ripper selber auf, erstachen ihn, ohne viel Lärm dabei zu machen, und warfen ihn in die Gosse wie das Opfer eines gewöhnlichen Raubes. Als sie den Neuling hierher brachten, versuchte ihm der Mohr, der sich nach Gesprächspartnern sehnte, klarzumachen, dass man mit dergleichen Methoden nicht das Klassenbewusstsein des Proletariats wecken könne. Was für Argumente er nicht anführte, was für Beispiele aus der Geschichte! Alles Perlen vor die Säue. Dieses Schwein verfiel darauf, frische Kadaver zu fressen, und wandelte sich auf dieser Grundlage flugs zum Satanisten. Uff, dieses Schwanken der Rebellen aus der Middle Class!

Hundertzwanzig Jahre ohne Familie, ohne Gleichgesinnte, ohne Schreibtisch. Das ist schwer, wenn der Geist, pfui, nicht der Geist, sondern das Bewusstsein an die Materie gebunden ist. Es gab alles: magere Jahre und fette Jahre.

Der Anfang war ganz besonders hart, als sei er gar

nicht gestorben. Wie er sein ganzes Leben hinter einem Stück Brot hergejagt war, so nagte er auch hier am Hungertuch.

Der Tod eines Materialisten ist ein prosaisches Phänomen, der Mohr hätte ihn fast gar nicht bemerkt.

Er saß zu Hause, in der Maitland Park Road, in seinem Lieblingssessel und schaute auf das Feuer im Kamin. Er hustete, da platzte etwas in seiner Brust. Er wollte seine Tochter rufen, bekam aber keinen Ton heraus. Sein Mund ließ sich nicht öffnen.

Tussy kam von selbst herein, zwei Minuten später. Sie ging auf ihn zu, beugte sich über ihn und schrie auf einmal: »Mohr! Mohr! O Gott! O Gott!«

Erst als er hörte, wie seine Tochter in seiner Gegenwart das verbotene Wort sagte, begriff er, was passiert war. Er hatte keinerlei Angst, war lediglich neugierig. Na, was würde jetzt kommen? Doch nicht etwa die Gerichtsverhandlung beim lieben Gott? Den Teufel werd' ich tun!

Er sah plötzlich das Zimmer von oben: eine weinende Frau, einen in einen Plaid gehüllten Greis, dem der Kopf auf die Brust gesunken war und die Spucke über das runzelige Kinn rann (seinen berühmten Bart hatte er sich vor zwei Jahren abrasiert, nachdem er sich damit ein letztes mal hatte fotografieren lassen – er war ihn leid gewesen). Den Mohren zog es weiter nach oben, zur Decke, aber er rief sich streng zur Ordnung: »Es gibt kein Bewusstsein ohne die Materie!«, und sofort steckte er wieder in seinem eigenen Körper, der ganz gefühllos und unbeweglich war.

Dann kam die abscheuliche Beerdigung. Wie oft hatte er sich vorgestellt, wie ihm Hunderttausende von Proletariern das letzte Geleit geben, wie sie feurige Reden über dem Katafalk schwingen und feierliche Schwüre ablegen würden.

Von wegen!

Der Sarg war der billigste, den es gab, für viereinhalb Pfund, und der Kranz sah so aus, dass er besser gar nicht da gewesen wäre. Nur elf Menschen hatten geruht, auf den Friedhof zu kommen.

Zwar hielt der General eine gute Rede, aber als er, in Fahrt gekommen, rief, der Name und das Werk des Verschiedenen würden die Jahrhunderte überdauern, runzelte der kleingläubige Liebknecht die Stirn, und es gab sogar welche, die schmunzelten, das sah der Mohr, denn er konnte nach dem Tod wieder hervorragend sehen, wie in jungen Jahren.

Nur Tussy weinte. Das Dummerchen tat ihm leid. Der Mohr sah auf einmal, wie sie sterben würde: Den Kopf in den Nacken geworfen, würde sie Blausäure trinken, während der Mann, der mit ihr zusammen aus dem Leben scheiden wollte, nicht daran dachte, selbst Gift zu nehmen. Er würde auf die sich in Todesqualen windende Geliebte blicken, angeekelt das Gesicht verziehen und das Zimmer verlassen. Für ihn war es zu früh zu sterben, er hatte eine andere Frau, die jünger und schöner war.

Als hätte sie diese stumme Warnung gehört, heulte die Tochter auf, so dass der Mohr das Ende der Rede nicht mehr richtig mitbekam.

Als Erster warf der General eine Handvoll Erde auf den Sargdeckel. *Brrr, bloß nicht den Würmern zum Fraß vorgeworfen werden*, hörte der Verstorbene, was jener dachte,

zuerst ins Krematorium, dann die Asche über dem Meer
verstreuen lassen und adieu.

Der alte Friedrich war immer leichtsinnig, ihm mangelte es an wirklicher Festigkeit. Wie stolz er auf seinen militärischen Spitznamen war und nicht erriet, dass alle über ihn spotteten. Ein schöner »General«, der eine Woche gekämpft hatte und danach nur noch auf die Fuchsjagd ging, »um nicht die Übung als Kavallerist zu verlieren«. Um bis zum Sieg des Proletariats auf der ganzen Welt auszuhalten, musste man starke Nerven und stählerne Geduld haben. Seine Asche über dem Meer zu verstreuen, das war für einen echten Materialisten ein unzulässiger Luxus.

Es gab ja eine Zeit, in der es schien, als brauche man nicht mehr lange zu warten. Auf die mageren folgten die fetten Jahre. In dem am stärksten heruntergekommenen Winkel des bourgeoisen Friedhofs tauchten immer häufiger Besucher auf: anfangs einzelne, dann ganze Delegationen. Verkümmerte Blumensträuße wurden von Kränzen mit Bändern wunderbar satter blutroter Farbe abgelöst, Reden in verschiedenen Sprachen waren zu hören, und dann folgte die triumphale Übersiedlung in den angesehensten Bezirk von Highgate, deren Krönung in der Errichtung eines Denkmals bestand. In Stein war der Mohr so verewigt, wie er zu Lebzeiten niemals war: titanisch, furchtgebietend, gottähnlich. Schade, dass der hochmütige Spencer kein Materialist war und diesen großen Tag nicht mehr erlebte, er hätte glatt vor Neid sein Grab zerbissen.

Jahrzehnt für Jahrzehnt speiste der Mohr wie im besten Restaurant. Lautlos schlich er zu einem einsamen Pilger oder drängte sich in die Menge, schnupperte seelenruhig, wählte ein möglichst appetitliches Objekt aus und tat sich genüsslich, ohne Gier daran gütlich. Es kam vor, dass er erst von dem einen, dann von dem anderen kostete und sich zum Nachtisch eine Sozialdemokratin mit verschleiertem Blick aufhob. Und in jeder Wunde ließ er ein wenig von seiner Spucke zurück, auf dass der Gebissene ein Partikel Karls des Großen vom Highgate-Friedhof trage. So schritt der Marxismus also auch durch die ganze Welt!

Aber die profitgierigen Lassallianer verrieten die Sache des Proletariats. Der Mohr merkte das schon, als die Mitglieder der kommunistischen Delegationen sich teure Gabardinemäntel und Pausbäckchen zuzulegen begannen. Immer deutlicher machte sich in ihrem Blut ein fettiger Beigeschmack breit, so dass es schwer von dem Blut eines Bankiers oder Brokers zu unterscheiden war.

Dann kam die Katastrophe.

Schon mehr als zehn Jahre nagte der Mohr nun am Hungertuch. Immer seltener erschienen Delegationen, und Materialisten, die im Alleingang kamen, blieben völlig aus – nur Touristen mit Kameras ließen sich blicken, von denen jeder unbedingt ein Foto haben wollte, wo zu sehen war, wie er sich an dem steinernen Bart des proletarischen Messias festhielt. Das letzte Mal, dass er sich richtig hatte stärken können, war, als ihn kubanische Genossen besuchten. Vor Hunger hatte er sich ohne Sinn und Verstand mit dem dicken kreolischen Nektar volllaufen lassen und sich dann so lange damit geplagt, bis ihm die Dollarschnörkel wieder hochkamen – das Blut der Einwohner der Insel der Freiheit war vom teuflischen Bazillus amerikanischen Geldes verseucht.

Seitdem waren zwei Monate vergangen. Die ganze Zeit

hatte es keinen einzigen halbwegs essbaren Materialisten gegeben. Die Aktivisten der örtlichen Abteilung der Kommunistischen Partei, die täglich eine rote Nelke am Grab niederlegten, zählten nicht. Sie waren alle von oben bis unten zerbissen, in ihren Adern floss kein Blut, sondern nur die Spucke des Mohren.

Damit die Haut sich nicht mit grünen Leichenflecken bedeckte und die Gelenke nicht austrockneten, musste er zu einem Surrogat greifen. Aber das führte erstens zu einer Abstumpfung des rationalen Denkens, zweitens begann sich im grauen Haar ein widerliches Rot zu zeigen. Es fehlte nur wenig, dann würde er nachts den Mond anheulen.

Und da erschien auf einmal ein echter Russe! Glatzköpfig, mit einem Bärtchen – genau wie der andere, der vor hundert Jahren mit einer roten Rose in der Hand an seinem Grab erschienen war. Ach, was der für ein Blut gehabt hatte! Nicht zu scharf, mit einem pikanten, bitteren Beigeschmack, ein bisschen kühl. Der Mohr würzte es mit seinen Fermenten, es kochte, schäumte und rann durch die Arterien. »Nadjeschda!«, rief der Russe seiner glupschäugigen Begleiterin zu. »Lass uns zurück zum Parteitag gehen! Ich werde diesen impotenten Hunden und politischen Huren zeigen, was Dialektik ist!«

Erregt von der süßen Erinnerung schwang sich der Mohr auf die Mauer und trippelte über ihren Kamm, von wo aus er dem einsamen Fußgänger auf den Rücken springen wollte.

Der Augenblick war ideal: Auf dem schmalen Weg, der sich zwischen den Mauern der beiden Hälften des Friedhofs durchzwängte, war es leer, weit und breit weder Autos noch Fahrradfahrer.

Ein letztes, ganz, ganz tiefes Einatmen vor dem Sprung.

Halt! Was war das für ein scheußlicher Geruch?

Die weiten Nüstern des Mohren zuckten hektisch.

Das kann nicht sein! Strenge Rüge mit Vermerk in der Personenkartei im Jahre 1982. Regelmäßige Unterlassung der Zahlung der Mitgliedsgebühren! Schlief bei den Parteischulungsvorlesungen der Universität für Marxismus-Leninismus!

Für wen hatte er bei den Wahlen gestimmt, na?

Zum Kotzen!

Kleinbürgerlicher Abschaum, ein widerlicher Liberaler wie der vierfach gehörnte Esel Willich oder der Renegat Herwegh!

Pfui! Der Mohr hätte sich beinah übergeben – er wandte sich angeekelt ab und hielt sich die Nase zu.

Da hätte er doch wirklich beinahe Gift getrunken!

Der Arme schwankte, er drohte vor Hunger in Ohnmacht zu fallen. Aber da erblickte der Mohr zum Glück ein Surrogat unter einem Weidenbusch.

Er schwang sich in die Luft, fiel über den mageren, grauroten Rücken her und schlug die Zähne in den pelzigen Nacken. Knurrend und ganze Fellbüschel ausspuckend, trank er das zähflüssige Blut des Tieres. Mit finsterer Ironie dachte er: Schade, dass der General nicht da ist, der schwärmte so für die Fuchsjagd.

Der an alles gewohnte Friedhofsfuchs stand ergeben da. Er wartete, bis der Vampir sich gesättigt hätte, und presste nur ängstlich seine von den Flöhen zerbissenen Ohren an den Scheitel.

Friedhof Père Lachaise
(Paris)

Voilà une belle mort
oder
Der schöne Tod

Hier fühlst du dich wie Napoleon auf dem Feld von Austerlitz. Überall ein Fest des Todes, viele Bronzewaffen, malerisch hingebreitete Körper, und periodisch kommt einen die Versuchung an, in den Ausruf auszubrechen: *Voilà une belle mort!*
Voilà un beau cimetière.

Das liegt nicht am gepflegten Ambiente oder der Schönheit der Skulpturen, sondern an der absoluten Übereinstimmung mit der Erde, in der diese 70 000 Gruben ausgehoben sind. Wenn man durch die Alleen schlendert, vergisst man keinen Augenblick, dass es sich um *französische* Erde handelt, selbst wenn man den armenischen oder jüdischen Sektor betritt. Und während man auf dem Alten Donskoje-Friedhof in Moskau den Eindruck hat, dort ist das frühere, vergangene Russland begraben, so wirkt das Frankreich des Friedhofs Père Lachaise quicklebendig und energiegeladen. Vielleicht liegt das daran, dass er die wichtigste Nekropole des Landes ist? Ein solcher Ort hat die Eigenschaften eines Filters: Alles Überflüssige, Beigemengte, Unwesentliche sickert in den Boden; nur der trockene Rest bleibt, die Formel für die nationale Eigenart.

Frankreich ist eines der wenigen Länder, über das sich schon bei jedem Kind eine Vorstellung herausbildet. Mein Bild stimmt mit dem überein, das die meisten haben: d'Artagnan (alias Napoleon und Fanfan La Tulipe), der große Magister der Tempelritter (alias Graf von Saint-Germain und der Graf von Monte Christo) und natürlich Manon Lescaut (alias Königin Margot und Madame Pompadour). Man kann dieser Trias auch einen anderen Namen geben, direkt auf Französisch – man versteht diese Worte auch ohne Übersetzung: *aventure, mystère, amour.* Das Klischee, das aus Büchern und Filmen entstanden ist, sitzt so fest, dass keinerlei später erworbene Kenntnisse, ja noch nicht einmal die persönliche Bekanntschaft mit dem realen Frankreich imstande sind, dieses Bild zu verändern oder es wenigstens in wesentlichen Punkten zu ergänzen. Und das Wichtigste ist: man will es auch gar nicht ändern. Das echte Frankreich, das nicht aus den Büchern stammende, ist ein genauso langweiliges, prosaisches Land wie alle anderen Länder der Welt. Seine Bewohner interessieren sich nicht in erster Linie für Liebe, Abenteuer und Mystik, sondern für Steuern, Immobilien und Benzinpreise. Deshalb ist der Friedhof Père Lachaise eine echte Freude für einen Frankophilen, zu denen 99,9 Prozent der Menschheit zählen, nur die Separatisten von Korsika und Neukaledonien nicht. Auf dem Friedhof Père Lachaise gibt es weder Benzin noch Steuern. Immobilien sind zwar äußerst anschaulich vertreten, aber der metaphysische Sinn dieses Wortes überwiegt entschieden die kommerzielle Komponente.

Um doch vom Kommerz zu sprechen, so ist zu sagen, dass die Stadt Paris das erste, siebzehn Hektar große Grundstück auf dem Charonne-Hügel am 23. Prairial des zwölften (und letzten) Jahres der Ersten Republik, das heißt im Jahre 1804, von Privatleuten erwarb. Die Friedhöfe, die in der Innenstadt lagen, hatten sich in Brutstätten von Epidemien verwandelt, weshalb das Bürgermeisteramt Millionen Skelette in die Katakomben überführen ließ und für neue Verstorbene parkähnliche Nekropolen in den Vorstädten einrichtete.

Zuerst hieß er Ostfriedhof, aber es bürgerte sich schnell ein anderer Name ein, der heutige. Er bedeutet »Vater Lachaise«, hier verbrachte einst der berühmte François de La Chaise, der Beichtvater des Sonnenkönigs, seinen Lebensabend.

In den ersten Jahren wollte kaum jemand seine teuren Verwandten in dem wenig angesehenen Außenbezirk beerdigen. Die Behörden griffen deshalb zu einem wirksamen Werbetrick: Sie siedelten ein paar *Stars* auf dem Friedhof Père Lachaise an. Der Anfang war nicht gerade vielversprechend: Die Umbettung der sterblichen Überreste der Luise von Lothringen, der unbedeutenden Gattin des unbedeutenden Heinrich III., machte den Friedhof nicht attraktiver. Aber wofür ich Frankreich am meisten liebe, das ist die Tatsache, dass hier die Literatur mehr bedeutet als die Monarchie. Als man aber im Jahre 1817 die sterblichen Überreste von Abaelard, La Fontaine, Molière und Beaumarchais auf den Friedhof Père Lachaise umbettete, begann eine Ruhestätte dort als große Ehre zu gelten. Das war auch der Beginn der Touristenattraktion Père Lachaise.

Seit zweihundert Jahren begräbt man hier berühmte und/oder reiche Verstorbene. Deshalb gibt es hier eine solche Menge an Sehenswürdigkeiten wie in keiner anderen Nekropole der Welt.

Ich beginne mit der, von der man den Kindern des Sowjetlands in der Schule erzählte: der Mur des Fédérés. Ich erinnere mich sehr genau an den Geschichtsunterricht aus Anlass der Hundertjahrfeier der Pariser Kommune: »die blutige Maiwoche«, die Henker von Versailles, die Märtyrer des Friedhofs Père Lachaise. Wahrscheinlich habe ich damals diesen Namen zum ersten Mal gehört. Was heute erstaunt, ist nicht die Hinrichtung selbst (schließlich hatten die Kommunarden, als sie an der Macht waren, sich auch nicht gescheut, Leute zu erschießen), sondern die Vereinigung des Unvereinbaren. Normalerweise ist dem Tod der Zutritt zu einem Friedhof verwehrt. Gestorben und getötet wird irgendwo anders, jenseits der Einfriedung, in der großen und gefährlichen Welt, hier bringt man nur die sterblichen Überreste hin, die sich von der Seele schon verabschiedet haben. Auf dem Friedhof Père Lachaise aber riecht es nach frischem Blut, denn hier wurde viel und laut getötet. Zuerst im Jahre 1814, als die russischen Kosaken unter den Kadetten der Militärschule, die sich auf dem Hügel verbarrikadiert hatten, ein Blutbad anrichteten. Dann 1871, zur Zeit der Kommune: Die Franzosen feuerten mehrere Tage aufeinander, wobei sie zwischen den Grabmälern Deckung suchten, und töteten fast tausend Menschen. Doch das war ihnen noch zu wenig, und so wurden hundertfünfzig Revolutionäre, die mit dem Leben davongekommen waren, morgens im Mai an einer niedrigen Mauer erschossen. Jetzt begräbt man in diesem Sektor Kommunisten, und auf den umliegenden Gräbern liegen fast ausnahmslos rote Kränze.

Ich habe auf alten Friedhöfen, an Gräbern, die hundert Jahre oder sogar noch älter sind, noch nie eine solche Menge frische Blumen gesehen. An viele von denen, die auf dem Friedhof Père Lachaise liegen, erinnert man sich und liebt sie – vielleicht ist es deshalb hier gar nicht schrecklich und nicht einmal besonders traurig.

Da liegen Rosen, Chrysanthemen und Lilien auf der gediegenen Granitplatte, unter der Édith Piaf und ihr junger Ehemann ruhen, ein griechischer Friseur, den die große Sängerin zu einem Schlagerstar machen wollte, was ihr aber nicht mehr vergönnt war.

Meine bescheidenen botanischen Kenntnisse reichen nicht aus, um das gesamte Spektrum der Flora zu benennen, mit der das Grab von Yves Montand und Simone Signoret übersät ist. In dieser Überfülle spürt man eine gewisse Hysterie – alle haben die jüngste Geschichte mit der Exhumierung von Montands Leiche im Gedächtnis. Eine gewisse Aurore Drossart, zweiundzwanzig Jahre alt, behauptete, er sei ihr Vater, und erstritt vor Gericht tatsächlich ein genetisches Gutachten. Man buddelte den Verstorbenen aus, schnipselte ein Stückchen von ihm ab, aber die DNS-Analyse bestätigte die Vaterschaft nicht, und man buddelte den Sänger wieder ein. Montand tut einem leid. Ich erinnere mich, wie jung, schön und von allen geliebt er in der Sowjetunion war. »Ami lointain.« Aber ich erinnere mich auch an den sowjetischen Film »Ein Mädchen sucht seinen Vater«, und deshalb tut mir die vom ganzen französischen Volk gehasste Aurore Drossart noch mehr leid als Montand. Ihm kann es ja egal sein, aber das arme Mädchen, wie soll es nun auf der Welt zurechtkommen?

Eine ganze Menschenmenge betätigt geschäftig die Auslöser ihrer Kameras an dem Denkmal, das mit rot-weißen Blumensträußen, den Farben der polnischen Fahne, verziert ist. Hier ist die Gruft des herzlosen Chopin. Herzlos in dem Sinne, dass der Komponist ohne sein Herz begraben wurde, das in eine Warschauer Kirche tausend Kilometer von hier entfernt geschafft wurde.

Das wichtigste Bauwerk des Friedhofs ist das Mausoleum der Gräfin Demidowa, *née* Stroganowa, das in seinen Ausmaßen und der Überladenheit sehr den Datschen der neuen Russen auf der Rubljower Chaussee gleicht. Die *alten* Russen waren auch einmal *neue* und wollten eine Show abziehen. So dass es nichts Neues unter der Sonne gibt, auch unter den Russen nicht; was einmal war, kommt wieder. Die neurussischen Neureichen, zu denen auch die Demidows und Stroganows einst gehörten, würden sich mit der Zeit darüber klar werden, dass sich der wahre Reichtum nicht in Gigantomanie, sondern in der Vertiefung äußert und der wahre Eindruck nicht nach außen, sondern nach innen zielt.

Von dieser Art ist beispielsweise die Gruft des reichen Mannes mit dem fast russischen Namen: Raymond Roussel (1877–1933). Er verfasste aus Spaß Gedichte und Prosa, begeisterte sich aber in seinen letzten Lebensjahren vor allem für Schach. Er ist allein begraben, in einer Gruft mit zweiunddreißig Plätzen, entsprechend der Zahl der Schachfiguren. Wenn man sich den Kopf zerbricht, was für eine sonderbare Botschaft dahintersteckt, dann kommt man in etwa zu folgender Lösung: Hier ruht ein König, der in einer langen, schwierigen Partie all seine Bauern und Läufer verlor, aber trotzdem den Sieg davontrug.

Ich habe viel Zeit gebraucht für die Suche nach der Grabstätte zweier Ausländer, die kaum jemand besucht. Nur mit Mühe habe ich sie zwischen Tausenden und Abertausenden gleicher Tafeln an der Urnenwand entdeckt. *ISADORA DUNCAN: 1877–1927. École du Ballet de l'Opéra de Paris* und *NESTOR MACHNO. 1889–1934* Das waren besondere Menschen: Ihr ganzes Leben begleiteten beide, jeden auf seine Weise, Blitzgewitter und Donnergrollen. Jetzt verbergen sie sich in Form von zwei bescheidenen Quadraten zwischen ihren stillen unbekannten Zeitgenossen. Das ist auch eine Art Botschaft, und sie zu entziffern ist schwieriger als die von Roussel.

Der Hauptstar des heutigen Père Lachaise ist ebenfalls ein Ausländer, Jim Morrison. Die meisten Besucher kommen nur wegen dieses unscheinbaren Grabes auf den Friedhof (früher gab es eine Büste, doch sie wurde gestohlen). Vom Haupttor gleich hierher, in den sechsten Sektor. Sie lassen die Musik von vor dreißig Jahren laufen und kiffen. Man sagt, früher sollen sie manchmal Orgien gefeiert haben, aber ich hatte Pech, als ich da war, fand keine statt. Allerdings habe ich mich dort auch nicht lange aufgehalten, denn ich war als Jugendlicher kein Fan der »Doors«.

Ich hatte mir eine Route mit meiner eigenen Hierarchie der Sehenswürdigkeiten von Père Lachaise zurechtgelegt.

Ich ging von Westen nach Osten, beginnend mit dem vierten Sektor, wo Alfred de Musset liegt. Der Grund ist nicht, dass er einer meiner Lieblingsschriftsteller wäre. Neugier und eine Art Verwandtschaftsgefühl zogen mich an sein Grab. Unter den Bäumen kann ich nur die Birke eindeutig identifizieren, und bei Naturbeschreibungen lasse ich mich nicht vom visuellen Bild, sondern vom Klang leiten. So notiere ich zum Beispiel etwas wie: »Die Zweige der Erlen und Ulmen schaukelten«, obwohl ich keine Ahnung habe, wie sie aussehen, diese Erlen und Ulmen, und ob sie überhaupt nebeneinander wachsen. Das ist unwichtig – richtig aneinandergefügte Laute haben eine Eigenwirkung. Musset war anscheinend vom selben Schlag. Er hatte verfügt, dass man eine Trauerweide auf sein Grab pflanzen solle – auf dem Denkmal findet sich sogar ein schönes Epitaph, in dem die Rede davon ist, dass der leichte Schatten des traurigen Baumes den ewigen Schlaf des Dichters beschützen soll. Nur, woher soll man auf dem trockenen Hügel Weiden nehmen? Ich ging hin und vergewisserte mich: Es war wirklich eine Weide, allerdings eine ziemlich verkümmerte. Man sah gleich, dass sie nicht lange leben würde. Wie viele dieser armen Bäume haben die Gärtner hier wohl im Laufe von anderthalb Jahrhunderten schon zugrunde gerichtet, und das alles nur wegen ein paar schöner Zeilen? Als Mensch, für den sich die Welt um die Literatur dreht, ist mir dieser Gedanke angenehm.

Von der Parzelle vier ging's zur benachbarten Parzelle sechsundfünfzig (die Nummerierung auf dem Père Lachaise ist irgendwie merkwürdig, sie springt), wo ich einen Blick auf das Grab von Raymond Radiguet (1903–1923) werfen wollte, der an galoppierendem Typhusfieber starb. Bevor er erkrankte, sagte das Wunderkind zu Jean Cocteau einen mysteriösen Satz, der mich seit Jahren nicht loslässt: »In drei Tagen werden mich die Soldaten des Herrn erschießen.« Woher wusste er das, fragte ich mich? Wer hatte es ihm gesagt? Ich habe schon seit langem den Verdacht, dass das Schriftstellertalent nicht darin besteht, sich etwas auszudenken, was es nicht gibt, sondern über ein besonderes inneres Ohr Texte zu hören, die *schon irgendwo existieren*. Und der genialste Schriftsteller, das ist der, der dieses mystische Diktat am genauesten niederschreibt. Ich stand an einem Grab, an dem nichts Bemerkenswertes war, und lauschte. Ich habe nichts Besonderes gehört.

Ich ging zum Sektor neunundvierzig, wo ein anderes Geheimnis ruht: Gérard de Nerval, ein vornehmer Wahnsinniger, der sich in einer Januarnacht des Jahres 1855 an einem Straßengitter aufhängte. Die Marmorsäule, die von einer äußerst nichtssagenden antiken Urne gekrönt wird, erinnert an ein Ausrufezeichen, dabei hätte ein Fragezeichen doch nähergelegen.

Er hat gelebt, bald fröhlich wie ein Star im Flug,
zeitweis verliebt, leichtsinnig und voll Überschwang,
bald wieder traurig wandelnd zwischen Traum und Trug ...
bis eines Tags die Glocke an der Tür erklang.

Der Tod war's. Nun, er bat um Aufschub ihn, genug,
dass er den allerletzten Vers zu Ende sang:
dann streckte er sich ohne weiteren Verzug
im Sarge aus, wo Todeskälte ihn durchdrang.

Er war recht faul, so wird es in den Büchern stehen,
hat oft die Tinte an der Feder trocknen sehen;
wollt alles wissen – und hat dennoch nichts erkannt ...

Und als man ihm, den dieses Leben ausgebrannt,
an einem Winterabend seine Seele nahm,
ging still er fort und fragte: »Warum ich wohl kam?«

(Gérard de Nerval: »Epitaph«)*

»Ja, warum eigentlich?«, fragte ich die Säule. »Die Zeit wird kommen, da du es erfährst«, antwortete sie, und von der Antwort vollauf zufriedengestellt, ging ich weiter, zur Parzelle siebenundvierzig, zu Honoré de Balzac.

Hierher zog mich nicht ein Geheimnis, sondern Mitleid. Ich erinnere mich, wie ich bei Stefan Zweig von dem dicken, kurzatmigen Schriftsteller las, der sein ganzes Leben lang vergeblich

---

* Übersetzung: Heiner Schmidt. In: Gérard de Nerval: »Töchter der Flamme. Das ausgewählte Werk«, Freiburg i. Br. 1953, S. 425

dem Reichtum, der Liebe und dem Glück hinterherjagte; ich war entrüstet über die Gräfin Hanska, die dieses große Kind damit quälte, dass sie ihn jahrelang warten ließ, und ihre Einwilligung in die Ehe erst dann gab, als Balzac nur noch wenige Monate zu leben hatte. Da richtete er nun eine luxuriöse Wohnung für seine Braut ein, machte sich auf den Weg nach Berditschew, heiratete dort und schrieb in einem Brief: »Ich hatte weder eine glückliche Jugend noch einen blühenden Frühling, aber ich werde den strahlendsten Sommer und den wärmsten Herbst haben.« Dann brachte er die hochnäsige Gattin nach Paris, litt den ganzen Sommer qualvoll unter seiner Krankheit und erlebte den Herbst nicht mehr. Ewelina Hanska war fünf Monate lang die Ehefrau eines lebenden Klassikers, dann dreißig Jahre die Witwe eines toten Klassikers und liegt weitere hundertzwanzig Jahre mit ihm unter derselben Grabplatte.

Von Balzacs Büste, die von vorne stark dem Pferd eines Schachspiels gleicht, ist es ganz nah zur Parzelle sechsundachtzig und fünfundachtzig. Da sind noch zwei Grabsteine, die zu meinem Pflichtprogramm gehören.

Der Erste enttäuschte mich. Eine leidenschaftslose schwarze Tafel. An der schmalsten Seite in akkuraten Goldbuchstaben: *Marcel PROUST 1871–1922*. Das Auge hat nichts, was es anzieht. Ich hatte mir etwas der Proust'schen Prosa Verwandtes vorgestellt: etwas Bizarres, Überschwängliches und Zähes, das eine lange, nachdenkliche Betrachtung erfordert. Leider gab es nichts, worüber man hätte nachdenken können. Auf den ersten Blick zumindest. Aber wenn man ein, zwei Minuten dastand, fing man an zu verstehen, dass der schwarze Marmor nicht auf den genialen Schriftsteller hinweist, sondern auf den seltsamen, ungeselligen Menschen, der die letzte Periode seines

Lebens als freiwilliger Einsiedler verbrachte, indem er sich mit dicken Vorhängen und schalldichten Wänden von der Außenwelt abschirmte. Ein großer Schriftsteller ist nicht als Person interessant und bedeutend, sondern als jemand, der in seinen Texten die Worte richtig auf dem Papier anordnet. Das Beste und Wichtigste, was man über einen Schriftsteller wissen muss, enthalten seine Bücher. Den Menschen und umso mehr sein Grab braucht man sich nicht anzusehen. Weil er ein Mensch wie jeder andere auch ist, und sein Grab ein Grab wie jedes andere auch.

Etwas verlegen, weil ich die Privatsphäre eines fremden Menschen verletzt hatte, ging ich zur Nachbarparzelle, und meine Stimmung änderte sich. Nicht die Prosaiker, sondern die Dichter sind doch die wahren Schriftsteller, dachte ich, während ich die verschnörkelten Schriftzeichen auf dem Grab des Wilhelm Apolinary de Kostrowicky betrachtete, der unter dem Namen Guillaume Apollinaire bekannter ist. Erstens kommt ein Dichter mit einer wesentlich kleineren Anzahl von Worten aus, so dass das spezifische Gewicht eines jeden Buchstabens sehr viel höher ist. Zweitens muss man, um das Genie eines fremdsprachigen Dichters schätzen zu können, erst einmal seine Sprache bis zur Perfektion beherrschen, also einen äußerst komplizierten, aus vielen Komponenten bestehenden Code studieren; andernfalls muss man Ausländern aufs Wort glauben. Der Tod des Menschen namens Apollinaire ist ein verschwindend kleines Sandkorn in einem doppelten Orkan von Katastrophen: Der Dichter starb in den letzten Tagen des Ersten Weltkriegs an der Spanischen Grippe, die weit mehr Menschenleben dahinraffte als alle Verduns und Marnes zusammengenommen. Aber sein Grab erzählt nichts von seinem körperlichen Leiden und Sterben, eingemeißelt in den Stein sind Worte, Worte, Worte: erst als regelmäßige Reihe von Vierzeilern, dann als Kalligramm in Form eines kleinen Herzens. Ich habe dieses Sendschreiben in Versen gar nicht genauer gelesen, sein Sinn war mir auch so klar: *Im Anfang war das Wort, und am Ende bleibt nur das Wort, und es wird finster auf der Tiefe sein, und der Geist Gottes wird auf dem Wasser schweben.*

Nachdem ich das Pflichtprogramm, den Besuch der Gräber der Schriftsteller, absolviert hatte, fühlte ich mich frei und ließ mich auf ein unsystematisches Streunen durch die Alleen und Pfade ein, um Geschmack, Farbe und Geruch von Père Lachaise auf mich wirken zu lassen. Das war der Punkt, an dem sich die oben erwähnte Trias herauskristallisierte, die bezaubernde Formel für die französische Art: *aventure, mystère, amour.*

Die Aura von *aventure* (weniger im Sinne eines Abenteuers, das einem zustößt, als im Sinne von Abenteuerlust) gehört auf natürliche und organische Weise zum Friedhof Père Lachaise. Ihn verbindet ungeheuer viel mit dem Namen des großen *Abenteurers,* der aus dem Nichts in die Höhen des Ruhmes und der Macht aufstieg und dann vom Sockel herab auf eine kleine, öde Insel gestürzt wurde. Die Nekropole wurde im Jahr von Napoleons Krönung gegründet; sie färbte sich erstmalig blutrot in dem Jahr, da der Korse abdankte; das zweite Mal wurde im Jahr des endgültigen Zusammenbruchs des Bonapartismus geschossen. Hier sind die Frauen begraben, die der Kaiser geliebt oder zumindest umarmt hat: die Schauspielerinnen Mademoiselle Georges und Mademoiselle Mars, die Seiltänzerin Madame Saqui und die »Ägypterin« Pauline Fourès sowie die wunderbare Gräfin Walewska. Hier liegen fast alle Marschälle Napoleons. Bonaparte hätte am Jahrestag seines Todes, um Mitternacht, zur Stunde seines traurigen Endes, mit seinem Luftschiff nicht an dem steilen Ufer anlegen sollen, sondern am Charonne-Hügel. Die schnurrbärtigen Grenadiere hätten ihn nicht gehört, denn sie haben auf diesem angesehenen Friedhof nichts zu suchen, sie schlafen *an der Elbe rauschendem Strand, / Unterm Schnee des eiskalten Russland, / Unter siedendem Wüstensand.** Aber die Marschälle – diejenigen, die im Kampf umkamen, und diejenigen, die ihn verrieten und ihren Degen verkauften – hätten bestimmt auf den Ruf geantwortet, wären mit funkelnden Goldtressen aus ihrer prunkvollen Gruft gestiegen und hätten sich unter der durchschossenen Standarte mit dem Buchstaben N. aufgestellt. Und Mademoiselle Lenormand hätte die graue Platte ihres Grabmals angehoben, das sich nicht weit vom Haupteingang befindet, und hätte diesem prächtigen Heer glänzende Siege und einen schönen Tod prophezeit.

Aber die Erinnerung an die berühmte Sybille, die dem kleinen Südländer ein unerhörtes Schicksal wahrsagte, gehört schon in den Bereich von *mystère*. Von allen Pilgerströmen ist eben dieser, den es nach esoterischen Geheimnissen verlangt, der mächtigste auf dem Friedhof Père Lachaise – Literaturliebhaber, Verfechter der Kommune und sogar Jim-Morrison-Fans können da nicht im mindesten mithalten.

Das Mausoleum von Léon Rivail (1804–1869), der bekannter ist unter dem Namen Allan Kardec, ist über und über mit Blumen übersät und von einem dichten Kreis von Jüngern umstanden. An den Begründer der spiritistischen Lehre von der Wiedergeburt der geistigen Substanz erinnert man sich heute nur noch

---

* Zitat aus dem Napoleon gewidmeten Gedicht »Luftschiff« (1840) von Michail Lermontow (1814–1841)

in zwei Ländern: in Frankreich und in Brasilien, in diesen dafür aber umso mehr. Während Kardec in Frankreich als mystischer Philosoph gilt, wird er in dem riesigen lateinamerikanischen Land als neuer Messias verehrt, als Prophet einer Religion, die Millionen von Anhängern zählt. Vor Kardecs Gruft wird in portugiesischer Sprache gebetet, Zettel in französischer Sprache werden niedergelegt, und ehrfürchtig berühren die Leute die Schulter der Bronzebüste. Ich habe eine ganze Schlange von Menschen gesehen, die nach einem Wunder dürsteten. Sie war natürlich nicht so lang wie die Schlange, die einst vor dem Leninmausoleum ausharrte, aber dafür sprach aus den Gesichtern der Wallfahrer nicht Neugier wie aus denen auf dem Roten Platz, sondern eine angespannte Andacht. Auf dem Denkmal steht: *Geboren werden, sterben, wiedergeboren werden und sich unaufhörlich vervollkommnen – das ist das Gesetz.*

Eine Weiterführung dieser durchaus buddhistischen Maxime kann man auf der Grabstele des Kardec-Schülers Gaëtan Leymarie lesen: *Sterben heißt aus dem Schatten ins Licht treten.* Ihrer spiritistischen Meinung nach verhält es sich so, dass wir, die wir hier mit Fotoapparaten auf den sonnigen Wegen spazieren, in Wirklichkeit in der Dunkelheit herumirren, während die Verstorbenen, die in der Erde, unter vermoderten Brettern liegen, in den Strahlen eines blendenden Glanzes baden. Demnach haben wir das Interessanteste und Wunderbarste wohl noch vor uns? Gar nicht so schlecht, diese Lehre.

Der Grabstein des Okkultisten Papus, den die Historiker unseres Vaterlands nur als Scharlatan und Spitzbuben darstellen, ist ebenfalls blumenübersät. Offenbar schätzt man Gérard Encausse (so lautet sein richtiger Name), den *Großmeister des Martinistenordens,* in Frankreich anders ein. Für Russland ist Papus nur eine der Passionen der Kaiserin Alexandra Fjodorowna vor Rasputin. Ihm ist es zu verdanken, dass Zar Nikolaj II. mit dem Geist seines erlauchten Vaters zusammentraf. Der sibirische Mönch jedoch (den Papus nicht ausstehen konnte und vor dessen Einfluss er den Zaren auf alle mögliche Weise warnte) hat den diplomierten französischen Schamanen ganz in den Hintergrund gedrängt. Dabei hatte Papus dem russischen Zaren schon 1905 sein tragisches Schicksal vorhergesagt, aber versprochen, das Herrscherhaus der Romanows zu schützen, solange er lebe. Er starb Ende 1916. Übrigens genauso wie Rasputin. Soll man an einen mystischen Zusammenhang der Ereignisse glauben? Wenn man auf dem Père Lachaise ist, neigt man dazu.

Besonders wenn zwischen den Grabplatten eine der mageren Père-Lachaise-Katzen durchschlüpft, von denen es laut Reiseführer an die hundert gibt. Sie sind lautlos, ungestüm und nehmen keinen Kontakt zu den Menschen auf. Oder vielleicht doch zu den Angestellten, die sie füttern? Oder füttern sie sich allein durch, fressen irgendwelche Spatzen? Katzen sind im Unterschied zu Hunden Wesen aus der nächtlichen Welt, aus der Welt hinter den Spiegeln. Der Friedhof ist genau der Ort, wo sie hingehören. Ich war allerdings im März auf dem Père Lachaise, und die Katzen führten sich auf, wie das Katzen im März so an sich haben. Zuerst erheiterte mich diese Dissonanz mit der Umgebung und erinnerte mich an das berühmte russische Gemälde von Jaroschenko mit dem Titel »Leben ist überall«, aber dann dachte ich auf einmal: Das ist doch kein Zufall, diese geilen Katzen, dieses wollüstige Geheule in den Sträuchern. Und da ging mir das wichtigste Element der Trias von Père Lachaise auf: *amour.*

Père Lachaise ist eine Nekropole der Liebe, mit allen Facetten, die dieses bunte Phänomen eben hat: mit traurigen, romantischen, komischen und unanständigen.

Auf jedem Friedhof, selbst wenn er sehr alt ist, stößt man auf das scharfe, tragische Aroma *auseinandergerissener* Liebe: Fälle, wo der Tod die Liebenden getrennt hat. Père Lachaise bewahrt eine Vielzahl trauriger und schöner Geschichten dieser Art.

Da ist zum Beispiel die Statue des Heerführers Barthélemy Joubert, der am Tag nach seiner Hochzeit tot vom Pferd fiel. Es gab mehr als nur ein einziges junges Genie der Revolutionskriege, und ein jeder dieser jungen Männer hätte Kaiser werden können. Den strahlendsten, den neunundzwanzigjährigen Hoche, raffte ein abrupter Tod dahin; der dreißigjährige Joubert wurde bei Novi von der Kugel eines russischen Soldaten getroffen. Doch General Bonaparte, der auf der Brücke von Arcole oder in Ägypten hätte fallen müssen, blieb unversehrt. Warum? Weiß der Himmel. Er stieg auf, ließ sich von der Frau scheiden, die er liebte, heiratete eine Frau, die er nicht liebte, legte sich ein Bäuchlein zu und starb an Magenkrebs. Joubert aber blieb im Gedächtnis der Nachkommen der ewige Frischvermählte, ein Bräutigam des Todes.

Das Grabmal von Napoleons Minister Antoine de Lavalette erinnert an ein anderes Liebesdrama, das einem noch mehr das Herz zerreißt. Nach dem Ende der Herrschaft der *Hundert Tage* wartete Graf de Lavalette in der Todeszelle. Am Abend vor der Hinrichtung kam seine Frau zu einem letzten Treffen und tauschte ihre Kleider mit dem Todeskandidaten. Er kam frei, sie blieb im Kerker, ein romantischer Trick, der zigmal in der Literatur, im wirklichen Leben aber fast nie vorkommt. Nur das Ende ist unromantisch. Die selbstlose Gräfin, die man in dem steinernen Verlies schmoren ließ, verlor den Verstand. Für den Aufschub des Todes (den Daten auf dem Denkmal nach zu schließen: um fünfzehn Jahre) musste Lavalette einen zu hohen Preis bezahlen.

Eine andere Liebende, die Frau von Amedeo Modigliani, stürzte sich einen Tag nach dessen Tod aus dem Fenster. Selbst dass sie im neunten Monat schwanger war, konnte sie nicht aufhalten. Alle drei, der Mann mit seiner Frau und ihr ungeborenes Kind, liegen unter einem unauffälligen Stein auf der Parzelle sechsundneunzig. Geschichten dieser Art sind ähnlich wie auch Doppelselbstmorde von Liebespaaren besonders ergreifend, unabhängig davon, wie viele Jahre seitdem vergangen sind. Man überlegt, was war das nur, ein Sieg des Todes über die Liebe, oder umgekehrt?

Aber der Friedhof Père Lachaise liegt in Frankreich, einem galanten und leichtsinnigen Land, wo die Tragödie nur eine kleine Wolke am Himmelsrand ist, der es verwehrt ist, den ganzen Himmel zu überziehen. Es wird Ihnen hier nicht gelingen, einer traurigen Liebe zu lange nachzuweinen, denn in Frankreich liegt zwischen dem Erhabenen und dem Koketten nur ein Zentimeter, und zwischen dem Ober- und dem Unterkörper noch weniger.

Die Verbindung von Liebe und Tod ist mitunter auch komisch, im Sinne schwarzen Humors.

Auf die schöne Bronzeskulptur des Präsidenten Félix Faure (1841–1899) wird ein ahnungsloser Mensch mit Ehrfurcht reagieren: Ein Mann des Staates liegt und umarmt die Fahne der Republik. *Oh Captain, my Captain! Voilà une belle mort!* Und so weiter. Aber bei seinen Zeitgenossen, die darüber informiert waren, dass dero Exzellenz in den Armen seiner Geliebten verschied, löste diese Allegorie mit Sicherheit ganz andere Assoziationen aus. Inzwischen hat das Bonmot einen langen Bart: *Präsident Faure fiel in Ausübung seiner Pflichten.*

Eine andere, ebenfalls liegende Bronzefigur mischt hohe Tragik und Obszönes auf noch pikantere Weise. 1870 wurde die Gesellschaft durch einen Skandal aufgeschreckt: Der bekannte Streithahn und Raufbold Prinz Pierre Bonaparte hatte den jungen Journalisten Victor Noir erschossen, der es gewagt hatte, Seiner Hoheit eine Aufforderung zum Duell zuzustellen. An der Beisetzung dieses Opfers monarchistischer Willkür nahmen 100 000 Menschen teil, dieses Ereignis wurde zu einem Donnergrollen, das den baldigen Fall des Zweiten Imperiums ahnen ließ. Der erschütterte Bildhauer stellte den schönen Jüngling äußerst realistisch dar: Jede Falte seiner Kleidung ist zu sehen. Sei es aufgrund dieser Realitätstreue, sei es nicht ohne Hintergedanken (Noir galt als Herzensbrecher), jedenfalls wölbt sich unter dem Hosenschlitz der Statue etwas ziemlich auffällig. Wahrscheinlich stach das anfangs weniger ins Auge, aber nach mehr als hundert Jahren glänzt die Bronzewölbung so unerträglich, dass sie nicht mehr zu übersehen ist. Das liegt daran, dass das Denkmal zum heidnischen Kultgegenstand für unfruchtbare oder an unglücklicher Liebe leidende Frauen wurde – sie bringen Noir Blumen und streicheln inbrünstig die magische Stelle. Man sagt, manchen helfe es

Dieser Stoff führt uns endgültig in das Reich des Unterleibs, aber da kann man nichts machen: Dieses heikle Thema mit Schweigen zu übergehen hieße Zensur auszuüben und die Aura von Père Lachaise zu *kastrieren.* Eine ganze Reihe von Sehenswürdigkeiten auf dem Friedhof hängen auf die eine oder andere Weise mit dem männlichen Zeugungsorgan zusammen: mit seiner demonstrativen Anwesenheit wie im Falle des erschossenen Journalisten oder, umgekehrt, mit seiner vielsagenden Abwesenheit.

Die Asche der romantischen Verliebten Abaelard und Héloïse wurde Anfang des neunzehnten Jahrhunderts hierher gebracht und in einer prunkvollen gotischen Gruft begraben. Bekanntlich strafte der erzürnte Vormund von Héloïse den schmeichelnden Verführer und entmannte ihn, wodurch er die physische Vereinigung der Liebenden unmöglich machte. Abaelard und Héloïse mussten ins Kloster gehen und fanden sich erst siebenhundert Jahre später auf demselben Lager wieder, wie dies der Bildhauer wollte.

Eine weitere Kastration, ebenfalls ein Akt gekränkter Sittsamkeit, wurde vorgenommen an dem geflügelten Engel (genauer: dem Zwischending zwischen Engel und Sphinx, denn ein Engel hat keine Geschlechtsteile, und eine Sphinx hat keine Flügel), der den Wallfahrtsort der Homosexuellen, das Grab von Oscar Wilde, schmückt. Gerüchten nach sollen es die Tollkühnsten fertiggebracht haben, sich auf den Sockel zu schwingen und sich mit dem steinernen Ungeheuer geschlechtlich zu vereinigen, woraufhin es kastriert wurde. Das hielt aber die Pilger nicht ab: Das Denkmal ist über und über bedeckt mit den Abdrücken geschminkter Lippen, und an seinem Fuß liegt ein Stapel an Wilde adressierter Liebesbriefe. Hundert Jahre nach Oscars Tod wird er sehr viel leidenschaftlicher geliebt als zu Lebzeiten. Da sieht man, dass *plaisirs d'amour* manchmal langlebiger sind als *chagrins d'amour,* die nur *toute la vie* dauern, so dachte ich und richtete meine Kamera auf eine schwarze Katze, die sich einen Platz ausgesucht hatte, von dem aus sie

die Spuren des Lippenstifts vom Knie der armen Sphinx able-
cken konnte.

Als ich, nach Moskau zurückgekehrt, das Foto abziehen ließ,
war da natürlich keine Spur von einer Katze – nur ein durchsichtiger Schatten lag auf dem Stein.

Lass mich deinen Mund küssen

»Nicht Mond noch Stern zu finden,
Schwarz liegen Fluss und Flur«,[*]

deklamierte Pascha Lenkow und kroch aus seinem Versteck, um vorsichtig die Avenue des Combattants Étrangers zu inspizieren.

Sie war still, dunkel und menschenleer. Vor zweieinhalb Stunden war der letzte Besucher gegangen, vor dreiundvierzig Minuten hatte der Sprengwagen aufgehört zu rauschen, und vor zehn Minuten war der Wärter auf dem Fahrrad vorbeigefahren.

»Maulwurf, los«, forderte Lenkow seinen Mitarbeiter auf und zitierte wieder den *Sponsor* – das hatte sich Pascha in letzter Zeit so angewöhnt:

»Sieben Stern im Wasser gleiten,
Sieben am Himmel sind.«[**]

Es gab eine Zeit, da der dritte Arbeitsabschnitt seine feinfühlige Seele in Angst und Schrecken gestürzt hatte. Ein

---

[*] Oscar Wilde: »Sämtliche Werke in zehn Bänden«; Hrsg.: Norbert Kohl, Bd. 5, Gedichte, Frankfurt/Main 1982, S. 126; Übersetzung: Gisela Etzel
[**] ebd.

paar Tage vor der Operation verlor Lenkow den Appetit, konnte nicht schlafen und schluckte Beruhigungstabletten. Aber dann hatte sich etwas in seinem Inneren geändert. Das nervöse Zittern war nicht verschwunden, aber es war jetzt eher ein ekstatischer Schauer, eine Art euphorischer Adrenalinschub. Die Brust weitete sich, wenn sie die nächtliche Friedhofsluft einatmete (oh, das unvergleichliche Aroma der Geheimnisse und Geister), der Puls wurde pochend und angespannt wie ein Pizzicato, der Schritt wurde federnd, schwerelos.

Das einzige Unglück: in diesem Zustand wurde Pascha unerhört schwatzhaft. Er merkte das selbst, konnte es aber nicht abstellen.

Zur Parzelle neunundachtzig gelangten sie in fünf Minuten, über einen Weg parallel zur Avenue Circulaire, die, wie die Friedhofsordnung vorsah, einmal alle halbe Stunde von nächtlichen Sicherheitskräften kontrolliert wurde.

Lenkow rezitierte in dramatischem Flüsterton den Monolog der »Salome« in der Übersetzung von Balmont. Sein Mitarbeiter schwieg wie üblich und schaute wachsam um sich.

Einmal schoss aus den Büschen eine Katze direkt vor ihre Füße, und Pascha hätte fast aufgeschrien, aber in einer blitzschnellen Bewegung stieß ihm der Maulwurf seinen Ellbogen unter das Sonnengeflecht, so dass statt des Schreis nur ein unterdrücktes Schluchzen zu hören war.

Als Lenkow wieder normal atmen konnte, waren sie schon an Ort und Stelle.

Die Sphinx glich einem riesigen Raubtier, das zum

Sprung angesetzt hatte. Im Licht der Lampe schien es, als sei die Skulptur aus Eis.

Pascha begrüßte das Ungeheuer mit einer Strophe aus Gumiljows Übersetzung:

»Sehnsüchtige Sphinx, hervor zu mir!
Leg auf mein Knie den Kopf, den still
Mit sanfter Hand ich streicheln will;
Hervor, du luchsgeflecktes Tier!«*

»Los«, brummte der Maulwurf und legte die Tasche mit den Instrumenten auf die Erde. Lenkow setzte den Rucksack ab und holte eine Plane aus dunkelgrauem Segeltuch heraus. In zusammengefaltetem Zustand war sie etwas größer als eine Schuhschachtel, auseinandergefaltet hatte die lichtundurchlässige Leinwand eine Größe von drei mal vier Metern. Lenkow half, sie auseinanderzuziehen und zu befestigen, und darin erschöpfte sich Paschas unmittelbare Teilnahme an der Operation eigentlich auch – mit dem Rest würde der Maulwurf allein klarkommen.

Lenkow tätschelte die Tatze des Ungeheuers und brummte:

»Gib mir der Klauen Elfenbein
Und deinen langen glatten Schweif –
Wie lauernd rahmt sein Schlangenreif
Die Wucht der samtenen Tatzen ein.«**

---

* ebd., S. 197; Übersetzung: Norbert Kohl
** ebd.

Und er dachte dabei an eine Million. Meine Güte, eine Million! Und das allein durch die Optimierung des Produktionsprozesses! Am Beginn seiner *Necrophorus*-Karriere, als Pascha romantisch und unerfahren war, ging er folgendermaßen vor: Erstens, er machte ein Artefakt ausfindig. Zweitens, er beschaffte es. Drittens, er suchte einen Kunden dafür. Wie viele wunderbare Sachen er durch diesen Dilettantismus völlig unter Wert verkauft hatte! Er schämte sich, wenn er nur daran dachte. Jetzt war er schlauer geworden. Erster Abschnitt: Suche eines Artefakts; zweiter: Kontaktaufnahme mit einem Kunden; dritter: Extraktion; vierter: Ablieferung des Artefakts zu einem vorher vereinbarten Preis.

Die Pluspunkte dieses Algorithmus lagen auf der Hand. Erstens, das Objekt gerät nicht an einen Zwischenhändler, sondern an denjenigen, der es wirklich braucht. Zweitens, der Kunde hat die Sicherheit, dass die Ware echt ist und es sich nicht um eine Fälschung handelt. Auf Wunsch gewährte Pascha noch einen Sonderservice: persönliche Anwesenheit beim dritten Abschnitt (natürlich gegen einen Aufpreis und auf eigene Verantwortung des Interessenten). Ein paarmal fanden sich Verrückte, die weder der nächtliche Friedhof noch die möglichen Folgen schreckten. Es ist ja bekannt, dass die meisten leidenschaftlichen Sammler psychisch krank sind.

Das Business, dessen Hirn und Chef Pascha Lenkow war, florierte.

Und so hatte es begonnen:

Vor neun Jahren, in der finstersten Zeit der wilden Neunziger, hatte der Doktorand des Instituts für Weltliteratur endgültig verstanden, dass er keine Koryphäe der Philologie werden würde, nicht weil ihm die Fähigkeiten dazu abgingen, sondern weil er bei seinem Stipendium in Höhe von sechs Dollar und der totalen Unmöglichkeit eines zusätzlichen Verdienstes bald krepieren würde. Von seinen Kommilitonen sattelte einer nach dem anderen um, reiste als fliegender Händler auf der Suche nach russischer Mangelware in der Weltgeschichte herum, verdingte sich beim Sicherheitspersonal der Banken oder betätigte sich als Verkäufer im Kleinhandel. Doch aufgrund seiner körperlichen Konstitution konnte Pascha ihrem Beispiel nicht folgen: Sie erlaubte ihm nicht, Säcke und Kisten zu schleppen oder sich bei Regen und Schnee vor den Türen einer Bank die Beine in den Bauch zu stehen. Und es war auch ärgerlich. Er hatte nun fast ein Jahrzehnt auf das Erlernen eines Berufs verwandt, eines heißgeliebten Berufs, notabene. Und jetzt sollte er sein ganzes Wissen wegschmeißen?

Pascha saß von morgens bis abends in der ungeheizten Institutsbibliothek und zerbrach sich den Kopf darüber, wie er in seinem Beruf, der völlig an aktueller Bedeutung verloren hatte, zu einem anständigen Verdienst kommen könnte. Wo wurde heute ein Fachmann für Literaturgeschichte gebraucht? Allenfalls in irgendeinem ausländischen Slawistenparadies, aber da hatten sie genug eigene Schlaumeier.

Dem Doktoranden kam die Idee, als ihn seine Braut Mila verließ. Sie sagte zum Abschied: »Ich bin dein Gejammer leid«, aber Pascha wusste ja, dass sie in Wirklichkeit das schäbige Zimmer in der Gemeinschaftswohnung und den zwei- oder manchmal sogar dreimal aufgebrühten Tee leid war.

Im ersten Augenblick wollte sich Pascha aus dem Fenster stürzen, aber das Holz war so verzogen, dass das Fenster nicht aufging. Im zweiten Augenblick, als er sich schluchzend seine trostlose Beerdigung und die Finsternis des Grabes vorstellte, hatte er ein *Satori*.

In den folgenden Jahren änderte sich Paschas Leben radikal. Er wohnte jetzt in einem zweihundert Quadratmeter großen Loft mit Hightechdesign in der Twerskaja, fuhr einen Alfa-Romeo-Sportwagen, übernachtete in Luxushotels und reiste nur Business Class (er hätte auch die erste Klasse nehmen können, aber er wollte nicht unnötig auf sich aufmerksam machen).

Geheiratet hatte er nicht, das konnte warten, was hätte er schon davon, aber Pascha war weit davon entfernt, unter dem Fehlen weiblicher Zärtlichkeit zu leiden, wobei all seine Freundinnen die Brillenschlange Mila, die für das Potenzial des armen Doktoranden blind gewesen war, an Schönheit weit übertrafen.

Lenkow galt immer noch als Angestellter in seinem in Auflösung begriffenen Institut, wo man ihm nach wie vor nichts bezahlte, aber auch nicht verlangte, dass er etwas tat. Der Status eines Wissenschaftlers erlaubte ihm, in Archiven und nur für Professoren zugänglichen Bibliothekslesesälen zu arbeiten. Vor fünf Jahren hatte Lenkow seine Dissertation verteidigt, und zwar mit Auszeichnung; man schlug ihm sogar vor, ein populärwissenschaftliches Buch daraus zu machen, aber er war klug genug, dies abzulehnen. Das Thema lautete: »Textanalyse des Letzten Willens der Literaten der Puschkin-Ära«.

Die Dissertation war gleichsam ohne sein Zutun entstan-

den, als Nebenprodukt der Zeit, als Lenkow auf den Petersburger Friedhöfen arbeitete.

Der erste Abschnitt des Produktionsprozesses war der
angenehmste, und er war über jeden Zweifel erhaben, absolut harmlos: Du sitzt im Archiv und studierst das Leben
längst entschwundener Menschen. Doch dein Hirn ist hell-
wach, und das Wasser läuft dir im Munde zusammen vor
Vorfreude, besonders wenn das Studienobjekt plötzlich zu
erkennen gibt, dass es das Zeug zum *Sponsor* hat (dieser
Terminus stammte von Pascha, er fand ihn witzig).

Er stellte sich gerne vor, dass er ein Perlenfischer auf Ko-
rallenriffen sei. Da schwebt er sanft mit dem Tauchgerät
über schönen, sanft schaukelnden Dschungeln und freut
sich am Schillern des blauen Wassers und an den exoti-
schen Fischen. Auf einmal glänzt eine Perlmuttmuschel
auf, sein Herz beginnt zu hämmern. Er schießt nach unten
und öffnet mit der ein wenig zitternden, das Messer um-
schließenden Hand die Muschelschalen. Und wenn nun innen der matte Glanz einer kostbaren Perle leuchtet?

In Wirklichkeit werden Perlen wohl kaum auf diese Weise gesucht, das war Pascha klar. Allenfalls irgendwelche
vornehmen Laien, deren Hobby das war, gingen so vor.
Lenkow aber war in seinem Fach ein echter Profi. Vornehm war er nicht gerade.

Er nannte sich *Necrophorus*, nach dem lateinischen Namen für den Totengräber, den prächtigen Käfer aus der Familie der Silphidae, id est: Aasfresser.

Wie der Necrophorus lebte Pascha von den Verstorbenen,
und wie schon gesagt, er lebte gar nicht schlecht davon.

Die Idee, die es ihm erlaubte, aus seinem historischen und

philologischen Wissen, das in der Phase einer im Entstehen begriffenen Marktwirtschaft gewöhnlich als völlig unrentabel gilt, Kapital zu schlagen, war genial einfach: Er musste in (möglichst nie publizierten) alten Dokumenten und Memoiren nach Hinweisen auf Wertgegenstände forschen, die als Grabbeigabe in den Sarg gelegt worden waren. Im sentimentalen neunzehnten Jahrhundert war das ein äußerst verbreiteter Brauch. Am bequemsten war es, mit den Schriftstellern anzufangen, denn im Literaturarchiv gab es zu jedem von ihnen ein namentliches Dossier. Später forschte Pascha auch in anderen Archiven und erweiterte so den Kreis der potenziellen Sponsoren. Unter den Kunstobjekten, die durch Lenkows Hände gingen, waren Ringe, Medaillons, ein paar mit Edelsteinen besetzte Degen und Ordenssterne aus Diamanten. Hin und wieder grub er etwas Exotischeres aus, so zum Beispiel den Hinweis auf ein Bündel Liebesbriefe, das ein Dichter des Puschkin-Kreises sich in den Sarg hatte legen lassen. Necrophorus machte eine Bodenprobe und untersuchte den Feuchtigkeitsgehalt der Grabstätte. Der Beschreibung der Bestattung war zu entnehmen, dass es sich um einen Eichensarg handelte, so dass die Briefe sich mit Sicherheit gut erhalten haben mussten. Das Blatt mit dem Archivstempel beträufelte Pascha mit einer Säure; die wertvolle Information, die nun nur noch ihm bekannt war, wanderte in seinen »Katalog«. Die Ware war einzigartig, erforderte aber einen speziellen Käufer, der erst noch gefunden werden musste. In den Jahren dieser Perlenfischerei hatte Lenkow schon wer weiß was für Schätze in seinem Katalog geführt.

Aber, wie bereits gesagt, die Entdeckung des Artefakts

war nur der Beginn des Produktionsprozesses. Im Anschluss daran musste ein Kunde aufgetrieben werden. Inzwischen hatte Pascha jede Menge Verbindungen geknüpft und genoss bei Vermittlern und Sammlern der ganzen Welt eine unangefochtene Autorität, aber in den ersten Jahren hatte er sich ganz schön die Hacken ablaufen müssen.

Okay, der Kunde stand also fest, und der Preis war vereinbart. Was nun kam, war die Phase der Extraktion oder die Operation im eigentlichen Sinne. Und dabei ging nichts ohne den Maulwurf.

Sie arbeiteten schon seit mehr als drei Jahren zusammen, hatten aber über den Dienst hinaus keine persönliche Beziehung. Pascha wollte auf Nummer Sicher gehen. Ein Telefonanruf: Vom Soundsovielten bis zum Soundsovielten steht eine Geschäftsreise bevor, die Nummer des Fluges. Der Maulwurf brummelt: »Geht klar« und legt auf, er fragt noch nicht einmal, wohin der Flug geht. Ein idealer Partner.

Pascha hatte lange nach so einem gesucht.

An einem bestimmten Punkt war ihm klar geworden: Die Tatsache, dass er jedes Mal die Säufer vom Friedhof einschalten musste, um sie für einen Kasten Wodka das Grab öffnen und in den sterblichen Überresten wühlen zu lassen, stellte ein zusätzliches Risiko dar. Lenkow konnte diese Arbeit nicht allein tun: Er hatte dazu nicht genügend Kraft, und es war ihm auch zu unheimlich.

Es grenzte wirklich an ein Wunder, dass ihn noch keiner von diesen zufälligen Helfern im Suff verpfiffen hatte. Er musste mit diesem Dilettantismus Schluss machen. Er brauchte einen Profi, der nicht trank, nicht redete und eine gute physische und technische Ausbildung hatte.

Hinzu kam, dass Pascha reif war, die internationale Bühne zu betreten. Dort würde er endlich auch reichere Kunden finden und sich so ein größeres Betätigungsfeld erschließen können. Die russischen Friedhöfe waren eine unsichere Deponie. Es hatte in den letzten hundert Jahren zu viele Kriege, Revolutionen und Perioden der Zerrüttung gegeben, und bekanntlich büßt die sakrosankte Gültigkeit aller möglichen Tabus (wie beispielsweise die Scheu vor einer Grabschändung) in Zeiten sozialer Katastrophen ihre Unbedingtheit ein. Mehr als einmal war es vorgekommen, dass eine Grabstätte, die er unter großem Verlust an Geld, Zeit und irreparablen Nervenzellen geöffnet hatte, längst ausgeweidet war, vielleicht sogar schon seit dem Bürgerkrieg.

Um einen Meister zu finden, hatte Lenkow mehrere Monate auf verschiedenen modernen Friedhöfen zugebracht und die Totengräber bei der Arbeit beobachtet. Und da war ihm auf dem Nikolo-Archangelskoje-Friedhof der Maulwurf aufgefallen.

Man sah sofort: Das war nicht einfach ein Profi, das war ein echter Virtuose. Es ist eines der spannendsten Schauspiele der Welt, wenn man sieht, wie ein Meister arbeitet. Dabei ist gar nicht so wichtig, was er macht. Ob er ein Bild malt, Fleisch hackt oder Schuhe putzt, das spielt keine Rolle. Ein Mensch, der eine Sache macht, für die er geboren ist, ist großartig.

Der Maulwurf ging zu der mit Pflöcken gekennzeichneten Parzelle und nahm sie in Augenschein, wobei er leicht seine buschigen Brauen spielen ließ. Die Brigade hielt respektvoll Abstand und wartete.

Dann schwang der wunderbare Totengräber mit einer graziösen Lässigkeit seine Picke und machte ein paar Kerben in den Erdboden. Die Arbeiter nahmen ihre Instrumente, und es war, als ob sich die Erde, so steinig oder vereist sie auch war, von selbst auf die Schaufeln legte.

Der Brigadier stand abseits und rauchte. Sie riefen ihn, wenn eine Wurzel ausgerissen oder ein festsitzender Steinbrocken aus der Erde herausgezogen werden musste. Dann sprang der Boss in die Grube, haute etwas ab, schlug auf etwas ein, stemmte sich darauf, nutzte die Hebelwirkung, und das Problem war gelöst. Pascha hatte den Brigadier nie länger als eine Minute brauchen sehen.

Was Lenkow besonders gefiel, war, dass der Vorarbeiter praktisch ohne Worte auskam. Auch sein Blick überzeugte: trübe, gleichsam nach innen gekehrt. Sicher, er hatte nicht gerade die Weisheit mit Löffeln gefressen, war aber auch kein totaler Schwachkopf, denn immerhin hatte er es zum Brigadier gebracht.

Die weitere Prüfung bestätigte, dass die Wahl auf den Richtigen gefallen war. Er trank nicht und hatte keine Ahnung von Fremdsprachen und Geographie. Madrid, New York, Paris, für ihn war alles eins. Er hockte im Hotel, sah Fußball oder guckte, so vorhanden, den Pornokanal. Aber nachts auf dem Friedhof, wenn er sein Instrument in der Hand hatte, dann war er ein richtiger Paganini.

So ein Mitarbeiter war das also.

Die Plane aus dunkelgrauem Stoff brauchte er, um unnötige Komplikationen zu vermeiden. Wenn der Friedhofswärter plötzlich auf die Idee käme, gegen seine Gewohnheit in die Avenue Carette einzubiegen, an der die Parzelle neunundachtzig liegt, würde er, selbst wenn er nur fünf Schritte von der Sphinx entfernt vorbeiginge, nichts merken. Der Maulwurf und Necrophorus buddelten auf der gegenüberliegenden Seite in der Erde und waren dabei auch noch unter einem Stoff versteckt, der dieselbe hellgraue Farbe wie die Skulptur hatte. Entdecken konnte man sie nur, wenn man ihnen ganz dicht auf den Leib rückte. Aber das hätte Lenkow dem Franzosen auf keinen Fall geraten. Der Wärter auf dem Wolkow-Friedhof in Petersburg war einmal auf die Idee gekommen, auf dem Grab des Kammerherrn Graf von Opraxin zu pinkeln, wo Pascha und der Maulwurf gerade arbeiteten. Der von der Operation völlig in Bann gezogene Pascha hatte den besoffenen Argus erst bemerkt, als jener das aus dem Erdinneren sickernde Licht sah und primitiv fluchte. Lenkow geriet in Panik, der Maulwurf nicht. Er packte den armen Wärter am Bein, zog ihn ins Grab und haute ihm ein einziges Mal mit der geballten Faust aufs Ohr. Dann stopfte er den bewusstlosen Körper in den stabilen, nicht die Spur vermoderten Sarg, neben die verstorbene Erlaucht, und schüttete das Ganze wieder ordentlich mit Erde zu. Wenn er sich daran erinnerte, bekam Pascha heute noch ein nervöses Zucken.

Der Maulwurf kroch einen kurzen Moment am Sockel der Skulptur entlang und holte einen Bohrer aus dem Koffer. Er schürfte dicht am Stein, leuchtete mit der Taschenlampe und nickte. Unter der Plane war es schwül, der am Bohrer festgeklebte Lehm funkelte feucht.

»Natürlich kritisiert man seine Werke zu Recht wegen ihrer Manieriertheit und billigen Effekthascherei«, brabbelte

Pascha, während er zusah, wie der Fachmann mit der leise summenden Kreissäge ein Rechteck in der Erde aussägte. »Aber was für eine bezaubernde Lautmusik! Was für Bilder! Hier ein Vierzeiler, aus dem der ganze Alexander Blok und die Hälfte des Silbernen Zeitalters der modernen russischen Dichtung hervorgegangen sind:

Ein bleiches Weib stand ganz allein
– Im matten Haar einen Frühlingsstrahl –
Noch zögernd am Laternenpfahl,
Die Lippen von Flamme, das Herz von Stein.«[*]

Der Mitarbeiter wischte sich den Staub vom Gesicht.

»Ich gebe es ja zu«, sagte Necrophorus und hob ratlos die Hände, »meine Übersetzung lässt zu wünschen übrig. Im Original klingt es sehr viel musikalischer:

But one pale woman all alone,
The daylight kissing her wan hair,
Loitered beneath the gas lamps' flair,
With lips of flame and heart of stone.«

Geschickt hob der Maulwurf die komplette Grasnarbe ab und legte sie zur Seite. Er würde sie nachher zurücklegen und das Ganze wieder einebnen; dann wäre nicht zu sehen, dass jemand in dem Grab gewühlt hatte.

Jetzt nahm der Fachmann den handlichen Spaten aus Titan. Man konnte buchstäblich zusehen, so schnell versank

---

[*] ebd., S. 87; Übersetzung: Gisela Etzel

er erst bis zum Gürtel und dann bis zu den Schultern in der Erde. Ein richtiger Maulwurf, dachte Lenkow. Pascha hatte jetzt eine einfache Aufgabe: Er musste die Pyramide ausgehobener Erde glatt trampeln, damit der Haufen nicht zu groß wurde.

Da hörte man das typische Geräusch, das Metall macht, wenn es gegen Stein stößt – der Maulwurf war also schon bis zum Grund gekommen und stützte den Sarkophag mit Böcken ab, damit er nicht abrutschte. Seit Beginn der Operation war weniger als eine halbe Stunde verstrichen.

Der Maulwurf zog Pascha am Bein. Das hieß: Los!

Lenkow schluckte und stieg in das schwarze Quadrat. Das Herz klopfte ihm bis zum Hals, aber das war angenehm: ein Gefühl, als rase er mit dem Schlitten einen steilen Abhang hinunter.

Als er Schulter an Schulter mit dem Maulwurf in der engen Gruft stand, witterte Necrophorus die Luft von vor hundert Jahren. Der Strahl der Lampe huschte über den Sargdeckel. Unter einer dicken Schicht Staub (woher der hier nur kam?) schimmerte die lackierte Oberfläche matt.

»Bronze«, sagte der Maulwurf ehrfürchtig, als er die Zierschrauben an den Ecken abtastete. »Super.«

Und ohne Zeit zu verlieren, schaltete er den elektrischen Schraubenzieher an. *Sssick, sssick* ... heulte der monoton, und die Schraube ließ sich flink lösen. Von Zeit zu Zeit hielt der Maulwurf um nachzuölen, dann ging es wieder los. Pascha hielt sich gequält die Ohren zu.

»Jetzt!«, sagte der Maulwurf.

Sie nahmen den Deckel mit vier Händen und legten ihn vorsichtig beiseite.

Pascha hatte für alle Fälle eine mit Lavendel imprägnierte Gasmaske mitgenommen. Aus alten Gräbern steigt manchmal ein Parfum auf, da kann es sein, dass du den ganzen Arbeitsplatz vollkotzt. Dem Maulwurf machte das nichts, der war hartgesotten.

Aber als er den Toten sah, bekam selbst sein Mitarbeiter, dieser Meister der Gräberkunst, weiche Knie.

Oscar Wilde lag ganz unversehrt im Sarg, die Verwesung hatte ihm nichts anhaben können. Der schwarze Gehrock hatte die Fasson verloren, die Kragenecken waren schmutzig, aber die breite Stirn des Toten war rein und weiß, und auf den dicken, etwas herabhängenden Backen leuchtete ein rosiger Schimmer.

Pascha hatte das erwartet und kicherte zufrieden – zum ersten Mal seit Urzeiten waren seine Nerven stärker als die seines Gehilfen. Er rezitierte:

»Schön ist der Held, der erschlagen ruht
Drunten in Ried und Gras,
Mageren Fischen mundet gut
Ein toter Mann zum Fraß.*

Damit sind wir beide gemeint. Na, wie wär's mit einem Fressgelage, Maulwurf?«

»Was ist denn mit dem los? Wie Lenin im Mausoleum!« Angesichts dieses außerordentlichen Moments ließ sich der Meister tatsächlich zu dieser ungewöhnlich langen Bemerkung hinreißen.

---

* ebd., S. 126; Übersetzung: Gisela Etzel

»Ein unerklärliches Phänomen, das schon im Jahre 1909 für Aufsehen sorgte, als die sterblichen Überreste vom Friedhof in Bagneux hierhergebracht wurden. Man hatte ein Skelett erwartet, aber der Klassiker versetzte alle in Erstaunen. Wie sonst nur Heilige verwest er nicht. Dabei war sein Tod ziemlich unschön. Als er den letzten Atemzug tat, strömte bei ihm Flüssigkeit aus allen Löchern, sogar aus den Ohren. Für einen Ästheten ist er sehr unästhetisch gestorben. Vielleicht ist er auch deshalb nicht verfault, weil der ganze Dreck von selbst rausgeflossen ist? Dass er rosig aussieht, ist seinem Lover zu verdanken, Bobby Ross. Der hat ihn schminken lassen. Die Umbettung fand unter seiner Regie statt. Übrigens muss Bobby ganz in der Nähe sein, er ist ebenfalls hier begraben.«

Pascha ließ die Lampe kreisen, und wirklich, am Kopfende des Sarges leuchtete der Bauch einer Amphore auf.

»Ist sie aus Gold?« fragte der Maulwurf und griff danach.

*»Süß ist der Page, der dort liegt
(Kostbar die goldene Tracht),
Sieh, wie der Rabenzug dort fliegt,
Schwarz, o schwarz wie die Nacht«,*[*]

hrummelte Pascha, der überlegte, ob er die Urne mit der Asche von Ross nicht auch mitnehmen sollte. Aber wer interessierte sich heute noch für diesen Bobby Ross? Das war nur unnötige Schlepperei.

---

[*] ebd.

»Die ist nicht echt«, sagte der Maulwurf, der das Gewicht der Amphore prüfte, enttäuscht. »Das ist Messing.«

Und über Oscar Wilde sagte er: »Wie der Schauspieler Solotuchin.«

Das stimmte, musste Lenkow erstaunt zugeben und fixierte den Sponsor neugierig. Wie aus dem Gesicht geschnitten.

»Zeig seine Hand. Die linke«, befahl Necrophorus, der immer aufgeregter wurde, aber nicht, weil er so sensibel war, sondern aus einem gewichtigeren Grund. Die Operation näherte sich dem entscheidenden Punkt, der Augenblick der Wahrheit war gekommen.

Vor einem halben Jahr war Pascha im Londoner Archiv auf den Brief einer der fünfzehn Personen gestoßen, die dem geächteten Outcast am 3. Dezember 1900 das letzte Geleit gegeben hatten. Die Figur Oscar Wilde interessierte Pascha seit langem; seit Monaten zog er wie ein Geier über dem armen Schwulen seine Kreise.

Eine Kultfigur, die eine Unmenge Anhänger hatte, jede Reliquie dieses Klassikers könnte er für ein Heidengeld verkaufen, da ginge es gleich um zigtausend Pfund. Das galt schon für gewöhnliche Kinkerlitzchen, aber wie aus den Memoiren hervorging, trug der Liebhaber grüner Nelken an beiden kleinen Fingern zwei einzigartige Ringe mit großen Smaragden. Er glaubte, der eine (der an der rechten Hand) bringe Glück, der andere (an der linken) Unglück. Und da es keine Freude ohne Kummer gibt, trennte sich Wilde von beiden Ringen nie. Natürlich musste er, während er im Gefängnis saß, ohne die Talismane auskommen, aber sobald er freigelassen war, zog er sie wieder an. Viele

Memoirenschreiber heben verwundert hervor, dass der Geächtete, selbst als er ohne einen Heller dastand, diese Smaragde nicht verkaufte oder versetzte. Er saß in Straßencafés, nippte an seinem Absinth und wartete darauf, dass einer seiner zahlreichen Bekannten vorbeikäme, um seine Rechnung zu bezahlen. Manchmal zog sich das Warten hin. Frédéric Boutet erinnert sich, wie er Wilde bei strömendem Regen auf dem Boulevard Saint-Germain in einem Café sitzen sah. Der Schriftsteller war völlig allein, bis auf die Haut durchnässt, die Hutkrempe hing herunter, und trotzdem hatte Wilde etwas Majestätisches: Er stützte sich mit seinem massigen Kinn auf den Knauf seines Stocks, an den dicken kleinen Fingern funkelten die Smaragdskarabäen, und die Geste, mit der der Künstler einen Bekannten zu sich rief, war voller Eleganz und Würde.

Wo waren diese Ringe später hingekommen, das war die Frage, die Necrophorus beschäftigte. In Museen waren sie nicht gefunden worden, bei Auktionen waren sie kein einziges Mal aufgetaucht. Lagen sie etwa im Sarg auf dem Friedhof Père Lachaise?

Der Brief eines gewissen Sybil Hampton, der aus Neugier zu der Beerdigung des skandalös berühmten Schriftstellers gekommen war, bot eine glänzende Bestätigung dieser Hypothese, jedenfalls zum Teil.

Aus den gedruckten Aufzeichnungen anderer Teilnehmer an der Trauerzeremonie ist bekannt, dass sich am offenen Grab eine unangenehme Szene abgespielt hatte, eine, die so unangenehm war, dass diese wohlanständigen Herrschaften, als hätten sie sich verabredet, es allesamt vorzogen, sie mit Schweigen zu übergehen. Ihren nebulösen

Zeugnissen kann man lediglich entnehmen, dass der von allen gehasste Alfred Douglas, der *homme fatal*, der den armen Oscar zugrunde gerichtet hatte, irgendeine unanständige Szene veranstaltete.

Nur Mister Hampton, der auf keine Weise mit dem Verstorbenen persönlich verbunden war, erzählte in einem Brief an seine Londoner Bekannte entzückt, was vorgefallen war. Pascha hatte sich mit der Hand die glühende Stirn abgewischt und gelesen:

»... Was dann geschah, kann ich nur Ihnen erzählen, da ich weiß, meine liebe Freundin, dass Sie so taktvoll sind, diese unappetitliche Episode nicht an die große Glocke zu hängen – darauf haben sich die Damen und Gentlemen, die auf der Beerdigung waren, verständigt, und das ist durchaus vernünftig, wenn man das pathologische Interesse bedenkt, das ein bestimmter Teil der Presse gegenüber allem, was mit dem Namen des armen Mister Wilde in Zusammenhang steht, an den Tag legt. Also, wie ich bereits geschrieben habe, erschien der *göttliche Bosie* (so soll der Verstorbene seinen Epheben genannt haben) mit Verspätung auf dem Friedhof. Mir wäre beinahe schlecht geworden, als dieser vulgäre Herr (und so etwas will der Sohn des Marquis von Queensburry sein!) in die Grube sprang und brüllte, sie sollten ihn mit der *angebeteten Salome* zusammen begraben. Er stieg natürlich schließlich wieder aus der Grube heraus, aber nicht ohne dem Toten einen – wie mein Lakai Toby sagt – *schmatzenden* Kuss aufgedrückt zu haben. An diesem Punkt wandten sich alle Anwesenden mit einer so tiefen Abscheu von dem jungen Possenreißer ab, dass keiner eingriff, als er dem Verstorbenen den smaragdgrünen Ring von der rechten

Hand zog, ihn feierlich an seinen Finger steckte und brüllte: ‹Jetzt sind wir beide auf immer verlobt!› ...«

Von der Rechten – dann musste es also der Glücksring sein, folgerte Lenkow aufgeregt. Lord Alfred hatte keinen üblen Geschmack gehabt. Erfolg hatte ihm der Ring allerdings trotzdem nicht beschert. Bosie brachte das von seinem Vater erhaltene Erbe binnen kurzem durch und starb in Armut.

Im ärmlichen Verzeichnis des Besitzes, der von diesem Dorian Gray übriggeblieben war, hatte Necrophorus keinen smaragdgrünen Ring entdeckt. Sicher war er in einem Pfandhaus gelandet, und dann hatten sich seine Spuren verloren.

Die Folgen, die sich daraus ergaben, waren geradezu schwindelerregend. Es waren zwei Folgen um genau zu sein:

Erstens, der zweite Ring befand sich mit an Sicherheit grenzender Wahrscheinlichkeit bis jetzt in dem Grab auf dem Friedhof Père Lachaise. Es war kaum anzunehmen, dass der anständige Bobby Ross, der die Umbettung initiiert hatte, dem Beispiel des verhassten Bosie gefolgt war und ihn als Erinnerung an sich genommen hatte.

Zweitens, es lag eine einzigartige Situation vor, von der die Sammler illegal beschaffter Reliquien nur träumen können. Gewöhnlich sind sie gezwungen, ihre Schätze vor allen geheim zu halten. Einen Gegenstand dieser Art kann man nicht weiterverkaufen, nicht offiziell vererben, ja selbst zeigen kann man ihn nur einem nahestehenden Menschen. Hier dagegen war alles anders. Der Kunde kauft von Pascha den Ring aus dem Grab, erklärt aber allen, er habe den Smaragd gefunden, den sich Douglas angeeignet hatte. Der zwei-, nein, der dreifache Preis war garantiert!

Lenkow verwandte ein paar Monate auf die Suche nach dem richtigen Kunden und stieß schließlich auf Mister Rinaldi aus Los Angeles, den Chef eines Netzes von Gayhotels und Transvestitenklubs. Der fing an zu zittern, als er erfuhr, was für eine Ware ihm angeboten wurde. Pascha bereute nun, dass er nur eine Million verlangt hatte. Es hätte durchaus sein können, dass der schwule Alte noch mehr hingelegt hätte. Er kam ganz kirre nach Paris. Saß in seinem *Crillon*, wartete, leckte sich die Finger. So müsste man es machen! Pascha hatte eine gute Idee. Er müsste so tun, als ob es nicht um Dollar, sondern um Euro gegangen wäre. Was war denn schon dabei? In Frankreich zahlt man mit Euro, das ist doch klar. Oder sollte er auf Pfund Sterling umschalten? Der Sponsor war ja Engländer.

»Lass mich ran«, flüsterte Necrophorus stockend und schubste den Maulwurf beiseite.

Er war da! Gottlob, er war da!

Die weichen Hände des Toten waren nicht auf der Brust gefaltet, sondern aus irgendeinem Grund unter dem Bauch, wie bei einem Fußballspieler in der Freistoßmauer. An der Linken blitzte gleißend ein grüner Funke. Wie das Licht eines Taxis, dachte Pascha, der es irgendwie gerade mit Metaphern hatte.

»Lebend, Maulwurf, lebend!«, kreischte er. »Reich mir die Zange.« An Wilde wandte er sich auf Englisch und sagte: *»Nor shall I take aught from thee but that little ring that you wearest on the finger of thy hand.«*

125

Er musste das Fingergelenk nicht durchschneiden. Mit ungeheurer Leichtigkeit sprang der Ring von dem mumifizierten Finger.

Lenkow lenkte schon den Strahl der Taschenlampe auf den Smaragdskarabäus, auf dessen Rückseite irgendwelche Runen eingekerbt waren; es waren wohl kabbalistische Zeichen.

Pascha steckte sich den Ring an den Ringfinger. Das Schmuckstück war etwas zu groß, er drückte die Hand ein bisschen. »Riechst du etwas?«, fragte Pascha lachend und hielt dem Mitarbeiter seine ausgemergelte Faust unter die Nase. »Ich sag's dir, Kumpel: das hier ist der Duft einer Million Grüner.«

Dass nun nicht mehr von der grünen US-Währung, sondern von britischem Geld die Rede war, musste der Maulwurf ja nicht unbedingt wissen. Schließlich würde er bei dem Treffen mit Mister Rinaldi im *Crillon* nicht zugegen sein. Weder den Namen des Kunden noch den Namen des Hotels hatte Pascha dem Meister der Grabeskunst mitgeteilt, und dieser hatte sich auch nicht dafür interessiert.

In einer Aufwallung euphorischen Leichtsinns tätschelte Necrophorus liebevoll die rotgeschminkte Wange des Verstorbenen.

Doch er schrak zurück, und zwar so heftig, dass er mit dem Hinterkopf gegen eine Steintafel prallte.

»Was hast du denn?«

»Nnnnichts ...«, stammelte Lenkow. »Komm, wir gehen.«

Es war ihm so vorgekommen, als sei die Wange warm. Und elastisch.

Um halb vier kehrte er in sein *Grand Hotel* zurück. Er hatte versprochen, Mister Rinaldi um acht anzurufen, so dass er sich nach dieser erfolgreichen, aber aufreibenden Nacht noch ein wenig hinlegen konnte.

Als er im Bett lag, musterte Necrophorus den grünen Skarabäus und beruhigte sich allmählich. Offenbar hatte der Präparator auf das Gesicht des Verstorbenen eine dicke Schicht Schminke aufgetragen. Sie hatte sich in den vergangenen hundert Jahren gesetzt und war harzförmig und elastisch geworden. Und hatte sich von dem Lichtstrahl erwärmt. Nein, Mystik war da nicht im Spiel.

In die Seele des Triumphators zog wohlige Ruhe ein. Er gähnte genüsslich und besah sich die Stuckdecke. Das Zimmer war kein Palast, klein, aber rein, wie man so sagt. Und dabei kostete das Ding tausend Bucks. Nichts zu machen. Wenn du ein anständiges Honorar bekommen willst, musst du dich verkaufen können. Mister Rinaldi hatte gestern auf Paschas lässige Bemerkung: »Wir treffen uns dann bei mir im Foyer des *Grand Hotel*« mit einem respektvollen *wow!* reagiert. In superweichen Sesseln hatten sie sich bei armenischem Cognac und Zigarre elegant, ohne Feilscherei, über die finanziellen Bedingungen geeinigt.

Pascha stellte den Wecker auf halb acht, schlug die erstbeste Seite in dem Band mit den Stücken von Wilde auf und las:

Page der Herodias: *Schau den Mond. Sehr seltsam sieht er aus. Wie eine Frau, die aus dem Grab steigt. Wie eine Tote. Eine Tote, die nach Toten späht.*
Der junge Syrier: *Sehr seltsam sieht er aus. Wie eine*

kleine Prinzessin, die einen gelben Schleier trägt und silberne Füße hat. Wie eine Prinzessin, die Füße hat wie kleine weiße Tauben ... Man möchte meinen, sie tanze.
Page der Herodias: *Er gleicht einer Toten. Sie geht sehr langsam.**

Er schaute aus dem Fenster. Draußen war Mondschein, aber er selbst war nicht zu sehen.

Necrophorus legte das Buch beiseite und schlief ein.

Er träumte von einer fülligen, graziösen Frau in durchscheinender Seide, die einen merkwürdigen Tanz aufführte. Mal reckte sie die nackten Arme gen Himmel, mal beugte sie sich zum Boden herunter, mal fing sie an, wild und leidenschaftlich mit den Hüften zu wackeln.

Es erklang eine Musik, die etwas Zweideutiges hatte. Sie war voller Liebessehnen und doch auch schrecklich. Und wahnsinnig bekannt; aber Pascha konnte sie nicht einordnen.

Dann drehte die Tänzerin Lenkow den Rücken zu, kniete nieder und hob etwas vom Boden auf. Sie krümmte den ganzen Körper und hielt ihm eine silberne Schüssel hin, auf der ein abgehackter, zerzauster Kopf lag. Pascha gab sich Mühe, ihn nicht zu genau in Augenschein zu nehmen.

Das übliche dekadente Zeug, so fand er, ohne sich beeindrucken zu lassen. Das Bild erinnerte an das berühmte Foto, auf dem der homosexuelle Oscar als tanzende Salome posiert. Das abgehauene Haupt war eine Nachbildung.

---

* Oscar Wilde: »Salome« In: Ders.: »Sämtliche Werke in zehn Bänden«; Hrsg.: Norbert Kohl, Frankfurt/Main 1982, Bd. 4, Theaterstücke II, S. 11; Übersetzung: Christine Hoeppener

Es folgte eine Großaufnahme wie im Kino, die Annahme bestätigte sich. Necrophorus blickte in das rosige Gesicht des Klassikers mit der launisch herabhängenden Lippe. Auch um was für eine Musik es sich handelte, klärte sich. Oscar Wilde sang mit der Stimme des sowjetischen Schauspielers Solotuchin: *Ich hab' eine Frau, wunderwunderschön. / Wartet traurig darauf, dass ich wiederkäm'.* Und er schlug die langen angemalten Wimpern nieder und hauchte in einem wüsten Durcheinander Zitate von Coleridge, aus Wildes »Salome« und weiß der Teufel was:

»She had dreams all yesternight / Of her own betrothed knight ...' Weißt du noch: der Liebe Pfand? / Das ist Gottes heilges Band ... In deinen Mund bin ich verliebt. Dein Mund ist wie ein Scharlachband. Er ist wie ein Granatapfel, von einem Elfenbeinmesser zerschnitten. Lass mich deinen Mund küssen. Er ist wie das Zinnober, das die Moabiter in den Bergwerken von Moab finden. Er ist wie der Bogen des Perserkönigs, der mit Zinnober bemalt ist und Spitzen von Koralle hat. Lass mich!«***

»Sonst noch was?«, knurrte Pascha und wandte sich ab.

Nicht, dass er einen großen Schrecken bekommen hätte, er fand es einfach peinlich.

»Und der Ring, der uns getraut hat?«, fuhr der Geist fort.

---

* Coleridge: »Christabel«
** »Dein Mund ist wie ein Scharlachband« und die folgenden Sätze sind Worte Salomes, zitiert nach: Oscar Wilde: »Salome«. In: Ders.: »Sämtliche Werke in zehn Bänden«; Hrsg.: Norbert Kohl, Frankfurt/Main 1982, Bd. 4, Theaterstücke II, S. 21; Übersetzung: Christine Hoeppener

»Und das Streicheln der Wange? Und das am offenen Grab gegebene stumme Versprechen? Nein, wir gehen nie auseinander. Lass mich deinen Mund küssen!«

Der Traum war so unsinnig, dass Lenkow keine Lust hatte, ihn weiterzuverfolgen. Er drehte sich auf die andere Seite, nahm das Kopfkissen fest in seine Arme und schlief traumlos bis zum Klingeln des Weckers.

Necrophorus saß am Telefon, betrachtete das Artefakt und drehte die Hand mal hierhin, mal dorthin, aber im finsteren Licht des frühen Morgens wollte der Smaragd nicht funkeln. Er hatte noch eine halbe Minute. Um Punkt acht wollte Pascha anrufen, denn Pünktlichkeit ist ein Zeichen von Professionalität.

Der lange Zeiger seiner Breguet-Uhr berührte den oberen Punkt des Zifferblatts. *Tack-tack-tack-tack-tack-tack-tack-tack-tack-tack*. Lenkow drückte schnell die zehn Tasten, die er von einem Zettel ablas (auf dem »Joe Rinaldi, Crillon« stand sowie die Telefonnummer des Hotels und die Zimmernummer). Er zog zerstreut an dem Ring – und erstarrte.

Der Skarabäus hatte sich nachts locker um den Finger drehen lassen, saß aber jetzt fest. War seine Hand angeschwollen?

»*That's you?*«, hörte er die klangvolle Stimme des Kunden in der Leitung. »*Did it go ... did it go well?*«

»*Perfect. Just perfect*«, antwortete Pascha, der hektisch an dem Ring zerrte.

Verflucht! Der dachte nicht daran, sich abnehmen zu lassen. Dabei sah man keinerlei Schwellung am Ringfinger.

»Have you got it? I mean, the ... thing. You've got it?«

Der Kunde konnte seine Aufregung nicht verbergen, und das war toll. Damit war der Übergang von der amerikanischen zur angelsächsischen Million gesichert. Nur, wie sollte er diesen Teufelskäfer abnehmen? So ein Schwachsinn!

»Seife!«, rief Pascha.

»Pardon?«

»Sure, I've got it. It's right here, on my finger. Oh, you wouldn't believe how very, very special it feels«, flötete Lenkow, der Richtung Dusche marschierte. Er ließ Wasser laufen, rieb den Finger mit Seife ein und schimpfte im Flüsterton: *»Shit!«*

Der Ring rührte sich keinen Millimeter. Pascha trat der kalte Schweiß auf die Stirn. *Shit! Shit! Shit!*

Während Mister Rinaldo etwas fragte, denn er verstand nicht, was los war, versuchte der in Panik geratene Necrophorus, die Tragweite des Problems einzuschätzen.

»Sorry. Can't speak now. I'll get back to you«, unterbrach er das Geschnatter des Amerikaners und legte auf.

Er wählte schnell die Nummer des Motels, in dem sein Mitarbeiter übernachtete.

»Ein kleiner Haken«, erklärte Pascha dem Maulwurf in einer verständlichen Sprache. »Ich brauche deine geschickten Hände. Komm, so schnell du kannst!«

Aber auch die geschickten Hände seines Mitarbeiters konnten nichts ausrichten. Nachdem er zehn Minuten lang Paschas Finger malträtiert hatte, erklärte der Maulwurf: »Null Aussichten. Man muss ihn abschneiden.«

Entsetzt versteckte Necrophorus seine Hand auf dem Rücken. »Was willst du damit sagen?«

Das Telefon klingelte, bestimmt schon das fünfte Mal. Das war der Kunde, der nervös in seinem *Crillon* wartete. Lenkow ging nicht dran.

»Ja, was willst *du* denn? Schließlich geht es um eine Million!«

»Wie soll ich denn ins Krankenhaus gehen?«, jammerte Necrophorus weinerlich, »was soll ich denn erzählen? So ein auffälliger Ring! Das ganze Personal wird zusammenlaufen und Radau schlagen!«

»Wozu denn ins Krankenhaus?«, fragte der Maulwurf verwundert. »Da mache ich einmal ratsch mit dem Messer, das ist alles. Du steckst ihn in einen Kübel mit Eis.«

Pascha erinnerte sich an Tarantinos Film »Silvester in fremden Betten«, der ihm immer furchtbar witzig vorgekommen war, und schlotterte vor Angst. »Es geht doch nicht um den Finger, du Idiot! Weißt du, was das für ein Ring ist? Ein Liebespfand, kapiert?«, schrie Necrophorus, der sich auf einmal an den Traum erinnerte. »Der lässt mich nicht los!«

»Wer?«

»Der Rotwangige!«

»Immer mit der Ruhe.« Der Maulwurf zog schon sein Taschenmesser aus der Tasche. »Hast du Kölnisch Wasser? Du sterilisierst die Wunde damit. Und nähst ihn später wieder an. Eine Lappalie, Pascha. Bei uns hat sich sogar mal einer eigenhändig mit der Axt ...«

Lenkow kreischte förmlich, und die helle Panik stand in sein Gesicht geschrieben:

»*Und nähst ihn später wieder an!* Du bringst mich noch ins Grab, du Ochse!«

Ich gehe drauf, ich gehe bestimmt drauf, dröhnte es in seinem Kopf. Vom Schock der Schmerzen, oder das Blut kommt nicht zum Stehen, oder sonst was. Garantiert. Der Finger, das ist noch längst nicht alles. Der Rotwangige hat gesagt: »Wir gehen nie auseinander.«

»Hör mal, Maulwurf«, sagte Lenkow jammernd. »Ob wir nicht dem Kunden reinen Wein einschenken sollten, was meinst du? Ihn um Aufschub bitten? Ich könnte ihm Rabatt anbieten wegen dem ganzen Ärger. Wir könnten um zehn Prozent runtergehen mit den Preis.«

Der Maulwurf erhitzte die Klinge mit der Flamme des Feuerzeugs und sagte ruhig, aber bestimmt: »Hunderttausend Bucks? Wenn du Unsinn machst, jag' ich sie dir ins Herz. Und amputiere dann den Finger ohne Kölnisch Wasser. Für hunderttausend Bucks habe ich damit null Probleme.«

»Gut«, sagte Pascha mit ersterbender Stimme. »Ich hol' nur Eis aus der Bar. Und trink' mir ein bisschen Mut an, okay?«

Er holte aus dem Eisschrank einen Dom Pérignon des Jahres 1983. Er hatte ihn gekauft, um den Geschäftsabschluss zu begießen.

Er ließ den Korken knallen und setzte die Flasche an den Hals. Nach Luft ringend forderte er ihn dann unsicher lachend auf:

»Los, schneide.«

Aber als der Maulwurf sich über den Finger beugte, zog er ihm mit aller Kraft die schwere Flasche über den Schädel. Der Partner fiel lautlos vornüber auf den Teppich.

Pascha schnappte sich sein Jackett und rannte aus dem Zimmer.

Er irrte zwei Stunden durch Paris, ohne eine Vorstellung, wohin er wollte und warum er so raste. Pascha kannte Paris schlecht, und er verlor recht schnell den Überblick, wo er sich befand. Zumal es auch gar keine Rolle spielte.

Seinen Kopf durchzuckte und bedrängte die panische Frage: »Was tun? Was tun?«, aber es gab keine Antwort darauf.

Das mit dem Maulwurf war natürlich übel, doch war das nicht das Schlimmste. Der Totengräber hatte einen harten Kopf, den konnte man nicht mit einer Flasche einschlagen. Er würde eine Weile liegen bleiben und dann zu sich kommen und aufstehen. Natürlich konnte von einer weiteren Zusammenarbeit nicht mehr die Rede sein. Aber er hatte von dem Friedhofsbanditen keine Rache zu befürchten. Er musste nur zurückfliegen, dann würde der Maulwurf Necrophorus nie mehr zu Gesicht bekommen. Er hatte noch nicht einmal Paschas Telefonnummer. Es war also nicht der Maulwurf, der Lenkow Angst einjagte.

Was großes Entsetzen in ihm auslöste, war das gelbe Metall, das durch seinen ganzen Körper pulsierende Signale in Form von Eiswellen strömen ließ. Er hatte den Eindruck, der Ring schneide seit dem Morgen noch stärker ein. Pascha blickte in Panik auf den gefesselten Finger und sah, dass er geschwollen und rot angelaufen war.

Lenkow versuchte erst gar nicht, eine wissenschaftliche Begründung für dieses Phänomen zu finden. Erstens weiß jeder, der sich professionell mit Literatur beschäftigt, dass es in der Welt viel Teufelszeug gibt. Zweitens war der nächtliche Traum ja recht eindeutig gewesen.

Als Necrophorus wieder einmal um die Ecke bog und vor sich das Gitter des Friedhofs Père Lachaise erblickte, wunderte er sich überhaupt nicht, sondern war fast erleichtert. Die Oberhand über den verzweifelnden Doktoranden hatte offenbar eine unbekannte Kraft gewonnen, die ihn traumwandlerisch zum Ziel führte.

In nervösem Trab eilte Pascha durch die Nekropole und fand sich nach Luft ringend an der Parzelle neunundachtzig wieder.

Oscar Wildes Grab sah man von weitem – dort drängten sich die Touristen. Die einen knipsten, andere hatten ihre Nase in den Reiseführer gesteckt, und zwei Homosexuelle in identischen Hawaiihemden hatten sich hingekniet und küssten selbstvergessen das Denkmal. Von Zeit zu Zeit schminkten sie ihre Lippen mit einem grellroten Lippenstift und drückten dem schmutzigweißen Stein wieder ihre Küsse auf.

Pascha schaute konzentriert auf die roten Kreise, mit denen der Sockel von oben bis unten verziert war, und zog immer wieder an dem Ring. Aus irgendeinem Grund war er davon überzeugt, dass die Antwort von selbst kommen würde.

Er trat einen Schritt vor, näher an die Sphinx heran, und spürte auf einmal, dass sich der Ring ein wenig drehen ließ. Er konnte ihn zwar trotzdem nicht abnehmen, aber der Druck war eindeutig schwächer geworden.

»*Scusi*«, sagte einer der beiden Fans und drückte sich an Necrophorus vorbei, um den Fuß der Sphinx zu küssen.

Er musste nach hinten ausweichen. Sofort drückte der Ring wieder, das war unbestreitbar!

Da begriff Lenkow endlich, was zu tun war.

Was für Instrumente er brauchte, wusste Pascha – Gott sei Dank hatte er jahrelang Seite an Seite mit einem Fachmann gearbeitet. In einem Werkzeugladen kaufte er eine tragbare Säge, mit der man sogar Steine zerschneiden konnte, nahm noch zwei spezielle Böcke, einen Titanspaten und einen elektrischen Schraubenzieher. Eine Plane fand er nicht, aber stattdessen kaufte er ein superleichtes Zelt der Firma »Rain Forest« – man konnte sich darunter hervorragend verstecken, und es hatte Pfähle, die einfach in den Boden zu rammen waren.

Es kam eine recht große und schwere Tasche zusammen. Necrophorus hatte sogar Angst, sie könnten ihm damit den Zutritt auf den Friedhof verwehren, aber glücklicherweise saß keiner an der Pforte, und danach nahm Lenkow kleine Seitenwege.

Ab fünf Uhr versteckte er sich in den Büschen der neunzehnten Parzelle, wohin sich fast keine Besucher verirrten. Dann entdeckte er in der Nähe die unverschlossene Gruft eines Notars, eines Zeitgenossen des Generals Boulanger, und zog dahin um.

Er baute auf dem staubigen, steinernen Boden das Zelt auf und legte sich hin. Es tat ihm nicht leid um die Million. Er wollte nur eins: dass dieser Alptraum so schnell wie möglich zu Ende wäre. Pascha schwor sich: Wenn er diesen verfluchten Ring loswürde, würde er nie wieder Gräber öffnen.

Um halb elf fand er, dass es Zeit war: Er hängte sich die Tasche über die Schulter und ging los.

Der nächtliche Friedhof glich einem Märchenwald. Über die schwarzen Kreuze und die düsteren Türmchen ergoss sich das tote Licht der Laternen, oben heulte irgendwo ein Nachtvogel, und unten im Gras waren andere Lebewesen zugange: Pascha sah es ein paarmal grün funkeln. Katzen oder Ratten. Aber Lenkow hatte in den letzten vierundzwanzig Stunden so viel Angst ausgestanden, dass ihn Kleinigkeiten nicht mehr erschüttern konnten.

Da war schon das Kreuz auf dem Grab der Familie Papoy. Daneben stand der weiße Kubus der Grabstätte von Wilde.

Er bemühte sich, an nichts zu denken und sich möglichst selten umzusehen, und machte sich an die Arbeit. Natürlich kam er schlechter und langsamer voran als der Maulwurf, aber nach anderthalb Stunden stieß er auf den Grund und brachte die Böcke an. Das Graben ging leichter, als er gedacht hatte, die Tatsache, dass der Maulwurf den Boden gestern schon gelockert hatte, half offenbar.

Er zwängte sich in das Innere des Sarkophags, er kam kaum durch. Erstaunlich, wie sie gestern beide in diesem engen Raum hatten Platz finden können.

Pascha hielt immer wieder inne und versuchte, den Ring abzuziehen. Er ließ sich nicht abnehmen, hatte aber aufgehört zu drücken und ließ sich recht locker um das Gelenk drehen. Zweifelsohne war er auf dem richtigen Weg.

Sssick, sssick, heulte der elektrische Schraubenzieher, als er die Bronzeschrauben herausdrehte. Sie hatten sie gestern geölt, sie lösten sich leicht.

Ächzend hob Necrophorus den schweren Deckel. Er kniff die Augen zusammen, bevor er einen Blick auf den Toten warf.

Was, wenn er ihn gar nicht ansehen würde?

Ohne die Augen aufzumachen, zog Lenkow an dem Ring.

Er ließ sich mit Leichtigkeit, ohne jeden Widerstand abnehmen. Unglaublich, dass Pascha sich so lange mit ihm abgequält hatte!

Ob er ihn in den Sarg werfen und es dabei bewenden lassen sollte?, fragte er sich. Er könnte sogar den Deckel offen lassen. Wer würde das schon sehen?

Nein, tu' ihn lieber dahin, wo du ihn hergenommen hast, sagte ihm seine innere Stimme. Dann kannst du ruhig schlafen.

Pascha hob die Augenlider ein wenig.

Wilde lag haargenau so im Sarg wie in der vorigen Nacht. Nur in den Winkeln der prallen, roten Lippen schien sich ein ironisches Lächeln anzudeuten.

Mit zitternder Hand streckte Necrophorus dem Verstorbenen den Ring entgegen, als erwarte er, dass dieser ihm mit einer Handbewegung entgegenkäme.

Nein, der Verstorbene rührte sich nicht. Aber Lenkow hörte ein unterdrücktes Lachen hinter sich.

»Zwei Stunden hast du dich mit deinen zwei linken Händen abgerackert. Aber sieh mal einer an, du hast es geschafft. Gib den Ring her!«

Eine starke Hand packte Pascha an der Schulter und drehte ihn mit einem Ruck um.

In dem schmalen Durchgang blinkte die stämmige Gestalt des Maulwurfs. Sein Gesicht war nicht zu sehen, nur die gebleckten Zähne blitzten feucht.

Der verdatterte Pascha streckte ihm ohne zu murren den Ring entgegen.

»Leg dich hin! Und schlaf ein bisschen«, sagte der ehemalige Mitarbeiter und versetzte ihm einen Schlag gegen die Brust – der Schlag war nicht stark, aber Necrophorus landete im Sarg, geradewegs auf dem Schoß des Verstorbenen. Er schrie auf.

»Du sollst nicht sitzen, sondern liegen.«

Der Maulwurf packte Pascha am Schlafittchen, hob ihn hoch und ließ ihn direkt auf Wilde plumpsen. »Leg dich hin, hab ich gesagt!«, zischte er.

»Na, hör mal, Maulwurf ... Schon gut ... Da hast du mir ja einen ganz schönen Schrecken eingejagt ... Verzeih, dass ich dir eins mit der Flasche übergezogen habe ...«, stammelte Necrophorus, der hilfesuchend die Hände des Maulwurfs zu ergreifen suchte. »Ich zahl' dir einen höheren Anteil aus ... Du kommst ja ohne mich sowieso nicht weiter. Du kennst den Kunden doch gar nicht.«

Der Mitarbeiter hob den Deckel ein wenig und hielt ihn in der Schwebe. »Wie kommst du denn darauf?«, fragte er spöttisch und schüttelte den Kopf. »Mister Rinaldi heißt er. Das steht doch auf der Visitenkarte. Ich hab ihn schon angerufen. Er ist in Ordnung, wir sind uns einig geworden.«

»Wie hast du dich denn mit ihm unterhalten können, du kannst doch gar kein Englisch?«

»*Don't worry, be happy*«, sagte der Maulwurf mit einem fürchterlichen Akzent, und der Deckel fiel donnernd zu.

Pascha drückte sich in eine Ecke und stemmte die Hände

gegen den Deckel, konnte ihn aber um keinen Zentimeter verschieben, offenbar hatte sich der Maulwurf obendrauf gesetzt.

Sssick, sssick, kam es von unten rechts. Dann von links. Und noch zweimal von oben.

»Mauauauaulwurf!«, winselte Pascha. Das Echo ließ ihn fast ertauben.

In der Ferne hörte man das kreischende Geräusch, das Metall macht, wenn es gegen Stein stößt. Er entfernt die Böcke, wurde Lenkow klar. Er hörte auf zu schreien, seine Kehle war wie zugeschnürt.

»Du wolltest mich deinen Mund nicht küssen lassen«, hörte er ein leises Flüstern, ganz in seiner Nähe, direkt an seinem Ohr. *»Gut. Jetzt werde ich ihn küssen. Ich werde mit meinen Zähnen hineinbeißen, wie man in eine reife Frucht beißt. Ja, ich werde deinen Mund küssen.«*[*]

---

[*] »Du wolltest mich deinen Mund nicht küssen lassen« und die folgende wörtliche Rede sind Worte Salomes, zitiert nach: Oscar Wilde: »Salome«. In: ebd., S. 41; Übersetzung: Christine Hoeppener

Ausländerfriedhof
(Yokohama)

Rosho-Fujio
oder
Der abrupte Tod

Ich wusste ja längst, dass dieser Friedhof es in sich hat.

Vor geraumer Zeit, noch als Student, hatte ich mich zufällig hierher verirrt und sofort gespürt: wenn du dich auf diesen Ort einlässt, entdeckst du etwas Besonderes. Ein Vierteljahrhundert später fuhr ich mit dem Ziel hin, dies herauszufinden. Ich ging mit offenen Augen ohne Hast über die bröckelnden Treppen und moosbewachsenen Wege, lauschte in die Stille und in mein Inneres und entdeckte wirklich etwas, allerdings etwas ganz anderes, als ich erwartet hatte.

Damals, vor vielen Jahren, war mir der Friedhof rätselhaft, romantisch erschienen. Er war völlig losgelöst von seiner landschaftlichen Umgebung; er existierte nur für sich, in seiner eigenen Zeit, in seiner eigenen Dimension: eine *Nicht-Stadt* inmitten einer Megalopolis, neunzehntes, Ausgang des zwanzigsten Jahrhunderts, ein Stückchen Europa im Zentrum Japans.

Mein Plan sah vor, den Friedhof als Illustration des Kapitels »Tod in der Fremde« zu betrachten.

Stellen Sie sich einen kleinen Hügel am äußersten Ende der Welt vor; weiter östlich gibt es nur den Großen Ozean, bis zur gegenüberliegenden Küste sind es neuntausend Kilometer. Das heißt, für einen Japaner ist das natürlich keineswegs das Ende der Welt, im Gegenteil, es ist das Zentrum; aber unter den Toten, die in diesen Gräbern liegen, gibt es fast keine Einheimischen.

Auf dem Gaijin Bochi, dem Ausländerfriedhof, sind Fremde beerdigt. Sie dachten, sie reisen in das ferne, halbmythische Land,
um Geld oder Ruhm oder neue Eindrücke zu finden, kamen aber
in Wirklichkeit nach Yokohama, um zu sterben. Einige von ihnen haben Japan gar nicht zu sehen bekommen – sie landeten
schon als Tote im Hafen, sie waren bei der Überfahrt umgekom-
men. Man verfrachtete sie vom Schiff direkt auf den Gaijin Bochi. Was für ein sonderbarer Weg auf den Kirchhof, dachte ich,
als ich folgende verwitterte Inschrift auf dem Stein sah:

Sein heimisches Portsmouth verlassen,
nur um auf ewig in der
japanischen Erde zu ruhen.

Aber das wahre Wesen dieser Nekropole lag wohl nicht in der
freudlosen Einsamkeit des Menschen, der fern der Heimat stirbt.
Ausschlaggebend war etwas anderes. Ich fühlte es, konnte es
aber nicht sofort auf den Punkt bringen. Gaijin Bochi erschloss
sich mir nur allmählich.

Anfangs irritierte, dass hier auf einem Areal zwei Friedhöfe
liegen, und zwar nicht durch eine Mauer getrennt wie auf dem
Nowodewitschje- oder dem Donskoje-Friedhof, sondern in
zwei Schichten (einer über dem anderen). Als ich das verstanden hatte, ging es schneller voran.

Ich lernte, *meine* Gräber von den anderen zu unterscheiden,
was nicht schwer war: Der alte Friedhof, um dessentwillen ich
gekommen war, hatte vor achtzig Jahren aufgehört zu existieren, am 1. September 1923. Der neue Friedhof, der nach diesem Datum entstand, war uninteressant und enthielt keine Botschaft, jedenfalls nicht für mich. (Ich muss erklären, dass ich

zu der Sorte von Menschen gehöre, die hinter jedem Ereignis, jedem Phänomen, ja hinter jeder Landschaft irgendwelche Botschaften vermuten, die man entschlüsseln und einer weitergehenden Analyse unterziehen muss. Ich bin mir der unleugbaren Schizophrenie dieses Spielchens bewusst. Aber erstens ist es tröstlich für das Selbstwertgefühl: Wenn *jemand* oder *etwas* dir Zeichen sendet, dann bist du also, verdammt noch mal, etwas Besonderes, sage ich mir. Zweitens ist das Leben so einfach interessanter, und drittens gibt es diese Botschaften wirklich, man muss sie nur erkennen können.)

Mit dem Datum war ebenfalls alles klar. Am 1. September 1923 suchte Japan ein schreckliches Erdbeben heim, dessen Epizentrum sich nicht weit von Yokohama befand. Mehr als hunderttausend Menschen kamen um, die Stadt lag in Schutt und Asche. Auch der Friedhof hatte gelitten: Viele Grabsteine waren geborsten oder umgefallen, die ganze Dokumentation verbrannt, so dass in der Folge viele alte Gräber nicht mehr zu identifizieren waren. Gaijin Bochi musste neu eingerichtet und organisiert werden. Es entstand also eine mehr oder weniger dem Standard entsprechende rituelle Gräberstätte, wie es auf der Welt unzählige gibt.

Mein Ausländerfriedhof war innerhalb des erneuerten Gaijin Bochi begraben; er hatte von 1861 bis 1923 existiert, nicht länger als ein durchschnittliches Menschenleben. In dieser Zeit wurden hier ungefähr zweieinhalbtausend Tote bestattet. Sie sprachen verschiedene Sprachen: Englisch, Französisch, Deutsch, Russisch, Holländisch, Spanisch und weitere zwei Dutzend Mundarten. Unter ihnen waren Seeleute und Missionare, Soldaten und Ingenieure, Industrielle und Leute, die sich dem Arm der Gerechtigkeit entzogen hatten. Diese kunterbunte Gesellschaft hatte nur eins gemeinsam: Keiner war gekommen, um seine ewige Ruhe in der japanischen Erde zu finden. Wer würde sich denn dazu schon auf eine mehrwöchige Schiffsreise einlassen? Diese Menschen waren für eine bestimmte Zeit hierher gereist. Der Aufenthalt in Japan sollte für einen jeden nur eine vorübergehende Etappe in ihrem aktiven, wenig sesshaften Leben sein.

Auf dem Gaijin Bochi sind diejenigen beerdigt, die in ihrem Lauf gestrauchelt sind, der Friedhof ist ein Ort der gescheiterten Pläne, Anschauungsmaterial zu der japanischen Redensart *rosho-fujio*. Die aus vier Schriftzeichen bestehende lakonische Maxime ist in der Übersetzung recht lang: »Keiner weiß, in welchem Alter er sterben wird.« Oder, wenn man will: »Der Mensch denkt, Gott lenkt«, allerdings ohne den Unterton christlicher Demut.

Die meisten Bewohner des alten Gaijin Bochi starben in der Blüte ihres Lebens und konnten ihr Werk nicht vollenden. Heute erinnert man sich nur noch an diejenigen von ihnen, die Japan irgendeinen Nutzen gebracht haben – die Japaner wissen, was Dankbarkeit ist. Nicht vergessen ist der junge Ingenieur E. Morrell *(gest. 1871)*, der gekommen war, um die erste Eisenbahnstrecke zu bauen, doch die Eröffnung nicht erlebte; sein Grabstein hat die Form einer Fahrkarte. Das quadratische Grabmal des ersten Lehrers der Kunst der Fotografie O. Freeman *(gest. 1888)* erinnert an eine alte Kamera. Das Grab eines der Konstrukteure des japanischen Telegrafen F. Fisk *(gest. 1875)* ähnelt dem Telegrafenapparat von Baudot. Unter einer kleinen, steinernen Zelle ruht der deutsche Gefängnisfachmann G. von Zebach *(gest. 1875)*, nur das Gitter fehlt – obwohl es vor hundert Jahren bestimmt auch ein Eisengitter gegeben hat.

Je länger ich über den Gaijin Bochi schlenderte, desto unheimlicher wurde mir. Von wegen Romantik – ich bekam eine Gänsehaut nach der anderen. Das liegt wahrscheinlich daran, dass hier so viele Menschen liegen, die vom Tod überrascht wurden, die *nicht darauf vorbereitet waren zu sterben,* dachte ich. Nichts erschüttert uns mehr als ein abrupter Tod, die Grundangst unserer menschlichen Existenz. Der westliche Mensch, Kind einer optimistischen Zivilisation, lebt vor sich hin und tut, als ob es den Tod nicht gäbe; wenn es ihn doch gibt, liegt er in weiter Ferne. Die japanische Tradition dagegen ruft dazu auf, ständig mit einem unerwarteten Ende zu rechnen. Einer der bekanntesten Sprüche der Samurai lautet: *Wenn du am Morgen aufwachst, sei bereit zu sterben.* Nicht weil das großartiger wäre, sondern weil es die Empfindungen schärft und den Verstand weckt; denn vom Tod *überrumpelt zu werden,* schreckt uns am meisten. Ich glaube, dass diese existenzielle Ausrichtung vielen Japanern an der letzten Schwelle Mut gibt.

Das also ist Gaijin Bochi: ein Ort, wo Dilettanten des Todes begraben sind in einem Land, wo man es meisterhaft versteht zu sterben.

Die japanischen Friedhöfe sehen auch ganz anders aus als dieser. Sie sind sachlich und langweilig. Am eindrucksvollsten sind die Abschnitte, die großen Firmen gehören. Auf einem guten Friedhof ist der Boden sehr teuer; die Aussicht auf einen Platz in der Unternehmensparzelle gilt deshalb als ein wichtiger Pluspunkt beim Abschluss eines Arbeitsvertrags. Wer die vereinbarte Zeit in seiner Firma ehrlich abgearbeitet hat, kann auf seine zwei Kubikmeter Boden zählen. Nur die napoleonischen Grenadiere dienen zusammen, sind im ewigen Schlaf aber getrennt. Nicht so die japanischen Angestellten, wie sie

Tisch an Tisch in einem Saal sitzen, so betten sie sich auch nebeneinander zur Ruhe: der Generaldirektor, der Vize, die Abteilungsleiter und das einfache Personal. In puncto Gesichtslosigkeit und Gleichmacherei ähneln die japanischen Friedhöfe erstaunlich stark den Meganekropolen aus Beton der sowjetischen Epoche – dieselbe Unsentimentalität, dieselbe Profanierung des Todes.

Auf dem Ausländerfriedhof dagegen ist der Tod geheimnisvoll und unbegreiflich, weil es sich um einen *abrupten Tod* handelt, den man nicht vorherahnen und auf den man sich nicht vorbereiten kann. Hier ist seine Zone, sein Reservat; wenn du das zu spüren beginnst, bekommst du wirklich Angst. Im unteren Teil von Gaijin Bochi ist es immer finster und still. Über dir hast du das dichte Dach der Bäume, die Geräusche der Stadt sind fast verstummt, und weit und breit triffst du keine Menschenseele. Jeder alte Friedhof ist ein Knoten, in dem sich Fäden verflechten, die nicht zusammengehören: unterschiedliche Zeitschichten, Leben und Tod, Reales und Gespenstisches. Die Rationalität tritt in den Hintergrund und lässt Raum für Phantastisches und den ewigen Verdacht, dass es *mehr Ding' im Himmel und auf Erden gibt, als Eure Schulweisheit sich träumt.* Wenn ich ein Grabmal, das mich durch seine Inschrift, sein Relief oder den eingemeißelten Namen irgendwie berührt, lange genug betrachte, dann kommt es mir so vor, als begänne ich auf einmal, den Menschen zu sehen, der hier begraben ist. Manchmal höre ich sogar, wie er mir von seinem Leben erzählt; dann weicht die Angst, es wird ungeheuer spannend. Wahrscheinlich sind gerade diese Visionen (oder meinetwegen nicht Visionen, sondern Phantasiespiele) der Grund dafür, dass ich ein »Taphophiler« bin.

148

Aber im ältesten Abschnitt des Gaijin Bochi tauchte auf einmal über den Gräbern ein Gespenst auf, das mir keine Ruhe ließ. Deutlich erkannte ich die Umrisse des abrupten Todes. Er wird für mich in Zukunft immer so aussehen, egal, welche Gestalt er annimmt, die eines Autounfalls, eines Unglücks, eines Infarkts oder eines Mordes. Ich weiß sogar, woher dieses Schreckgespenst stammt: aus den nächtlichen Alpträumen, von denen einst die hiesigen Verstorbenen heimgesucht wurden. So und nicht anders muss er ihnen erschienen sein.

Der abrupte Tod hat schmale Augen, eine gelbliche Haut und ein Zöpfchen auf dem Scheitel. Er trägt einen geflickten Kimono und hat ein rasiermesserscharfes Schwert aus dem besten Stahl der Welt in der Hand. Ohne Vorwarnung fällt er über sein Opfer her. Du spürst einen kalten Schauer im Rücken – und im selben Augenblick trifft dich eine Serie blitzschneller, dich zerstückelnder Stiche.

Die rechte Hand wurde in einiger Entfernung gefunden, sie hielt noch den Zaum des Ponys umklammert. Die eine Gesichtshälfte fehlte, die Nase war abgeschnitten, das Kinn gespalten, der Kopf fast vom Rumpf getrennt. Die linke Hand baumelte an einem Hautfetzen, an der linken Seite klaffte eine tiefe Wunde, die bis zum Herzen reichte. Alle Schnitte waren schnurgerade und präzis, womit wieder einmal bewiesen wäre, was für eine tödliche Waffe das japanische Katana in den Händen eines geschickten Fechters ist. Der Urheber der schrecklichen Missetat konnte nicht ausfindig gemacht werden.

Das ist die Aussage eines Augenzeugen, der den Tatort des Verbrechens beschreibt, das am 14. Oktober 1863 begangen wurde, als ein unbekannter *Rōnin* (ein herrenloser Samurai) Henri Camus, einen zwanzigjährigen Unterleutnant des Dritten Zuaven-Regiments, niedermetzelte. Der Offizier hatte sich gegenüber dem Rōnin nichts zuschulden kommen lassen, er hatte sich einfach zu weit von der europäischen Siedlung entfernt und sich zu selten umgesehen. Der unbekannte Mörder verlieh auf diese Weise seinem Patriotismus Ausdruck: Er wollte nicht, dass der »rothaarige Teufel« mit seinen Stiefeln auf der heiligen Erde des Yamato-Reichs herumtrampelt.

Sie sammelten die Überreste des armen Zuaven ein und begruben ihn auf dem Gaijin Bochi, der zu diesem Zeitpunkt schon eine stattliche Anzahl Opfer der fremdenfeindlichen Samurai aufgenommen hatte.

Ich weiß nicht, ob man darauf stolz sein soll, dass die ersten Insassen des Friedhofs Russen waren.

Am 27. Juli des Jahres sechs der Zeit der Ruhigen Herrschaft, kurz nach der Öffnung des Hafens von Yokohama, wurde der junge Leutnant zur See Roman Mofet von dem Klipper »Askold« in Begleitung zweier Matrosen an Land geschickt, um Proviant zu beschaffen. Sie wurden von Rōnin überfallen, wie immer ohne Vorwarnung. Mofet und der Matrose Sokolow wurden auf der Stelle niedergestreckt, der zweite Matrose konnte flüchten. Der russische Repräsentant Graf Murawjow verlangte, die Mörder müssten gesucht, der örtliche Gouverneur abgesetzt und die Toten würdig begraben werden.

Die Rōnin wurden nicht gefunden, aber den Gouverneur setzte man ab, und über dem Grab wurde ein prunkvolles Denkmal errichtet, mit Säulen und einer merkwürdigen zwiebelförmigen Kuppel, die nicht so sehr russisch als vielmehr moslemisch wirkt. Diese Bestattung markiert den eigentlichen Beginn von

Gaijin Bochi – zwei Jahre später waren um diese Stelle herum so viele Gräber entstanden, dass man sich von offizieller Seite gezwungen sah, einen Friedhof für Ausländer einzurichten. Während der ganzen sechziger Jahre des neunzehnten Jahrhunderts versorgte das Katana des abrupten Todes den Ort mit neuen Bewohnern: mit Holländern, Briten, Amerikanern, ja sogar Chinesen, die sich unvorsichtigerweise westlich gekleidet hatten.

Der Berühmteste der niedergemetzelten Gaijin ist der englische Kaufmann Richardson, der auf der Parzelle zweiundzwanzig beerdigt ist. Er wurde ein Opfer seiner Neugier. Zusammen mit zwei Freunden erkundete er die Umgebung der Stadt und kam auf die Idee, den Fürsten der Provinz Satsuma anzustarren, der, begleitet von einem riesigen Gefolge, auf dem Rückweg aus der Hauptstadt in sein Kagoshima war. Gekränkt über die Dreistigkeit des Barbaren, griffen die Samurai zum Schwert. Richardson wurde getötet, während die beiden anderen, die ebenfalls übel zugerichtet wurden, fliehen konnten.

Die britische Flotte antwortete mit einer groß angelegten Vergeltungsaktion: Sie bombardierte Kagoshima und forderte einen astronomischen Betrag als Schadenersatz; die schuldigen Samurai drängte man, Harakiri zu begehen. Das ist sozusagen die große Geschichte, wie sie in den Lehrbüchern steht. Aber sehr viel stärker hat mich ein anderes Faktum beeindruckt, für das sich außer mir kaum jemand interessiert hat.

Die beiden Weggenossen des unglücklichen Richardson, Marshall und Clerk, sind ebenfalls hier beerdigt, ganz in der Nähe. Sie haben ihren historischen Freund nicht lange überlebt. Es ist nicht bekannt, woran sie starben, am Fieber (Yokohama war einst von vielen Sümpfen umgeben), weil sie verdorbenen Fisch aßen oder vom Pferd stürzten. Aber es war ihnen ebenfalls nicht vergönnt, nach England zurückzukehren, auch sie traf ein abrupter Tod.

Alle seine Varianten sind auf dem Gaijin Bochi reichlich vertreten: Fälle von Schiffbruch, Feuer, umgekippten Kutschen und natürlich der Gipfel des Rosho-Fujio: das große Erdbeben von 1923, das nicht nur die Bevölkerung auf dem Friedhof stark ansteigen ließ, sondern auch einen Schlussstrich unter die erste Etappe seiner Geschichte zog.

Übrigens gibt es auch außer dem Gespenst des bösen Todes, das bis heute über den Gräbern des Gaijin Bochi schwebt, viel Wunderliches auf diesem Friedhof. Alle Reiseführer von Yokohama gehen auf ihn ein, aber ich habe dort noch nie Besucher angetroffen, nur auf dem Gipfel des Hügels am Haupttor. Da stehen sie auf der Aussichtsplattform und drücken auf die Auslöser ihrer Kameras (alte Gräber mit Wolkenkratzern im Hintergrund: sehr effektvoll), aber nach unten, in den dichten Schatten, gehen sie nicht. Verführerisch kann man diesen Schatten kaum nennen. Er hat etwas Ungutes. Über den toten Steinen dort hängen riesige Spinnen, manche tellergroß. Ihre schwerelosen Fäden ziehen sich von den Marmorengeln zu den Granit-Bodhisattvas, von den chinesischen Löwen zu den christlichen Kreuzen und sechszackigen Sternen, denn alle Religionen mischen sich hier.

Und zum Abschied hat mir Gaijin Bochi ein Rätsel aufgegeben, das mir bis heute Kopfzerbrechen bereitet.

Mit jedem meiner Friedhöfe zettele ich so eine Art Ratespiel an. Das sieht so aus: Während des letzten Besuches, wenn schon alles, was ich brauche, besichtigt und fotografiert ist, wähle ich, bevor ich mich verabschiede, das erstbeste Grab aus, lese die auf dem Grabstein eingemeißelte Inschrift und versuche zu erraten, was sie für mich persönlich bedeutet. Gewöhnlich finde ich die Lösung, aber diesmal war das Rätsel zu kompliziert.

Sehen Sie selbst.

Ich schloss die Augen und deutete mit dem Zeigefinger zur Seite. Dort befand sich ein Grabdenkmal, das nach nichts Besonderem aussah. Auf dem Stein stand eine sehr lange Hieroglyphen-Inschrift unverständlichen Inhalts. Ich malte die Hieroglyphen in mein Notizbuch, notierte mir die Nummer des Grabs, seine Lage (Parzelle vier in der Nähe des Tors) und beschloss, mir diese Denkaufgabe im Flugzeug von Tokio nach Moskau vorzunehmen, wo ich dafür ja reichlich Zeit hätte.

Das tat ich auch. Im Reiseführer fand ich den Namen des Verstorbenen: Carlo de Nembrini, gest. 1903. Ich las die kurze biographische Auskunft: italienischer Marquis, Nachkomme der Gonzagas aus Mantua, war in Japan verliebt, nahm den buddhistischen Glauben an, auf dem Stein ist sein postumer Mönchsname eingemeißelt: *Anjuindenjundenjichitaikoji.* Was soll das heißen?, dachte ich. Soll die Unaussprechlichkeit des Namens an meinen Nachnamen Tschchartischwili erinnern?

Enttäuscht fasste ich die folgende Zeile der Broschüre ins Auge, mir wurde schwindelig.

Da stand: »Nummer einundvierzig. Midori, Hauptgestalt eines literarischen Werks.«

Alles war hier seltsam: Weder Autor noch Titel des Werks waren genannt, und wie soll denn eine literarische Gestalt auf einem Friedhof bestattet sein? Man denke, nicht der Prototyp, sondern eine literarische Gestalt, eine *Shujinkou.*

Aber das wäre ja noch gegangen. Das Seltsamste war, dass ich gerade dabei war, einen Roman fertigzustellen, dessen Handlung im Yokohama des neunzehnten Jahrhunderts spielte und dessen Hauptgestalt Midori hieß! Sie hätte durchaus auf dem Gaijin Bochi beerdigt sein können.

Ähnlich wie andere Literaten habe ich mehr als einmal die beängstigende, aber auch angenehme Erschütterung erlebt, die es bedeutet, wenn die Phantasie auf wundersame Weise in die Wirklichkeit einbricht: Da begegnet dir auf einmal ein Mensch mit einem gerade von dir erfundenen, völlig aus der Luft gegriffenen Namen, oder es passiert realiter etwas, was du gerade eben in deinem Roman beschrieben hast, oder du gerätst selbst in haargenau die Lage, die du in deinem literarischen Werk entworfen hast. Das ist in Ordnung, da rächt sich dein Beruf, dessen Witz es ist, sich möglichst glaubwürdige Lügen auszudenken, was alles hätte geschehen können, aber nicht wirklich geschehen ist.

Aber so offen und schamlos hatte mich mein Metier noch nie verhöhnt! Meine Midori? Die Nummer einundvierzig? Und ich sollte neben diesem Grab gestanden und das nicht gemerkt haben!

Moment mal, sagte ich mir. Da muss es eine rationale Erklärung geben.

Und so war es natürlich auch.

Meine japanischen Freunde stellten Nachforschungen an und fanden heraus, dass auf Parzelle vier des Gaijin Bochi eine junge Nichte der bekannten japanischen Schriftstellerin Nakazato Tsuneko liegt, die dem Andenken dieses Mädchens eine schöne Novelle gewidmet hat. Und Midori ist zwar nicht gerade der häufigste Name, den es gibt, aber auch nicht allzu ausgefallen, so dass die Übereinstimmung auf einem Zufall beruht.

Doch ich gab mich damit nicht zufrieden. Ich beschaffte mir das Buch von Nakazato Tsuneko, und als ich zu lesen begann, drehte sich mir erneut der Kopf. Wissen Sie, wovon diese Novelle handelt? Von Spaziergängen auf dem Gaijin Bochi und von den Gedanken, die dieser Ort hervorruft.

Ich schreibe über den Friedhof Gaijin Bochi, auf dem ein Mädchen bestattet ist, das ich für eine Gestalt aus meinem Roman hielt, das aber in Wirklichkeit die Hauptgestalt aus der Novelle einer anderen Schriftstellerin ist, die ebenfalls über den Friedhof Gaijin Bochi geschrieben hat.

Die Schlange beißt sich in den Schwanz, Literatur und Realität sind nicht mehr voneinander zu unterscheiden. Das habe ich immer befürchtet.

Der Friedhof Gaijin Bochi hat es in sich, das wusste ich ja längst.

Shigumo

Zur Beerdigung dieses Mannes, der ein *Buddha* oder ein *Erleuchteter* hatte werden wollen, waren so wenig Menschen gekommen, dass es fast unanständig war. Von seinen Landsleuten hatte sich nur der Vizekonsul Fandorin eingefunden, ein früherer Kollege des Verstorbenen. Erast Petrowitsch stand an dem schmalen Grab, in das der Novize gerade eine kleine Kiste mit den Knochen und der Asche hinabgelassen hatte, und mit den Händen an seinem seidenen Zylinder mit dem Trauerflor zupfend, lauschte er der monotonen Melodie des Bonzen. Die Japaner waren alle weiß gekleidet, so dass sich der Kollegienassessor in seinem schwarzen Gehrock wie ein Rabe in einem Taubenschwarm ausnahm.

Aber auch an Japanern war nur eine Handvoll auf den Klosterfriedhof gekommen – das Gerücht vom schrecklichen Tod des Eremiten Meitan hatte das ganze einheimische Yokohama in Panik versetzt. Das letzte Geleit gaben ihm nur der Klostervorsteher und ein Novize, die Witwe mit ihrer kleinen Tochter und noch zwei Menschen, die Abstand hielten. Letztere übersah Fandorin geflissentlich.

Die europäische Siedlung, die laut einer Notiz der »Japan Gazette« vom 15. August 1881 gerade den zehntausendundersten Einwohner registriert hatte, glaubte nicht an den heidnischen Quatsch und ignorierte das Begräbnis aus einem anderen Grund. Konsul Weber hatte seinem Gehilfen gesagt: »Erast, das ist natürlich deine Sache. Wenn du es für notwendig hältst, dann geh hin, aber bitte halte keine Grabreden. Vergiss nicht, dieses Subjekt hat seinen Glauben, sein Vaterland und die ganze weiße Rasse verraten.«

Und so war es eigentlich auch. Der Mann, der sich in seinen letzten Lebensjahren Meitan nannte, hatte freiwillig auf seinen Dienstgrad, den Adelstitel, die russische Staatsangehörigkeit, die orthodoxe Konfession, ja selbst auf seinen Namen verzichtet. Er nahm den Namen seiner japanischen Frau an und trug statt Jackett und Hose einen Kimono; später hüllte er sich in das Gewand eines buddhistischen Mönchs und gab jeglichen Kontakt zu seinen Landsleuten auf, selbst zu Fandorin, mit dem er vorher befreundet gewesen war. In drei Jahren hatten sie sich kein einziges Mal gesehen. Erast Petrowitsch kannte den Grund für diese Hartnäckigkeit, und anders als Konsul Weber brachte er dafür Verständnis und Mitleid auf.

Der Grund war hier im Gräberhof des Tempels der Vermehrung der Tugend, wo der Abtrünnige seinen letzten Lebensabschnitt verbracht hatte, leibhaftig anwesend. Ein kleines Mädchen, das späte Kind des ehemaligen russischen Staatsbürgers und seiner japanischen Frau, saß in einem Korbkinderwagen neben der Mutter und kämpfte, eingelullt von den gesungenen Sutras, mit dem Schlaf. Kinder dieses Alters können schon richtig gehen und sogar rennen, aber dieses war mit leblosen, gelähmten Beinen zur Welt gekommen. Seitdem hatte sich der unglückliche

Vater in ein Kloster der Sekte Shingon zurückgezogen. Er hatte den Namen Meitan angenommen, was Erleuchtung-Suchender bedeutet, und beschlossen, zu Lebzeiten ein Buddha zu werden.

Die Witwe des Verstorbenen, Satoko, stand mit reglosem Gesicht neben dem Kinderwagen. Ihre Augen waren trocken, denn das Zeigen von Trauer sollte die Umstehenden nicht beeinträchtigen.

Hier zeigte grundsätzlich niemand seine Emotionen.

Wie es sich für einen buddhistischen Priester gehört, gab der Klostervorsteher Sougen mit seinem ganzen Verhalten zu verstehen, dass der Tod ein freudiges und in gewissem Sinn sogar festliches Ereignis ist. Das gehörte ja schließlich zur Arbeit von Hochwürden.

Während der wenig sympathische Novize schniefend und mit unverhohlener Furcht in das Grab blickend dem Klostervorsteher auf dem Fuße folgte, drückte dessen blasses, leicht plattgedrücktes Gesicht keinerlei Kummer aus.

Als Fandorin einen Moment lang die beiden Menschen, die Abstand hielten, genauer in Augenschein nahm, schien ihm, die Frau lächele. Oder nein, es war weniger ein Lächeln als starke, ungeduldige Neugier, was sich in ihrem Gesicht abzeichnete.

Dabei war noch die Frage, ob man dieses Wesen, dessen bloßer Anblick einen erzittern ließ, überhaupt eine Frau nennen konnte.

Auf dem Rücken eines riesengroßen Dieners saß in einem Schultersack, der entfernt an einen Bergsteigerrucksack erinnerte, ein merkwürdiges Geschöpf, dessen schöner Frauenkopf mit der kunstvollen, sorgfältig hergerichteten

Shimada-Mage-Frisur auf dem winzigen Leib eines vierjäh-
rigen Kindes thronte. Die Missgeburt folgte aufmerksam
der Feier und ließ ihr markantes Kinn nach rechts und
nach links schnellen. Die winzige Hand klopfte aufgeregt
mit dem Fächer auf dem kahlgeschorenen Scheitel des Dieners herum.

Fandorin schnappte den Blick aus den glänzenden Augen der Liliputanerin auf und wandte sich irritiert ab. Die
Gegenwart dieses Unglückswesens verlieh der ohnehin
schon traurigen Feier eine besonders makabre Note.

Sonst war niemand auf dem Friedhof – so dachte Fandorin jedenfalls, bis ein unangenehmes Geräusch ertönte,
das von jemand stammte, der seelenruhig voll Genuss aus-
spuckte.

Der Vizekonsul blickte sich um und sah hinter der niedrigen Bambushecke, die den buddhistischen von dem benachbarten christlichen Friedhof abtrennte, einen Mann in
Windjacke und gestreiftem Matrosenhemd. An eine Quer-
stütze gelehnt, stand er da und beobachtete das Begräbnis
mit offener Feindseligkeit. Ein Tic ließ sein rotes, von sche-
ckigen Bartstoppeln bedecktes Gesicht böse zucken. Das
eine Bein des Zuschauers steckte in einem schiefgetrete-
nen Stiefel, das andere war aus Holz und stampfte wütend
auf den Boden.

Der reinste Invalidenkongress, dachte Fandorin, verzog
jedoch das Gesicht, denn er schämte sich seiner Harther-
zigkeit.

Doch da tat der Einbeinige etwas, was den Vizekonsul
vor Scham rot werden ließ, und zwar nicht nur für seine Person, sondern für die ganze europäische Rasse. Der

unsympathische *Gaijin* (wie man die Ausländer in Japan nannte) spuckte einen Schwall tabakbraunen Schleim über die Hecke, lachte krächzend und brüllte auf Englisch: »Was für eine affige Beerdigung. Man müsste euch alle zusammen einsargen, ihr verfluchten Makaken!«

Der ehrwürdige Sougen hielt nach dem Störenfried Ausschau, unterbrach das Gebet aber nicht. Die Witwe dagegen zuckte wie vom Schlag getroffen zusammen, und ihr blasses Gesicht wurde noch bleicher. Fandorin wusste, dass Satoko Englisch verstand, so dass der widerliche Ausfall nicht folgenlos bleiben konnte.

Der junge Mann trat dezent ein paar Schritte zur Seite, drehte sich dann möglichst unauffällig um und ging nach einem kurzen Atemholen schnell auf den Flegel zu.

»Verschwinde!«, sagte er mit leiser, vor Wut zitternder Stimme. »Sonst ...«

»Was bist du denn für ein Speichellecker der Japsen?«, fragte der Einbeinige und fixierte ihn mit seinen furchtlosen, wässerigen Augen. »Kläff den alten Silvester nicht an, sonst poliert er dir womöglich deine hübsche Visage.«

Es klackte etwas in seiner Riesenfaust, und die Klinge eines Spanischen Messers kam zum Vorschein.

»Ich bin Fandorin, Vizekonsul des Russischen Reiches«, stellte sich Erast Petrowitsch vor. »Und wer sind Sie?«

»Ich bin der Vizekonsul unseres Herrgotts auf diesem Friedhof. Hast du das kapiert, du Angsthase?«, antwortete ihm Silvester im selben Ton, spuckte noch einmal aus und humpelte weiter zu den Grabsteinen, die Kreuze trugen.

Ein Friedhofsaufseher oder ein Wächter, vermutete Fandorin und nahm sich fest vor, nach der Beerdigung den

160

Gemeindepfarrer aufzusuchen und ihn dazu zu bewegen, diesem Grobian die Leviten zu lesen.

Als der Kollegienassessor an das Grab zurückkehrte, war die Feier schon zu Ende. Der Klostervorsteher hatte alle zu sich eingeladen, ein Gläschen auf das Andenken des Verstorbenen zu trinken.

»Da ist Meitans Wunsch also in Erfüllung gegangen«, ließ sich Hochwürden gutmütig vernehmen, als der Novize die Gläser mit heißem Sake, im Kloster *Hannya* oder »Hexenwasser« genannt, gefüllt hatte. »Er wollte ein Buddha werden und ist es auch geworden, nur nicht zu Lebzeiten, sondern nach seinem Tod. Das ist sogar noch besser.«

Sie schwiegen.

Durch die geöffneten Trennwände blies ein frischer Wind aus dem Garten, der von Zeit zu Zeit die heilige Rolle ins Schaukeln brachte, die über dem Kopf des Klostervorstehers hing.

»Denn der Tod soll eine höhere Stufe und nicht ein Auf-der-Stelle-Treten sein. Wenn du schon ein Buddha bist, wohin sollst du dann noch aufsteigen können?«, philosophierte Sougen weiter und weidete sich an dem Wein.

Die Frauen, Satoko und die zweite, die einem Kopffüßler glich und von der Erast Petrowitsch inzwischen wusste, dass sie Emi Terada hieß, falteten die Hände zum Gebet, wobei Emi selbiges auch noch mit einem Nicken ihrer kunstvollen Haartracht unterstrich. Sie hockte nicht wie üblich auf den Knien, sondern saß in einem Spezialstuhl, in den sie der Diener vor dem Weggehen gesetzt hatte.

Da Fandorin klar war, dass dies der Beginn einer langen

Predigt werden würde, wollte er das Gespräch in eine andere Richtung lenken, die ihn weitaus mehr interessierte als die frommen Erwägungen. »Über den Tod des heiligen Eremiten kursieren die wildesten Gerüchte«, sagte er deshalb schnell. »Da werden Dinge behauptet, die man unmöglich glauben kann ...«

Das Gesicht des Klostervorstehers erstrahlte in einem gutmütigen Lächeln – wie zu erwarten, begegnete Sougen der Unerzogenheit des Ausländers mit Nachsicht. Das Lächeln besagte: »Wie allseits bekannt, ist es denkbar, dass einzelne Ausländer die japanische Sprache so gut beherrschen wie dieser blauäugige Lulatsch hier, aber ihnen Manieren beizubringen ist ein Ding der Unmöglichkeit«. Er sagte jedoch etwas anderes: »Ja, für unser friedliches Kloster ist das eine schwere Heimsuchung. Es gibt sogar Leute, die sagen, auf dem Tempel der Vermehrung der Tugend liege ein Fluch. Wir befürchten, dass die Zahl der Pilger nun zurückgeht. Obwohl andererseits sicher auch viele vom Ruch des Geheimnisvollen angezogen werden. Buddhas Welt ähnelt manchmal einer sonnenüberfluteten Ebene und manchmal dem nächtlichen Wald.« Hochwürden wandte sich nun der Witwe zu und sagte sanft: »Ich weiß, meine Tochter, wie schwer es Euch fällt, von diesem schrecklichen Ereignis zu reden, das Euer Leben auf den Kopf gestellt und die friedliche Existenz unseres Klosters verdunkelt hat. Aber Worte sind das beste Mittel gegen den Kummer, sie sind so oberflächlich und schwerelos, dass Ihr auch die Bürde erleichtert, die Eure Seele bedrückt, wenn Ihr Eure Trauer in Worte hüllt. Je öfter Ihr diese schreckliche Geschichte erzählt, desto schneller wird Eure Seele die verlorene Harmonie wiedergewinnen. Glaubt mir, ich weiß, was ich sage. Dass Terada-san und ich alle Einzelheiten kennen, macht nichts, dann hören wir eben alles noch einmal.«

Satokos Schultern zuckten leicht, aber sie nahm sich zusammen. Sie verbeugte sich vor dem Klostervorsteher und dann vor Fandorin und sprach mit fester Stimme, setzte aber jedes Mal aus, wenn die Aufregung sie zu überwältigen drohte. Dann geduldeten sich die Zuhörer und warteten eine Weile, bis die Erzählung weiterging.

Von Zeit zu Zeit strich die Witwe ihrer Tochter, die auf der Tatami schlief, zerstreut über den Kopf; diese Berührungen gaben Satoko offenbar Kraft.

»Fandorin-san, Ihr wisst wohl, dass mein Gatte schon seit langem nicht mehr bei mir wohnte. Seit Akikos Geburt ...« Die Stimme der Erzählerin stockte; Erast Petrowitsch aber nutzte die Pause, um sich das kleine Mädchen genauer anzugucken.

Normalerweise sind Kinder, die der Verbindung zwischen einem Europäer und einer Japanerin entstammen, ausgesprochen hübsch, aber die arme Akiko hatte kein Glück gehabt. Als hätte es dem bösen Schicksal nicht gereicht, dass sie als Krüppel auf die Welt gekommen war, vereinte das Gesicht des Mädchens auch noch wie mit Absicht die unsympathischen physiognomischen Züge beider Rassen: eine schnabelähnliche Nase, kleine geschwollene Äugelchen, gelbliche, wergartige Haare. Der Kollegienrat seufzte und blickte zur Seite, aber da saß die unheimliche Emi, so dass er den Blick auf das rosige Gesicht des Klostervorstehers richten musste, der seinem glänzenden Scheitel mit einem kleinen Fächer Luft zuwedelte.

»Er sagte, auch Prinz Siddharta Gautama habe seine Frau und den Erstgeborenen verlassen; wenn einer Erleuchtung suche, müsse er sich von seiner Familie lossagen«, so fuhr Satoko mutig in ihrer Erzählung fort. »Aber ich weiß, dass er sich in Wirklichkeit dafür bestrafen wollte, dass Akiko so, wie sie ist, auf die Welt gekommen ist. Er selbst hatte in seiner Jugend eine anrüchige Krankheit gehabt und war überzeugt davon, dass die an allem schuld war. Ach, Fandorin-san«, sie hob zum ersten Mal in der ganzen Zeit die Augen und sah den Vizekonsul an, »Ihr hattet ihn schon lange nicht mehr gesehen. Er hat sich sehr verändert. Ihr hättet ihn nicht wiedererkannt. Er hatte fast nichts Menschliches mehr.«

»Meitan hat es auf dem achtstufigen Pfad der Erleuchtung sehr weit gebracht«, schaltete sich der Klostervorsteher ein. »Er hatte die erste Stufe geschafft, die des rechten Verständnisses, die zweite, die des rechten Strebens, die dritte, die des rechten Sprechens, die vierte, die des rechten Benehmens, die fünfte, die des rechten Lebens, die sechste, die des rechten Leidens, und die siebte, die der rechten Geisteshaltung. Er hatte nur noch die achte Stufe vor sich, die der rechten Meditation. Um sie zu überwinden, baute Meitan in unserem Garten einen Pavillon und betrachtete tagaus, tagein den Lotos, der sich im Zentrum der Mondscheibe befindet, um sein *Kokoro* in Einklang mit dem *Kokoro* der Blume zu bringen, denn nur dann ...«

»Ich weiß, was eine Meditation vor einer Darstellung des Ajikan ist«, unterbrach Fandorin, der Angst hatte, das Gespräch könne sich im Dickicht des esoterischen Buddhismus verirren.

Sougen nickte dem Diplomaten freundlich zu, lächelte wieder und hob nur hilflos seine gutgepolsterten Hände in die Höhe. Der hinter ihm stehende Novize musterte den Vizekonsul aus großen Augen.

Erast Petrowitsch senkte bescheiden den Blick. Seit über drei Jahren lebte er im Land der Himmelswurzel, und anders als die meisten Ausländer studierte er begeistert die Geheimnisse der japanischen Welt, darunter auch sehr viel geheimere als die übliche Meditation.

»Ich bitte Euch, Satoko-san, fahrt fort«, bat der Vizekonsul auffordernd.

»Drei Jahre lebten wir getrennt. Mein Mann erlaubte mir, ihn einmal in der Woche zu besuchen. Wir wechselten ein paar Worte, dann bereitete ich ihm das Furo vor und wärmte ihm einen Krug Sake auf, das war die einzige sinnliche Freude, die er sich an den Sonntagabenden erlaubte. Während Meitan in dem Fass mit heißem Wasser saß, wartete ich im Garten. Mein Gatte erlaubte mir nicht, mich in seiner Nähe aufzuhalten. Genau eine Stunde später gab ich ihm das Handtuch, goss das Wasser aus, und wir trennten uns bis zum nächsten Sonntag.«

Satoko ließ den Kopf auf die Brust sinken und verstummte, während Fandorin dachte, nur eine japanische Frau ist wohl zu einer solchen Selbstaufgabe imstande, wobei sie sich natürlich kein einziges Mal beschwert und sich keinen einzigen vorwurfsvollen Blick erlaubt hatte.

»So war es auch letzten Sonntag. Ich füllte das Furo mit Wasser, das ich erst aus dem Brunnen holte und dann wärmte. Ich half Meitan, sich hinzusetzen, stellte ihm den Krug hin und spazierte durch den Garten, da, wo man die

Mönche und Eremiten begräbt. Das ist ganz in der Nähe von der Stelle, wo mein Mann beerdigt ist ...« Die Stimme der Witwe zitterte etwas, aber die Erzählung riss nicht ab. »Am Himmel leuchtete der Vollmond, so dass es ganz hell war. Auf einmal sah ich an der Hecke des Ausländerfriedhofs eine hohe Gestalt in einem langen schwarzen Gewand.«

»An der Hecke?«, fragte Erast Petrowitsch schnell. »Auf dieser oder auf der anderen Seite?«

»Zuerst schien es mir, dass jemand auf der anderen Seite, auf dem Ausländerfriedhof, stand, aber dann machte die Gestalt so eine merkwürdige Bewegung, als zucke sie zusammen, und da war sie gleich ganz nah, im Klostergarten. Ich sah, dass es ein *Komusou*, ein Bettelmönch war, wie es sich gehörte in einem Priestergewand, auf dem Kopf einen *Tengai*.«

So hieß der Strohhut, der das ganze Gesicht bis zum Kinn bedeckte, mit Schlitzen für die Augen. Fandorin hatte diese gesichtslosen Wanderer, die Almosen für ihr Kloster sammelten, mehrfach auf den Straßen Yokohamas gesehen.

»Der Mönch hatte etwas Merkwürdiges; mir war nicht gleich klar, woran es lag, das verstand ich erst, als er näher kam. Erstens war er unheimlich groß, noch größer als Ihr. Zweitens bewegte er sich irgendwie zu mühelos fort, als ob er nicht mit den Füßen über die Erde ginge, sondern über sie dahinschwebte oder -glitt. Ich konnte das nicht genauer erkennen, denn auf dem Gras lag Nachtnebel. Und es ist auch unhöflich, einem heiligen Mann auf die Füße zu starren. Ich hielt ihn für einen Tempelgast. Ich bin ihm entgegengelaufen, habe mich verbeugt und gefragt, ob ich ihm mit etwas dienen kann. Vielleicht hatte er sich in dem Garten verlaufen, konnte die Toilette nicht finden oder wollte auf der Bank neben dem Karpfenteich ausruhen.

Der Mönch antwortete nichts. Da bückte ich mich, schaute ihn von unten bis oben an und sah, dass er keinen Kopf hatte. Durch das geflochtene Stroh gähnte Leere. Über den Schultern des *Komusou* flimmerte die gelbe Mondscheibe. Er streckte mir die Hand entgegen, und ich sah, dass der Ärmel des Priestergewands ebenfalls leer war, es steckte nur etwas Schwarzes darin. Und dann sah ich nichts mehr, weil der barmherzige Buddha mir gestattet hatte, das Bewusstsein zu verlieren. Ach, warum hat der Wiedergänger nicht *mir* das Blut ausgesaugt? Ich war ja sowieso ohnmächtig und hätte nichts gespürt!«

Das war der einzige Satz, den die Erzählerin mit Emphase sagte. Erast Petrowitsch wusste, dass Satoko eine Frau mit einem klaren Kopf war und nicht zu hysterischen Halluzinationen neigte; er war schlicht sprachlos über diese phantastische Geschichte.

Die entsetzliche Emi Terada dagegen rief in ihrem Aufruhr aus: »Und da fragt sie auch noch! Darum hat er Euer Blut nicht gesaugt, weil Ihr ohnmächtig wart. Ein Shigumo muss dem Opfer in die Augen schauen, sonst schmeckt es ihm nicht. Ich kenne mich aus in seinen Angewohnheiten!«

»Wer? Ein Shigumo?« Der Vizekonsul wiederholte das unbekannte Wort.

»Erzählt von der Todesspinne, meine Tochter«, sagte der Klostervorsteher und verbeugte sich vor der Zwergin. »Es wird für den Herrn Beamten des Achten Rangs interessant sein. In Buddhas Welt gibt es nicht wenig Sonderbares, und wir armen Toren sind manchmal nicht in der Lage, uns in diesen erschreckenden Erscheinungen zurechtzufinden. Da kann man nur auf ein Gebet hoffen. Bitte, Terada-san.«

Fandorin zwang sich, dieses Wesen, das halb Frau, halb Kind war, anzugucken, um ihre Gefühle nicht zu verletzen. Es war wirklich merkwürdig! Einzeln genommen war jeder Teil von Emi Teradas Körper vollkommen: das feine Gesicht und der bezaubernde kleine Leib, aber aneinandergefügt bildeten diese beiden schönen Hälften ein wahrhaft schreckliches Ganzes.

»Als alteingesessener Besitzer eines berühmten Kaufhauses zeichnete sich mein Vater durch Frömmigkeit aus und unternahm zweimal im Jahr – vor der Sakura-Blüte und vor dem Bon-Fest – mit der ganzen Familie eine Wallfahrt zu einem bekannten Tempel oder Kloster«, begann Emi bereitwillig. Man merkte sofort, dass sie diese Geschichte schon oft erzählt hatte. »So war es auch damals in dem Sommer, als ich vier Jahre alt wurde. Wir waren in ein berühmtes Kloster gereist, um das Andenken der Ahnen zu ehren. In der Nacht gingen meine Eltern an den Fluss, um ein Gedenkschiffchen zu Wasser zu lassen; ich blieb im Fremdenzimmer zurück unter der Obhut der Amme. Diese schlief schnell ein, während ich, durch das Nachtlager an einem ungewohnten Ort aus dem Gleichgewicht gebracht, auf dem Futon lag und an die Decke starrte. Draußen schien der Mond, und über die Bretter huschten sonderbare, schwarze Flecken; das kam von den Bäumen im Garten, die im Wind schaukelten. Auf einmal merkte ich, dass einer dieser Flecken dunkler als die anderen war. Er bewegte sich ebenfalls, aber nicht von links nach rechts, sondern von oben nach unten. Ich fasste ihn genauer ins Auge und verstand auf einmal, dass es kein Schatten, sondern ein schwarzer Körper oder Ballen war. Er hing über meiner schnarchenden Amme, schaukelte ein bisschen und schob sich, schnell größer werdend, auf mich zu. Ich erkannte eine riesige, schwarze Spinne, die in einem von der Decke herabhängenden Spinnennetz schaukelte. Obwohl ich noch ganz klein war und kaum etwas verstand, bekam ich schreckliche Angst, so sehr, dass es mir die Kehle abschnürte. Ich wollte die Amme rufen, konnte aber nicht.«

Emi blickte Fandorin prüfend in die Augen, um festzustellen, wie sehr ihn die Erzählung fesselte.

Der Vizekonsul hörte aufmerksam zu und fiel sogar manchmal mit respektvollen Ausrufen ein wie »Wirklich?«, »Oh!«, »Ah?!«, aber der Zwergin war das offenbar zu wenig. Sie zog unheilverkündend die Brauen zusammen und fuhr mit tonloser Grabesstimme fort: »Ich kniff vor Entsetzen die Augen zusammen, und als ich sie wieder öffnete, sah ich über mir einen Mönch in schwarzem Gewand und mit tief heruntergelassenem Strohhut. Im ersten Augenblick freute ich mich. ›Onkelchen‹, stammelte ich, ›wie gut, dass du gekommen bist! Hier war eine große, riesengroße Spinne!‹ Aber der Mönch hob seine Hand, und aus dem Ärmel streckte sich mir ein pelziger Fangarm entgegen. Oh, wie widerlich er war! Ich spürte den scharfen Geruch der feuchten Erde, sah vor mir zwei helle, böse Lichter und konnte mich schon nicht mehr rühren. Kalte Taubheit verbreitete sich von hier über den ganzen Körper.« Die winzige Hand mit den langen lackierten Nägeln berührte beredt ihre Kehle. »Der Shigumo hätte mir bestimmt das ganze Blut ausgesaugt, aber auf einmal hörte man die Amme vernehmlich schnarchen. Die Spinne lockerte für einen Augenblick ihren Kiefer, ich kam zu mir und weinte laut. ›Was ist? Hast du einen schlechten Traum gehabt?‹, fragte die Amme schlaftrunken. Im selben Augenblick zog sich der Mönch zusammen, verwandelte sich in eine schwarze Kugel und flog rasch an die Decke. Eine Sekunde später war schon nur noch ein Fleck zu sehen, doch auch der verwandelte sich in einen Schatten ... Ich war zu jung, um meinen Eltern zu erklären, was ich erlebt hatte. Sie dachten, ich sei am Fieber erkrankt, und hielten das für den Grund, warum mein Körper nicht wuchs. Ich aber wusste: Es lag daran, dass ein Shigumo mir sämtliche Lebenssäfte ausgesaugt hatte.«

Sie weinte, was offensichtlich zum Ritual der Erzählung dazugehörte. Jedenfalls versuchten weder Satoko noch der Klostervorsteher, sie zu trösten. Emi weinte ausgesprochen elegant, indem sie sich einen gemusterten Ärmel vor das Gesicht hielt und sich dann dezent in ein Papiertaschentuch schnäuzte.

Gutmütig lächelnd sagte Ehrwürden dann in die Stille: »Alles hat auch seine Kehrseite. Auf diese Weise haben wir schon so viele Jahre das Glück, Euch unsere Gastfreundschaft anbieten zu dürfen, meine Tochter. Frau Terada bewohnt mit ihren Dienern und Dienerinnen ein besonderes Haus auf dem Klostergelände«, erklärte der Sougen dem Vizekonsul. »Wir sind darüber von Herzen froh.«

Emi spähte an dem Ärmel vorbei auf den Diplomaten

und begriff, dass der von ihrer Geschichte nicht sonderlich beeindruckt war. Die Augen der puppenartigen Frau leuchteten zornig auf, und sie antwortete dem Klostervorsteher grob und mit einer Leidenschaft, die alle Anwesenden berührte: »Natürlich! Schließlich lässt sich mein Vater das Kloster einiges kosten! Hauptsache, er hat mich Missgeburt nicht vor Augen!«

Dann brach sie in richtiges Weinen aus, laut und böse.

Sougen war kein bisschen beleidigt. »Wie soll man wissen, was eine Missgeburt ist?«, sagte er versöhnlich und fügte hinzu: »Der Abstoßendste der Sterblichen ist in den Augen Buddhas schön, und die allergrößte Schönheit kann ihm als ein übles Ekel erscheinen.«

Aber diese tiefsinnige Überlegung tröstete Emi nicht, sie schluchzte noch lauter.

Der Kollegienassessor verbeugte sich höflich vor Satoko und fragte sie halblaut: »Ihr habt also nicht gesehen, wie das alles geschehen ist. So tief war also Eure Bewusstlosigkeit?«

»Als wir Satoko-san fanden, dachten wir, sie ist tot«, antwortete Ehrwürden für die Witwe. »Ihr Herz schlug langsam und kaum hörbar. Dem Arzt ist es nur durch stundenlange Bemühungen und mit Hilfe chinesischer Akupunktur und Kauterisation gelungen, sie ins Leben zurückzurufen. Zu diesem Zeitpunkt aber hatte man den Leichnam des unglücklichen Meitan schon längst fortgebracht. Ein wirklich trauriges Ende für einen Gerechten.«

»Das kommt alles daher, dass Ihr nicht auf mich gehört habt«, sagte Emi schniefend. »Was habe ich Euch gesagt, als der Haufen neben dem Pavillon gefunden wurde?«

»Wie bitte?«, fragte Erast Petrowitsch verwundert.

»Es ist mir peinlich, bei Tisch von solchen Dingen zu sprechen ...« Satoko schaute den Diplomaten schuldbewusst an. »Aber eine Woche vor seinem Tod entdeckte mein Mann morgens auf der Schwelle seiner Zelle einen großen Haufen Unrat.«

»Kot«, erklärte der Klostervorsteher dem erstaunten Fandorin kurz, der die Augenbrauen hochgezogen hatte. »Ein Riesenhaufen. Und er konnte unmöglich von einem Menschen stammen, selbst wenn der einen ganzen Sack Reis mit Sojasauce verschlungen hätte.«

»Aber von einem Shigumo durchaus!«, sagte Emi mit blitzenden Augen. »Er hat das Aussehen einer Spinne, aber den Kot eines Menschen, weil er ein Wiedergänger ist. Ich habe damals Satoko-san sofort gesagt: ›Das kommt nicht von ungefähr, nehmt Euch in Acht. Ein Teufel will sich bei Eurem Gatten einschleichen.‹ Stimmt's, habe ich das gesagt?«

»Ja, das stimmt«, sagte Satoko leise. »Ich habe nur gelacht. Das werde ich mir nie verzeihen. Aber mein verstorbener Gatte glaubte nicht an den Teufel und verbot es auch mir ...«

»Er war zwar ein heiliger Eremit, aber eben ein Ausländer«, fiel Emi ein. »Er hatte keine japanische Seele. Nie hätte er es bis zur Erleuchtung gebracht, er wäre bis an sein Lebensende auf der achten Stufe steckengeblieben.«

Auf die taktlose Bemerkung folgte eine lange Pause. Der Klostervorsteher runzelte die Stirn, konnte aber keinen rettenden Ausspruch aus seinem Gedächtnis hervorholen. Der Novize zog den Kopf ein. Satoko senkte einfach die Augen.

»Hochwürden, könnte ich den Ort sehen, wo Meitan gestorben ist?«, fragte Erast Petrowitsch.

»Natürlich. Araki bringt Euch hin«, sagte der Klostervorsteher und nickte dem Novizen zu. »Er wird Euch alles zeigen und erzählen. Er war es ja auch, der Meitan gefunden hat.«

Der Kollegienassessor und sein Begleiter durchquerten den mit weißem Sand bestreuten Hof, gingen an der dreistöckigen Pagode vorbei und kamen in den wunderbar geräumigen und schattigen Klostergarten.

»Früher war der Garten noch größer, aber die Hälfte musste für den Friedhof der fremden Barbaren geopfert werden«, sagte Araki, wurde rot und korrigierte sich: »Ich meine, für die ausländischen Herrschaften.«

»Und wo ist Meitans Zelle?«

»Sie lag hinter dem Brunnen, hinter den Sträuchern«, antwortete der Mönch. »Aber nach dem, was geschehen ist, hat Vater Sougen eine Reinigungszeremonie durchgeführt und den Pavillon bis auf den Grund abgebrannt, um die bösen Geister von dem unguten Ort zu verjagen.«

»Er hat ihn abgebrannt?«, fragte der Vizekonsul finster. »Erzählt weiter. Aber nur das, was Ihr mit eigenen Augen gesehen habt. Und lasst bitte nichts weg, kein Detail.«

Araki nickte und runzelte angestrengt die Stirn. »Also ich bin im Morgengrauen aufgewacht und bin meine Notdurft verrichten gegangen. Meine kleine. Ich wache immer gegen drei Uhr nachts auf und muss meine kleine Notdurft verrichten, selbst wenn ich am Vorabend nur eine Tasse Tee getrunken habe. Das hat meine Harnblase so an sich. Offensichtlich ist sie ...«

»So detailliert nun auch wieder nicht«, unterbrach ihn Fandorin. »Also Ihr seid gegen drei Uhr aufgewacht. Wo liegt Euer Schlafraum?«

»Die jungen Brüder schlafen dort«, sagte Araki und zeigte auf ein langes, einstöckiges Gebäude. »Wir haben am Ende des Flurs ein eigenes Klo, aber im Morgengrauen schlage ich immer mein Wasser im Garten ab – da breitet sich so eine wunderbare Dämmerung vor dem Sonnenaufgang aus, die Pflanzen duften, und die Vögel fangen schon an zu singen ...«

»Gut. Weiter ...«

»In der Nacht war ich ein paarmal aufgewacht, weil irgendwelche Hunde in der Nähe heulten. Als ich in den Garten ging, sah ich, dass sich an der Abflussrinne eine ganze Meute streunender Hunde versammelt hatte. Sie gingen aufeinander los und lärmten. So etwas ist früher nie vorgekommen. Ich ging auf sie zu, um sie zu verjagen ...«

»Lag etwas in der Abflussrinne?«, fragte der Diplomat schnell.

»Das weiß ich nicht ... Ich habe nicht darauf geachtet. Vermutlich nicht, ich hätte es sonst gemerkt.«

»Gut. Weiter.«

»Ich schlug mit meiner *Geta* auf die Hunde ein. Es war wohl die rechte«, fügte Araki hinzu. Er erinnerte sich offenbar an die Aufforderung, kein Detail wegzulassen. »Ihr müsst wissen, die Hunde von Yokohama sind sehr feige, es ist nicht schwer, sie zu verjagen. Aber diese Hunde waren seltsam. Sie liefen nicht weg, sondern stürzten sich knurrend und bellend auf mich, so dass ich einen richtigen Schreck bekam und fortrannte, und zwar auf Meitans Zelle zu. Die Hunde ließen von mir ab, ich hielt an dem Pavillon, um durchzuatmen, da bemerkte ich plötzlich etwas Seltsames. Der Eremit saß in einem Fass mit Wasser. Ich wusste, dass Vater Meitan sonntagabends ein Furo im Garten neben seiner Zelle nahm. Er genoss die Wärme, die Reinheit und das Zirpen der Zikaden ... Aber doch nicht vor Sonnenaufgang! Meitans Kopf war nach hinten gebogen, so dass ich dachte, er schläft. Offenbar war er von dem heißen Wasser erschlafft. Aber wo war seine *Okusan*? Sie konnte doch nicht weggegangen sein! Ich näherte mich und rief den Eremiten an. Dann berührte ich respektvoll seine Schulter. Seine Haut war ganz kalt, das Wasser in dem Fass war eisig.«

»Seid Ihr sicher?«

»Ja, ich zog sogar mit einem Ruck meine Hand zurück. Es wurde hell, und ich bemerkte, dass Meitan ganz weiß war. So weiß sind noch nicht einmal die Ausländer! Und ich entdeckte an seinem Hals zwei rote Pünktchen, hier ...« Der Novize zuckte zusammen und blickte ängstlich um sich. »Mir wurde unheimlich. Ich prallte zurück und stolperte über die Okusan. Sie lag im hohen Gras und hatte einen schwarzen Kimono an, deshalb hatte ich sie nicht gleich gesehen. Ich schrie auf, lief zu dem Gebäude der Brüder und weckte alle ... Später hat man mir erklärt, ein Wiedergänger in Form einer Spinne sei über Meitan hergefallen und habe alles Blut aus seinem Körper gesaugt. Der Arzt sagte, der Shigumo habe keinen einzigen Tropfen in den Adern des Toten gelassen.«

»Keinen einzigen Tropfen? So, so ... Und wo ist das Fass, in dem Meitan saß? Ich möchte es mir anschauen.«

Der Novize sagte verwundert: »Wo es ist? Der Vater Klostervorsteher hat natürlich befohlen, es zu verbrennen. Man konnte diesen unreinen Gegenstand doch unmöglich in der Klause lassen.«

»Spuren am Tatort verwischt, Indizien vernichtet, Zeugen Fehlanzeige«, brummte der Vizekonsul auf Russisch und seufzte.

Araki ächzte und setzte schüchtern an: »Nach meiner bescheidenen Meinung ist Vater Meitan selber schuld. Wie kann ein Gaijin überhaupt ein Buddha werden wollen? Kein Wunder, dass der Shigumo ihm zürnte. Auch Ihr, mein Herr, wisst zu viel für einen Ausländer, Ihr wisst sogar, wie man vor dem Lotosbild meditiert. Ihr solltet besser weggehen, und zwar je eher, desto besser. Der Shigumo ist hier in der Nähe, muss ich Euch sagen, er sieht alles, er hört alles ...«

»Danke für den guten Rat«, sagte Fandorin und verbeugte sich leicht.

Er sah sich die Brandstätte an und streifte durch die Wiese.

Nachdenklich murmelte er laut vor sich hin, und zwar wieder auf Russisch: »Was für ein seltsames Schicksal. In Petersburg zur Welt kommen, die Lehranstalt für Rechtswissenschaft absolvieren, sich bis zum Kollegienrat hochdienen, dann ein Meitan werden und mit seinem Blut den Hunger eines japanischen Wiedergängers stillen ...«

Er hockte sich hin und wühlte in der Erde. Dasselbe tat er an der Abflussrinne, da hielt er sich länger auf, ein paar Minuten. Er schüttelte den Kopf, erhob sich und sagte: »Gut, gehen wir jetzt zu Hochwürden.«

An der Schwelle zum Haus des Klostervorstehers schritt der Bursche auf und ab, dessen Schultern Emi Terada als Fortbewegungsmittel gedient hatten. Der Vizekonsul erinnerte sich, wie rücksichtslos die Missgeburt mit diesem Diener umsprang. Worte sparte sie sich: Wenn sie nach links gehen wollte, zog sie ihn an dem einen Ohr, wenn nach rechts, an dem anderen; wenn sie anhalten wollte, haute sie ihm ungeduldig den Fächer auf den Kopf. Der Kerl ertrug diese Behandlung ganz gelassen. Als er seine Chefin in Sougens Räumen vorsichtig hatte hinsetzen wollen, hatte er sie aus Versehen zu sehr in seinen Armen gedrückt. Die böse Zwergin hatte sich sofort mit ihren kleinen, spitzen Zähnen in sein Handgelenk gebohrt, und zwar so, dass Blut floss. Aber der Diener hatte die Bestrafung ohne Murren ertragen und sich noch in Entschuldigungen ergangen.

Der Novize Araki ging die Stufen hoch, während Fandorin sich an den Diener wandte. »Wie heißt du?«, fragte er und zog die Stirn in Falten.

»Kenkichi«, antwortete der Kerl mit seinem groben, kräftigen Bass.

Er war ein paar Zoll größer als Erast Petrowitsch, also ungewöhnlich groß für einen Einheimischen. Zudem hatte er eine Brust so groß wie ein Fass, äußerst breite Schultern und Arme wie eine Gabeldeichsel. Unter einer niedrigen Stirn saßen die schläfrigen, geschwollenen Äugelchen und blickten reglos auf den Gaijin.

»Sicher bekommst du sehr viel für deinen schweren Dienst?«, erkundigte sich Fandorin und musterte den Riesen neugierig.

»Logis, Kost und zehn Sen die Woche«, antwortete jener lautstark, aber gleichgültig.

»So wenig? Bei deiner Statur könntest du doch eine sehr viel bessere Arbeit finden!«

Der Diener schwieg.

»Du hast dich sicher an deine Herrin gewöhnt? Hast sie liebgewonnen?«, bohrte der Vizekonsul hartnäckig weiter.

»Was?«

»Ich meine, du magst deine Herrin wohl sehr?«

Kenkichi sagte sagte auf diese Frage ehrlich verwundert: »Wie sollte man sie nicht mögen? Sie ist doch so schön. Sie ist wie eine *Hina-Ningyou*-Puppe, die man am Fest der Mädchen auf den Altar stellt.«

›*Chacun à son goût*‹, dachte Erast Petrowitsch und stieg die Treppe hoch.

»Vater Klostervorsteher, meine Damen, ich habe den Ort des Verbrechens inspiziert und weiß nun, wie ich das Kloster von dem Fluch befreien kann«, erklärte der Kollegienassessor, gleich als er die Schwelle überschritt. »Ich mache das heute Nacht.«

Der ehrwürdige Sougen verschluckte sich an seinem Hexenwasser und hustete laut. Emi zuckte erschreckt mit den Ärmeln ihres Gewands, während Satoko sich schnell dem Ankömmling zuwandte.

Der Diplomat streifte alle drei mit seinem fröhlichen, überzeugten Blick und ließ sich auf die Matten nieder.

»Die Aufgabe ist keine harte Nuss«, fing er an und streckte die Hand nach dem Krug aus. »Darf ich?«

»Ja, ja, natürlich. Entschuldigung!«

Der Klostervorsteher hatte dem Gast selbst Sake einge-
schenkt, allerdings etwas ungeschickt – ein paar Tropfen
waren auf dem Tischchen gelandet.

»Haben wir richtig gehört? Ihr habt vor, den Wiedergänger aus dem Kloster zu vertreiben?«

»Nicht zu vertreiben, sondern einzufangen. Und ich ver-
sichere Euch, das ist gar nicht so schwer«, sagte Erast
Petrowitsch mit einem rätselhaften Lächeln. »Wiedergänger haben bekanntlich zwei Naturen, die eines Gespensts
und die eines Menschen. Ich mache Jagd auf den Menschen.«

Die drei Zuhörer warfen sich Blicke zu.

Sougen ächzte und bemerkte dann taktvoll: »Herr Be-
amter des Achten Ranges, wir haben Kenntnis von Euren
hervorragenden Fähigkeiten. Ich weiß, dass Ihr einen Or-
den für die Aufklärung des Mordes an Minister Okuba erhalten habt. Es ist zudem bekannt, dass unsere Regierung
sich wiederholt in äußerst verwickelten Angelegenheiten
an Euch um Rat gewandt hat, aber ... Aber in diesem Fall
handelt es sich um eine völlig andere Angelegenheit. Die
Errungenschaften der Technik und Euer vortrefflicher Verstand können Euch hier nicht helfen. Wir haben es ja nicht
mit einem Verschwörer oder Mörder zu tun, sondern mit
einem Shigumo.«

Das letzte Wort sprach der Klostervorsteher ganz leise
aus, mit solch einem unheilverkündenden Flüstern, dass
das Kinn der kleinen Emi vor Angst zitterte.

»Da er jemand getötet hat, ist er ein Mörder«, konterte
Erast Petrowitsch kaltblütig und zuckte mit den Achseln.
»Und einen Mörder darf man nicht ungestraft laufen las-

sen. Das brächte die Grundfesten der Gesellschaft ins Wanken, stimmt's, heiliger Vater?«

Der Klostervorsteher seufzte mit Inbrunst, hob die Augen zur Decke und erklärte dann geduldig: »Wie beschränkt ihr doch seid, ihr Menschen des Westens! Ihr glaubt nur an das, was man mit Augen sehen und mit Händen greifen kann. Das ist der Grund für den Untergang eurer Zivilisation. Ich flehe Euch an, Fandorin-san, lasst Eure Scherze mit dem Teufel! Ihr habt dafür weder genügend Wissen noch die geeignete Waffe. Ihr werdet umkommen und dadurch über unser Kloster noch mehr Unglück bringen!«

Da sagte Satoko unvermittelt und sehr leise: »Ihr verliert Eure Zeit, Ehrwürden. Ich kenne den Herrn Beamten des Achten Ranges. Wenn er etwas beschlossen hat, gibt es kein Zurück. Diese Nacht wird der Shigumo für den Tod meines Mannes bestraft.«

Sehr viel weniger Optimismus legte der Vorgesetzte von Erast Petrowitsch an den Tag, als er von der Absicht seines Gehilfen erfuhr.

»Es gibt drei Möglichkeiten«, erklärte der Konsul unzufrieden und streckte einen seiner knochigen, baltischen Finger nach dem anderen aus. »Du provozierst einen diplomatischen Skandal, indem du den Glauben der Einheimischen beleidigst. Du kommst einem Verbrechen auf die Spur und endest durch einen Messerstich. Du erreichst nichts, ziehst nur dich selbst und damit auch das Russische Reich vor der ganzen hiesigen Siedlung ins Lächerliche. Keine dieser drei Alternativen passt mir.«

»Es gibt noch eine vierte Alternative. Ich fange den Mörder.«

»Also drei zu eins?«, wettete der Fan von Pferderennen.

»Okay. Dreihundert gegen hundert? Nur den Einsatz musst du vorher bezahlen. Für den Fall, dass du nicht zurückkommst.«

Erast Petrowitsch legte hundert mexikanische Silberdollar auf den Tisch, der Konsul dreihundert. Sie bekräftigten die Wette per Händedruck, dann ging Fandorin und bereitete sich auf sein nächtliches Abenteuer vor.

Nach einigem Überlegen kam er zu dem Schluss, dass es eher angebracht war, sich für das Treffen mit dem japanischen Wiedergänger einheimisch zu kleiden. Der Kollegienassessor hatte zwei japanische Kleidungsstücke in seiner Garderobe: einen weißen Kimono mit gewebten Wappen (das Geschenk eines kaiserlichen Prinzen für die Konsultation in einer heiklen Angelegenheit) und ein schwarzes, eng anliegendes Gewand, wie es die Shinobi tragen, die Meister aus dem Clan der professionellen Spione. Hätte er diesen Anzug angelegt und vor das Gesicht noch eine schwarze Maske gezogen, wäre er in der Dunkelheit fast unsichtbar gewesen.

Nach kurzem Schwanken wählte Erast Petrowitsch den weißen Kimono.

Eine Stunde vor Mitternacht machte er sich auf den Weg. Er ging über den Bund, die Hauptallee der Siedlung, an der Yatobashi-Brücke vorbei und gelangte auf den Hügel, auf dem das Kloster der Vermehrung der Tugend stand.

Es war spät, so dass Erast Petrowitsch keinen Bekannten traf, dem er sein merkwürdiges Kostüm hätte erklären müssen.

Nachdem er das Tor des buddhistischen Klosters durchschritten hatte, stieg der Vizekonsul noch weiter nach oben, bis zu der Stelle, wo der Ausländerfriedhof begann. Die Pforte war verschlossen, aber das konnte den Diplomaten nicht aufhalten. Er stopfte sich die Schöße seines langen Gewands hinter den Gürtel und kletterte mit affenartiger Geschicklichkeit über den Zaun.

Während der zwanzig Jahre seiner Existenz war der Friedhof ordentlich gewachsen – genauso wie die Siedlung. Kaum zu glauben, dass dieses Stück Erde vor gar nicht langer Zeit noch dem Kloster der Shingon-Sekte gehört hatte – es gab keinerlei »heidnische« Spuren. Das Mondlicht, das durch das Laub sickerte, legte sich in Flecken auf Marmorkreuze, schmiedeeiserne Gitter und kleine Steinengel. Hin und wieder fanden sich auch orthodoxe Kreuze, ein anschaulicher Beweis für die russische Präsenz am Stillen Ozean.

Erast Petrowitsch ging den Steinweg entlang, klapperte mit seinen lauten Holzsandalen und pfiff auch noch ein japanisches Lied. Auf seinem schneeweißen Kimono funkelte die silberne Stickerei der Wappen.

Auf einmal bemerkte er, dass über einigen Gräbern derselbe silberne Glanz leuchtete. Er schaute genauer hin und erzitterte unwillkürlich.

Über dem Querbalken des Kreuzes glänzte eine Spinnwebe, in deren Mitte eine riesige, schwarze Spinne schaukelte. Erast Petrowitsch redete sich ein: »Nur die Ruhe, das ist die langfüßige japanische Spinne *Heteropoda venatoria*, die geht jetzt nachts auf die Jagd.« Er schüttelte den Kopf und ging weiter, wobei er noch lauter als vorher pfiff.

Von hinten ließ sich ein nicht ganz klares Geräusch vernehmen: ein Schlurfen, das von einem Klopfen abgelöst wurde. Das Geräusch näherte sich schnell, aber der Kollegienassessor schien es nicht zu bemerken. Er blieb an der Bambushecke stehen, hinter der der einheimische Teil des Friedhofs begann. Er reckte und streckte sich lässig.

»Widerwärtiger Affe!«, krächzte eine vor Wut sich überschlagende Stimme. »Du kriegst es mit mir zu tun, wenn du auf der geweihten Erde herumtrampelst.«

Und eine schwere Krücke traf den Rücken des Diplomaten, aber Erast Petrowitsch sprang so flink beiseite, dass die mit Eisen beschlagene Spitze nur leicht den seidenen Kimono berührte.

»Ihr dreisten japanischen Dreckskerle«, knurrte der einbeinige Friedhofswächter. »Es reicht euch nicht, die Luft mit euren heidnischen Düften zu verpesten und die Verstorbenen mit eurem teuflischen Geheul zu behelligen! Du wagst es auch noch, die Nachtruhe der christlichen Seelen zu stören! Das wird dich teuer zu stehen kommen!«

Während dieses Wortschwalls setzte Silvester seine Angriffe gegen den Ruhestörer fort und fuchtelte mit seiner schreckenerregenden Waffe herum. Der Vizekonsul konnte sich leicht vor den Schlägen in Sicherheit bringen, indem er immer tiefer in den dunklen Schatten der Bäume auswich.

»Da hast du dich aber verrechnet!«, tobte der halbverrückte Krüppel. »Ich schlachte dich wie einen Köter.«

Und er zielte mit der Krücke auf seinen Gegner, und

zwar so geschickt, dass Fandorin sich gerade noch ducken konnte, sonst hätte ihm die Eisenspitze die Brust durchschlagen. Sirrend bohrte sie sich mit einem Knall in einen Baumstamm.

Aber selbst das reichte Silvester noch nicht.

Man hörte ein lautes Klicken, und in der Hand des Wächters funkelte die lange Klinge einer Navaja. Offenbar wollte er seine blutrünstige Absicht allen Ernstes in die Tat umsetzen.

Inzwischen konnte der Kollegienassessor in keine Richtung mehr ausweichen: Er stand mit dem Rücken an einem Baum, rechts war ein Zaun, links waren dornige Büsche.

Aber Erast Petrowitsch wollte gar nicht ausweichen. Im Gegenteil, er tat einen Schritt auf den Krüppel zu und ging wenig vornehm mit ihm um: Aus dem rechten Ärmel des Kimonos flog eine dünne Stahlkette mit einem Haken am Ende, die sich um den Holzklotz schlang, der Silvesters Bein ersetzte. Nur ein kleiner Ruck, und der Wärter lag auf dem Rücken. Fandorin trat auf die Hand, die das Messer hielt, und verpasste dem gescheiterten Mörder drei, vier leichte, aber ganz gezielte Schläge, die eine äußerst heilsame Wirkung taten: Der wütende Krüppel hörte auf, Flüche auszustoßen, und wurde, wie man in alten Romanen zu schreiben pflegt, lammfromm.

»Mein Lieber«, sagte Erast Petrowitsch sanft zu ihm. »Ich habe ein paar Fragen an Sie.«

Zehn Minuten später schwang sich eine weiße, silbrig funkelnde Gestalt über die Bambushecke – das war der Vizekonsul, der einen Satz über den Querbalken machte, der den Friedhof in zwei Hälften teilte, und auf dem Kloster-boden landete.

Dort benahm er sich wenig verständlich, ja provokant.

Genauso wie vorher, ohne sich zu verstecken und mög-lichst vom Mond beleuchtete Stellen wählend, ging Erast Petrowitsch direkt zum Brunnen und maß den Abstand, der die Wasserversorgung des Klosters von der Brandstätte trennte, die einmal Meitans Zelle gewesen war.

Auf dieselbe Weise maß er dann den Abstand vom Pavil-lon bis zur Abflussrinne und untersuchte letztere. Er sto-cherte mit einem Stock im Boden und füllte ein bisschen Erde in einen Sack. Zufrieden nickte er sich zu.

Danach kehrte er an den Ort zurück, wo der Shigumo sein armes Opfer getötet hatte, unternahm dort aber nichts, son-dern setzte sich einfach ins Gras und wartete auf irgendet-was, wobei er von Zeit zu Zeit auf die Taschenuhr sah.

Es vergingen fünf, zehn, fünfzehn Minuten. Die dumpf-en Schläge der Kirchenglocke, die vom hinteren Ende des Ausländerfriedhofs kamen, zeigten an, dass Mitternacht vorbei war.

Auf der Wiese geschah rein gar nichts. Nur das: Der Vize-konsul schlief langsam, aber sicher ein. Er hatte ein paarmal mit vorgehaltener Hand gegähnt. Der Kopf war ihm auf die Brust gesunken. Erast Petrowitsch hatte sich hochgerissen, die Augen gerieben, aber schon eine Minute später waren sie ihm wieder zugefallen – offenbar war die Müdigkeit un-bezwingbar geworden. Das Kinn war wieder auf die Brust gesunken und wollte nicht mehr hochkommen. Der Atem des Kollegienassessors ging nun tief und gleichmäßig.

Durchdringend heulte auf irgendeinem Baum ein Nachtvogel, aber Fandorin wachte nicht auf. Auch der kleine Käfer weckte ihn nicht, der den riskanten Aufstieg vom Kragen des Kimonos auf das Kinn in Angriff genommen hatte und von da die Wange und die hohe Stirn von Erast Petrowitsch erklimmen wollte.

Aber in dem Moment, als in den Sträuchern der Umgebung etwas ganz leise knackte, wachte der Vizekonsul sofort auf. Er sprang auf die Füße und überwand in ein paar schnellen Sätzen die Entfernung, die ihn von den Sträuchern trennte. Er schob die Zweige zur Seite und erstarrte.

Auf einem Ast des alten, knorrigen Apfelbaums hing ein geflochtener Korb, in dem Emi Terada saß, leicht schaukelte und aus weit aufgerissenen, funkelnden Augen auf den Kollegienassessor blickte.

Obwohl Fandorin eigentlich kein Angsthase war, verfehlte dieses unheilverkündende Bild nicht seine Wirkung auf ihn. »Ihr?!«, rief er aus, und seine Stimme überschlag sich kurz. »Ihr?!«

Die Zwergin antwortete nicht, sondern bleckte nur zornig die weißen Zähne.

Der Kollegienassessor tat einen Schritt vorwärts und streckte die Hand aus, um den Korb von dem Zweig zu ziehen, aber er kam nicht dazu – sein Kopf wurde von oben von einem unerhört starken Schlag getroffen, und Erast Petrowitsch stürzte bewusstlos ins Gras.

Von einem ziehenden Schmerz, der durchaus etwas Angenehmes hatte und sich in seinem Scheitel bemerkbar machte, kam er zu sich. Bevor er die Augen aufschlug, versuchte Fandorin, sich seine merkwürdige Empfindung zu erklären, was ihm auch gelang. Die Schmerzen wurden durch zwei Faktoren gelindert und kompensiert: durch die Kälte und die Wärme. Dabei wurde das Zentrum des Schmerzes durch die Kälte überdeckt und abgeschwächt, während die Wärme von unten kam, von Nacken und Hals.

Und erst im nächsten Augenblick, als er seine schweren Augenlider hob, begriff der Kollegienassessor, dass er im Gras lag, an eben der Stelle, an der er gestürzt war. Sein Kopf ruhte auf dem Schoß der sitzenden Satoko und war mit einem nassen, kalten Lappen umwickelt. Als der Vizekonsul vorsichtig seinen Scheitel abtastete und dort eine ordentliche Beule entdeckte, kam ihm schließlich alles wieder zu Bewusstsein.

»Was ist mit mir passiert?«, wollte er fragen, aber die Witwe Meitans brach als Erste das Schweigen.

»Ich konnte nicht schlafen. Schon wieder. Jede Nacht schlafe ich nicht ein, es zieht mich immer an diesen verfluchten Ort. Ich bin hergekommen und habe etwas Weißes im Gras gesehen. Zuerst habe ich gedacht, mein Mann ist zurückgekehrt. Doch das wart Ihr. Was ist geschehen? Hat Euch ein Shigumo überfallen?«

Erast Petrowitsch war klar, dass Satoko nicht auf seine Frage antworten würde; so setzte er sich erst auf und stellte sich dann auf die Füße. Er kam ganz allmählich zu sich. Er hatte eine Prellung, aber keine Gehirnerschütterung, das war die Diagnose, die er sich selbst stellte, und er dachte nicht mehr an die Beule. Der Diplomat hatte einen dicken Schädel.

Er näherte sich dem Apfelbaum, in dem Emi Terada vorhin gehangen hatte, und nahm den Ast genau in Augenschein, doch der Kollegienassessor konnte keine Spuren entdecken. Der Zweig war dick und mit einer groben Rinde bedeckt. Weder ein Kratzer noch zerdrückte Blätter waren zu sehen.

»Ihr habt mir den Kopf verbunden ...«, sagte er, als er zu Satoko zurückkehrte. »Wie merkwürdig ...«

»Was ist merkwürdig?«

»Alles. Alles ist hier merkwürdig. Es ist natürlich kein Teufelsspuk, aber alles ist schon reichlich japanisch ...«

»Kein Teufelsspuk?«, fragte sie nach.

Fandorin setzte sich Satoko gegenüber ins Gras und redete mit ihr in vertraulichem Ton wie mit einer guten Bekannten, was die Witwe seines früheren Kollegen ja eigentlich auch war.

»Die Hunde an der Abflussrinne. Erstens. Das eisige Wasser im Fass. Zweitens.«

»Was heißt das?«, fragte Satoko mit gespannt zusammengezogenen Brauen.

»Dem Novizen Araki ist das außergewöhnliche Verhalten der streunenden Hunde aufgefallen, die sich um die Abflussrinne drängten und sehr unruhig waren. Mir kam sofort der Verdacht, dass das Blut des Toten womöglich dorthin gekippt wurde. Ich bin sicher, die Bodenanalyse wird dies bestätigen.« Erast Petrowitsch zog ein kleines Säckchen aus seinem weiten Armel. »Wenn das stimmt, so heißt das, von einem Wiedergänger kann keine Rede sein. Und zweitens: Araki sagt, das Wasser in dem Fass war eiskalt. Er betrat den Garten im Morgengrauen, das heißt etwa vier Stunden nach Meitans Tod. Innerhalb dieser Zeit hat das Wasser unmöglich dermaßen abkühlen können. Zumindest hätte es nicht eiskalt werden können, jetzt ist Sommer, und die Nächte sind warm. Jemand muss Meitan das ganze Blut abgezapft, das blutige Wasser dann abgeschöpft, in die Abflussrinne gekippt und stattdessen frisches, kaltes Wasser aus dem Brunnen gebracht haben. Ich musste nur noch herausfinden, wer das war.«

»Der Euch von oben den Schlag versetzt hat?«, sagte Satoko und deutete auf den verbundenen Kopf des Vizekonsuls. »Aber Ihr habt ihn ja nicht zu sehen gekriegt.«

»Ja, ich habe ihn nicht gesehen«, sagte Fandorin achselzuckend, »aber es fällt nicht schwer, das zu erraten. Hier an dem Baum hing die Frau Terada in einer Art Wiege. Ich war zu verdutzt über den bizarren Anblick, sonst hätte ich mir denken können, dass ihr getreuer Träger Kenkichi in der Nähe sein muss. Er ist ja auch der Einzige, der mir einen Schlag von oben versetzen kann, denn der Kerl ist größer als ich.«

»Terada-san?«, rief Satoko aus. »Dann hat sie also meinen Mann umgebracht?«

»Wie kommt Ihr denn darauf? Die kleine Emi ist einfach wahnsinnig neugierig. Als sie hörte, dass ich heute Nacht Jagd auf den Shigumo machen will, hat sie sich einen bequemen Platz im ersten Rang gesichert. Und Kenkichi hat sich auf mich gestürzt, weil er dachte, ich wolle seiner vergötterten Herrin ein Leid antun. Nein, Terada-san scheidet aus. Obwohl sie ein ausgesprochen unangenehmes Fräulein ist. Verdorben, launisch, böse, und auch ihr Anblick ist offen gesagt ein zweifelhaftes Vergnügen. Ich verstehe nicht, wie Ihr mit ihr befreundet sein könnt.«

»Das kann ich Euch sagen«, antwortete Satoko und

senkte den Kopf. »Wenn ich Terada-san sehe, wird mir leichter ums Herz ... Meine Akiko hört dann auf, mir wie das unglücklichste Wesen der Welt vorzukommen ... Aber wenn Terada-san es nicht war, wer dann?«

»Das wollte ich eben herausfinden. Dafür musste ich den Wärter des Ausländerfriedhofs ausfragen. Sein Häuschen befindet sich gleich hinter der Hecke. Dem aufgedunsenen Gesicht und dem nervösen Tic nach zu schließen, leidet dieses Subjekt mit Sicherheit unter Schlaflosigkeit. Außerdem hat Mister Silvester, wie ich dem kurzen Dialog mit ihm entnommen habe, ein ungesundes Interesse an dem Nachbargrundstück. Der Mann hat einen schwierigen Charakter und hätte kaum auf meine Fragen geantwortet, deshalb musste ich eine kleine Demonstration veranstalten. Beziehungsweise eine Provokation. Ich will Euch nicht mit Einzelheiten langweilen, die spielen keine Rolle. Das Wichtigste ist, dass der Wärter meine Neugier voll befriedigt hat. Meine Annahmen haben sich bestätigt. Ja, er war es, der vor einer Woche einen Eimer mit Kot auf die Treppe von Meitans Zelle gekippt hat. Silvester ist halb verrückt. Dieser ehemalige Matrose hat die fixe Idee, die ›Götzendiener‹ vom Friedhofshügel verjagen zu wollen. Vor dreizehn Jahren, in der Zeit der Wirren, wurde er von Rōnin überfallen. Er hat sich nur dadurch retten können, dass er ein Wasserrohr hinaufkletterte, aber eine scharfe Klinge schnitt ihm das Bein ab. Seitdem hasst er die Japaner und ihre ›heidnische‹ Religion mit aller Macht.«

»Ach, jetzt verstehe ich alles!«, rief Satoko aus und bedeckte ihren Mund mit den Fingern. »Mein Mann war ein Verräter für ihn. Zuerst hat dieser Wärter versucht, ihn aus dem Garten zu vertreiben, aber als das nicht gelang, hat er sich dieser japanischen Legende bedient und ihn umgebracht! Er hat gedacht, die Mönche kriegen einen Schrecken, und dann verwaist das Kloster! Der Wärter hatte es leicht, als Wiedergänger aufzutreten! Er musste sich nur ein schwarzes Gewand über den Kopf ziehen und einen geflochtenen Tengai darüber stülpen. Darum sickerte auch das Mondlicht durch! Und dass er sich so merkwürdig bewegte, lag daran, dass er ein Holzbein hat.«

Fandorin hatte der Witwe zugehört und sagte kopfschüttelnd: »Das geht nicht zusammen. Woher soll ein ungebildeter Matrose eine Vorstellung von japanischen Legenden haben? Sein Widerwille hat ihn ja noch nicht einmal die Sprache lernen lassen. Nein, Silvester ist nicht der Mörder. Aber wie ich vermutet habe, hat er den Mörder gesehen, und zwar gleich zwei Mal. Er litt unter Schlaflosigkeit und verließ mehrmals das Wärterhäuschen, um eine Pfeife zu rauchen, und der Mörder brauchte eine ganze Zeit, um seinen Plan auszuführen. Und dann erinnert Ihr Euch sicher, in jener Nacht schien der Mond genauso hell wie jetzt.«

»Und wen hat er gesehen?«, fragte Satoko, ohne die Augen zu heben.

»Euch«, antwortete Fandorin genauso leise. »Wen sonst? Zuerst hat Silvester gesehen, wie eine Frau im schwarzen Kimono Eimer zur Abflussrinne schleppte. Und als er das zweite Mal rausging, kurz vor Morgengrauen, da brachte sie vom Brunnen Wasser zum Pavillon. Ich wusste, dass nur Ihr Meitan habt töten können. Aber ich brauchte Gewissheit.«

»Ihr wusstet das?«, fragte Satoko, die den jungen Mann immer noch nicht ansah. »Woher?«

»Ich glaube nicht an Gespenster, und Eure Geschichte von dem kopflosen Mönch hat mich nicht überzeugt. Das zum einen. Ihr hattet es sehr leicht, Eure Absicht auszuführen: Ihr konntet erst Eurem Mann mit dem Sake ein Schlafmittel verabreichen, ihm dann in die Schlagader stechen, und danach brauchtet Ihr nur noch das Wasser im Fass auszutauschen. Als ich mich vor dem Klostervorsteher brüstete, dass ich noch heute Nacht den angeblichen Wiedergänger fange, meinte ich Euch damit. Ihr müsstet wissen, dass ich keine leeren Worte mache, und wenn ich etwas mit solcher Bestimmtheit sage, dann heißt das, ich habe Beweise. Ich zweifelte nicht daran, dass Ihr in den Garten kommen würdet, um zu gucken, was ich mache ... Ich war auf das Treffen vorbereitet, aber Emi hat mir einen Strich durch die Rechnung gemacht. War sie es nicht auch, die Euch auf die Idee gebracht hat, den Überfall eines Shigumo vorzutäuschen, als sie nach dem Vorfall mit dem Kot lautstark die Gefahr an die Wand malte, in der Meitan schwebe?«

Die Antwort blieb aus. Der Scheitel an Satokos gesenktem Kopf wirkte unnatürlich weiß. Fandorin beugte sich nach vorne, um ihn genauer in Augenschein nehmen zu können. Er sah, dass ihre Haare gefärbt waren; an der Wurzel waren sie ganz grau.

»Zwei Dinge sind für mich nach wie vor ein Rätsel«, fuhr der Vizekonsul nach einer Pause fort. »Warum habt Ihr mich nicht umgebracht, als ich betäubt und hilflos dalag? Ihr hättet doch ohne weiteres wieder den Überfall eines

Wiedergängers vortäuschen können. Und zweitens: Warum habt Ihr Euren Mann getötet?«

Da er wusste, wie charakterstark Frauen vom Schlage Satokos sind, rechnete Erast Petrowitsch wieder nicht mit einer Antwort. Doch diesmal hatte er sich geirrt.

»Ich habe Euch nicht umgebracht, weil Ihr mir nichts Böses getan habt, Ihr habt nur Eure Pflicht gegenüber einem früheren Freund getan«, sagte die Witwe mit gepresster Stimme. Sie sprach erst langsam und stockend, kam dann aber immer mehr in Fahrt. »Nein, das stimmt nicht ... Ich wollte Euch mit einer Haarnadel den Hals durchstechen. Ich hatte schon die Hand erhoben. Brachte es aber nicht fertig. Mir fehlte der Hass dazu ... Ich war zu schwach, mein Töchterchen wird das büßen müssen. Ich habe es nicht geschafft, sie zu beschützen.«

»Ich verstehe Euch nicht«, sagte Fandorin stirnrunzelnd. »Was hat Akiko damit zu tun?«

»Er wollte uns trennen.« Satoko hob abrupt den Kopf. In ihren Augen flackerte ein trockenes, grimmiges Feuer. »Er hat gesagt: ›Es hat keinen Sinn, sie bei uns zu behalten. In Hongkong gibt es ein Kinderheim für Krüppel. Wir schicken sie dahin, dann wird sie nicht mehr zwischen uns stehen. Ich schaffe es nicht, ein Buddha zu werden, das weiß ich jetzt. Ich kehre zu dir zurück. Wir versuchen, ein neues Leben zu beginnen.‹ Ich flehte ihn an, Mitleid zu haben, und weinte, aber er war unerbittlich. ›Du verstehst nichts‹, sagte er. ›Das ist für alle das Beste. In einer Woche läuft ein Schiff aus Hongkong ein, mit dem eine Nonne aus diesem Heim kommt.‹ Da begriff ich: Wenn jemand sich vorgenommen hat, ein Buddha zu werden, es aber nicht schafft, wird er zum Teufel. Meine Akiko braucht keiner auf der ganzen Welt außer mir. Sie ist dem Untergang geweiht. Bei fremden Leuten kommt sie um. Und da habe ich mir gesagt, dass ich Meitan töten muss. Aber so, dass mich keiner beschuldigen kann, sonst nehmen sie mir mein Töchterchen weg ... Ich habe getan, was ich vorhatte, bin gestürzt, habe das Bewusstsein verloren und wäre sicher gestorben, aber ein kundiger Arzt hat mir das Leben gerettet. Alles vergebens. Ich hatte nicht die Kraft, Euch eine Haarnadel in die Kehle zu stoßen. Jetzt wird man mich in den Kerker sperren, und meine Tochter wird im Heim zugrunde gehen ...«

»Na, Erast, bist du der Todesspinne habhaft geworden?«, fragte Konsul Weber, als er seinen Gehilfen an der *Table d'hôte* traf (beide Diplomaten waren Junggesellen und pflegten im *Grand Hotel* zu frühstücken, das neben dem Konsulat lag).

Fandorin war nach der schlaflosen Nacht ein wenig bleich und antwortete mit einem verwirrten Lächeln: »Nein, Karl. Du hattest recht. Ich habe auf diesem verfluchten Friedhof die ganze Nacht umsonst ausgeharrt. Ich habe mich nur zum Gespött gemacht.«

»Dann gehören die hundert Dollar also mir. Und in Zukunft wirst du die Ratschläge deiner Vorgesetzten beherzigen«, sagte der Konsul und schob sich ein Stück Roastbeef in den Mund.

Greenwood-Friedhof

(New York)

Are you okay?
oder
Der optimistische Tod

Ich war mir nicht sicher, ob das der richtige Friedhof war. Er war zwar alt und einer von denen, deren große Zeit der Vergangenheit angehört, aber es gab zwei Umstände, die störten.

Erstens die Ausmaße. Konnte es sein, dass sich in der Nachbarschaft von Manhattan, wo der Boden, milde gesagt, nicht gerade billig ist, eine historische Nekropole hatte halten können, deren Fläche fast zehnmal so groß wie der Moskauer Kreml ist?

Zweitens hatte mir eine clevere Website einen ordentlichen Schrecken eingejagt mit dem Slogan: »Sichern Sie sich möglichst früh eine Parzelle zum Tagespreis – die Investition lohnt sich bestimmt. Egal, wie jung Sie sind, sich jetzt um eine Ruhestätte zu kümmern, zahlt sich aus.«

Wenn du an das Friedhofstor kommst, steht womöglich schon eine Schlange mit Leichenwagen davor, dachte ich. Da kannst du nur umdrehen und das Weite suchen. Ich sagte ja schon, mich interessieren die aktiven Todesfabriken nicht, ich bin ein Taphophiler und kein Nekrophiler.

Aber es begann hoffnungsvoll: Kein einziger Taxifahrer hatte etwas von Greenwood gehört, erst der vierte ließ sich darauf ein, danach zu suchen, und irrte dann lange auf den gesichtslosen Straßen herum, die hinter dem Brooklyn-Tunnel liegen.

Und als ich das wunderbare gotische Tor sah und dahinter die grünen, bewaldeten Hügel, da machte sich in der Luft der Duft der stehengebliebenen Zeit bemerkbar, ein Aroma, das meinen Puls schneller schlagen lässt.

Leichenwagen sah ich nicht, nicht einen einzigen. Besucher ebenfalls nicht, was ja auch nicht verwunderlich ist: Stellen Sie sich eine Stadt mit 600 000 Einwohnern vor, in der die ganze Bevölkerung zu Hause hockt und auch kaum jemand zu Besuch kommt, denn alle, die sie gekannt haben, sind längst gestorben.

Malerische Teiche, Wäldchen, Täler, sanfte Hügel. Hier und da trifft man bunte Papageien, vor ein paar Jahren sind sie auf dem Kennedy-Flughafen ausgerissen und haben sich hier in der Freiheit vermehrt.

Ein echtes Elysium, ein Paradiesgarten.

Als solcher war Greenwood auch geplant. Zur Zeit, als er entstand, kam in den europäischen Sprachen ein neues Wort auf: *cemetery, cimetière, cimitero,* abgeleitet von dem vornehmen griechischen *κοιμητήριον,* was heißt: »Schlafraum«. Bis zum neunzehnten Jahrhundert wurde der Tod vom westlichen Menschen als schreckliche Schwelle betrachtet, hinter der nur die Würmer im Grab und die Vergeltung für die Sünden warteten. Damit es nicht ganz so beängstigend war, wollte man möglichst in der Nähe von Kirchenmauern liegen. Große Friedhöfe gab es nicht, nur kleine Dorfkirchhöfe, die sich an die vielen Gotteshäuser schmiegten.

Aber dann kam das Jahrhundert der Aufklärung. Man begann auf die Hygiene zu achten. Die Ärzte sagten, eine Stadt könne nicht auf Leichen gebaut sein, man müsse die Toten außerhalb der Wohnbezirke begraben, damit die von der Fäulnis freigesetzten Stoffe nicht die unterirdischen Wasserquellen verpesten.

Etwas später kam die Romantik in Mode, die seit der Antike die feine Gesellschaft erstmalig wieder daran erinnerte, dass der Tod nicht nur schrecklich, sondern auch schön ist. Es entstand eine ganz eigene steinerne Poesie der Grabdenkmäler, deren Sprache dem heutigen Menschen ohne Übersetzung verschlossen ist. Einem Menschen des neunzehnten Jahrhunderts teilten die Grabsteine sehr viel mehr mit als uns Heutigen. Eine Rose bedeutete, dass hier ein Mädchen oder eine junge Frau lag. Eine abgebrochene Säule symbolisierte einen jungen Mann, dessen Hoffnungen die Erfüllung nicht vergönnt war. Zwei Säulen standen für ein Ehepaar, das sogar der Tod nicht hatte trennen können. Ein Lamm deutete auf ein unschuldiges Kind. Ein Schmetterling hieß frühe Jugend. Eine Ährengarbe wies auf ein friedliches Ende in betagtem Alter, wo man wie eine Ähre zur Garbe niedersinkt. All diese Metaphern sind natürlich traurig, aber Trauer ist ein Gefühl, das einen ganz anderen Anstrich hat als die animalische Angst vor dem Tod.

In das menschliche Bewusstsein ist ein antidepressiver Mechanismus eingebaut, der hilft, die Angst vor dem zwangsläufigen Ende zu überwinden. Im Mittelalter erfüllte der tiefe, unbedingte Glaube an das ewige Leben diese Funktion. Als der Mensch anfing, klug zu tun und nach Beweisen für die Existenz Gottes zu suchen (die er natürlich nicht finden konnte, weil Glaube keine Beweise braucht), entstand eine neue Konzeption: der Tod als Rückkehr in den Schoß der Natur. Trotz Tausender Kreuze spürt man in Greenwood keine echte Religiosität. Es ist in dem neuen, angesehenen Wohnviertel mit dem Namen *Afterlife,* in das der Entschlafene umzieht, einfach üblich, sein Haus mit christlichen Accessoires zu verschönern, das macht man da so.

Mitte des neunzehnten Jahrhunderts entstand folgendes Verhältnis zum Tod, über das Lew Lossew anderthalb Jahrhunderte später schreiben wird:

Die Särge ähneln im Inneren einer Matratze,
aus der Sicht der hiesigen Mittelklasse
ist der Tod etwas Schönes und gleichsam ein Schlaf.

Greenwood war von Anfang an als Park gedacht, in den die Leute weniger aus einem traurigen Anlass gehen sollten, sondern mehr zum Vergnügen, um Spaziergänge zu unternehmen oder ein Picknick auf dem Rasen zu veranstalten. Und um sich gleichzeitig davon zu überzeugen, dass der Tod gar nicht so schrecklich ist. Wenn das hier kein prächtiger Ort mit einer tollen Aussicht war!

Von Manhattan bis hier sind es nur drei Meilen, die Verbindung war gut: vier Fährlinien über den East River, Omnibusse, bereitstehende Fiaker und Droschken. Der Friedhof wurde schnell zu einem äußerst beliebten Ausflugsort. In den sechziger Jahren des neunzehnten Jahrhunderts zogen seine Haine und Alleen jährlich eine halbe Million Menschen an. Die Gegenwart von Mausoleen, Grüften und Grabkreuzen verdarb den Spaziergängern nicht die Laune und den Appetit, sie hinderte keinen daran, zu flirten und Spaß zu haben. Ein Bestattungszug konnte die festliche Atmosphäre zwar beeinträchtigen, aber wenn sie einen Trauerzug sahen, gingen die fröhlichen Scharen einfach aus dem Weg, Platz gab es ja genug.

Damals sah Greenwood noch eleganter und gepflegter aus als heute. Marmor und Bronze waren von Regen und Schnee noch nicht dunkel angelaufen, die Gräber waren von verschnörkelten, schmiedeeisernen Gittern eingefasst (fast alle sind in den Jahren des letzten Krieges eingeschmolzen worden), auf jedem der vier Teiche sprudelte eine Fontäne. In allen Büchern und Aufsätzen über die Geschichte des Friedhofs wird unweigerlich ein Zitat des Jahres 1866 aus der »New York Times« angeführt: »Es ist der Traum eines jeden New Yorkers, auf der Fifth Avenue zu wohnen, im Central Park spazieren zu gehen und in Greenwood zur letzten Ruhe gebettet zu werden.«

Gegründet 1838, hatte der Friedhofspark von Brooklyn schon nach ein paar Jahren Gewinne zu verzeichnen, was bei neuen Friedhöfen selten vorkommt.

Die Organisatoren setzten auf die übliche Methode: Um massenhaft Kunden zu ködern, gingen sie mit ihren Stars hausieren. Greenwood hatte in einem höchst erbittert geführten Konkurrenzkampf den begehrtesten der damaligen Verstorbenen von New York an sich ziehen können: den Gouverneur DeWitt Clinton. Zwar war die Beute nicht brandneu, der große Mann hatte vor einem Vierteljahrhundert das Zeitliche gesegnet, aber sie hievten den Sarg aus dem alten Grab und brachten ihn mit viel Pomp an den neuen Ort. Das erregte im ganzen Land Aufsehen und hatte zur Folge, dass das Geschäft wie am Schnürchen lief.

Der Erfolg war so durchschlagend, dass in verschiedenen Städten des Landes eigene Friedhofsparks entstanden, die denselben Namen trugen: »Grüner Wald«.

Der Friedhof erlebte seine Blütezeit, ja, man kann sagen, er wurde der wichtigste Friedhof des Landes, und zwar für eine lange Zeit, für volle hundert Jahre, für das Jahrhundert nämlich, in dessen Verlauf sich die höchst effiziente chemische Verbindung namens *Vereinigte Staaten von Amerika* herausbildete.

Auf dem Friedhof Greenwood finden sich alle Komponenten, aus denen sie besteht.

Der erste Star, der sich auf dem Friedhof noch vor dem Gouverneur Clinton ansiedelte, war eine Vertreterin der Ureinwohner Amerikas, nämlich Do-Hum-Me, die Tochter eines Indianerhäuptlings, die im Jahre 1843 zur Hauptattraktion der feinen Gesellschaft wurde. Die Arme hatte sich erkältet, war gestorben, und ihre Stammesgenossen hatten ihr mit Schellentrommeln und Geheul das letzte Geleit gegeben. Sie wollten die Verstorbene in ihre heimatlichen Prärien überführen, aber die Besitzer des Friedhofs baten oder kauften die Rothäute, und auf diese Weise kam der Friedhof zu seiner ersten Berühmtheit. Ihr weißes Grabdenkmal stammt von Robert Launitz, dem fruchtbarsten Bildhauer von Greenwood (der übrigens ein gebürtiger Petersburger ist).

Die nächste Generation von Amerikanern wird von William Pool vertreten (1821–55), einem Nachfahren der ersten Einwanderer und Anführer einer ausländerfeindlichen Partei (oder genauer gesagt: Bande) gebürtiger Amerikaner. Diese schillernde Gestalt hat vor kurzem dank des Hollywood-Blockbusters »Gangs of New York« weltweite Berühmtheit erlangt. Bill der Metzger war ein berühmter Raufbold, guter Messerwerfer und grimmiger Feind der irischen Immigranten, wofür ihm denn auch einer von ihnen eine Kugel ins Herz jagte. Zum Erstaunen der Ärzte kämpfte der Hüne volle zwei Wochen um sein Leben und gab seinen Geist mit den Worten auf: »Ich sterbe als ein echter Amerikaner.«

Die zweite Welle der Einwanderer, die im Unterschied zu den ersten nicht freiwillig, sondern in Ketten geschmiedet nach Amerika kamen, waren in früheren Zeiten nur ausnahmsweise auf dem exklusiven Friedhof Greenwood zugelassen, aber zum Glück für die heutigen Kuratoren gibt es auf dem Friedhof eine politisch äußerst korrekte Berühmtheit: Susan Smith McKinney-Steward (1846–1918), die erste schwarzhäutige Ärztin der Stadt New York.

Das wichtigste Ereignis der amerikanischen Geschichte im neunzehnten Jahrhundert, der Bürgerkrieg, fiel mit der goldenen Zeit von Greenwood zusammen und verschönerte den Friedhof um eine Vielzahl von Grabdenkmälern, Basreliefs und heroischen Grabsteinen. Die Generäle der beiden einander bekämpfenden Parteien sind hier in solch einer Fülle versammelt, dass sogar eine örtliche Sehenswürdigkeit entstanden ist: das Grab der Elizabeth Hamilton. Diese Dame war mit gleich zwei angesehenen Feldherren der Nordstaatenarmee verheiratet und ruht zwischen ihren beiden Gatten, in gleichem Abstand vom einen wie vom anderen.

Die Nekropole erinnert an eine Ausstellung der Errungenschaften der amerikanischen Wirtschaft: Man trifft ständig auf bekannte Namen, die man heute nicht mehr mit lebendigen Menschen verbindet, sondern mit Firmen- oder Markennamen. Auf dem Friedhof Greenwood kann man sich davon überzeugen, dass diese Menschen tatsächlich existiert und ihr Scherflein zur Größe Amerikas beigetragen haben: Morse, der Namengeber des Morse-Telegrafen, Colgate, der Schöpfer der Colgate-Tube, Underwood, der Erfinder der Underwood-Schreibmaschine, Steinway, der Namengeber des Steinway-Flügels, Fazer, der Erfinder des Fazer-Gummis, Tiffany, der Schöpfer des Tiffany-Schmucks.

Was für Klischees verbinden sich noch mit Amerika?

Das Showbusiness? Der Sport? Die Rechtsanwälte? Die Mafia?

Diese klassischen Spielarten des *Homo americanus* sind

hier massenhaft vertreten. Ich will nicht alle Stars von Greenwood aufzählen, ein Name aus jeder Kategorie soll genügen. Es drängt einen, über solche Schicksale in der marktschreierischen Sprache von Zeitungsüberschriften zu berichten, und zwar von solchen, wie sie diese Menschen zu ihren Lebzeiten begleitet haben.

Also, das Showbusiness:

Die Frau, die vom Unglück verfolgt wurde

Kate Claxton (1852–1924) war eine äußerst bekannte Schauspielerin ihrer Zeit, so etwas wie eine amerikanische Jermolowa. Ihr Leben bestand aus einer nicht abreißenden Kette von Erschütterungen: Ihr Sohn beging Selbstmord, ihr Mann heiratete heimlich eine andere Schauspielerin, aber den Ruf einer Frau, die Unglück bringt, hatte Kate sich schon vorher verdient, in ihrer frühen Jugend. Sie stand auf der Bühne eines Theaters in Brooklyn, als dort ein furchtbares Feuer ausbrach, dem 278 Menschen zum Opfer fielen. Die Schauspielerin selbst überlebte wie durch ein Wunder, trug aber schwere Brandwunden davon und verlor fast den Verstand. Kurze Zeit später brannte das Hotel ab, in dem sie während einer Tournee wohnte. Seit diesem Vorfall mieden abergläubische und ängstliche Zuschauer die Stücke, in denen sie auftrat.

Die Sportler:

Überdrehtes Gewinde

Der erste Baseball-Star Jim Creighton (1841–1862) war bekannt als »Schraubenmann«. Er erfand den geschnittenen Einwurf, und wenn er den Ball zurückschlug, »schraubte« er sich auf eine solch unvorstellbare Weise in die Höhe, dass allen vor Staunen die Spucke wegblieb. Einmal war in dem Moment, als er zuschlug, ein merkwürdiges Krachen zu hören, so als wäre ein Gürtel geplatzt.

Der Ball war großartig abgeschmettert, Jim schaffte es, eine volle Runde auf dem Platz zu laufen, und fiel auf einmal leblos zu Boden. Es stellte sich heraus, dass seine Harnblase geplatzt war.

Die Rechtsanwälte:

Folgenreicher Zufall

Amerika ist das Land, das Rechtsanwälte geschaffen haben (und wahrscheinlich irgendwann auch zugrunde richten werden). Es ist ihre ureigenste Domäne. In Greenwood ist der große und schreckliche William Howe (1821–1900) begraben, der virtuoseste der Schönredner und Rechtsverdreher bei Gericht. Er spezialisierte sich auf die besonders schweren Fälle, von denen es so viele gab, dass er von den New Yorker Dieben und Räubern ein festes Gehalt bezog.

In seiner Laufbahn als Rechtsanwalt hatte William 650 Mörder zu verteidigen. Seine Auftritte verliefen nach allen Regeln dramatischer Kunst; besonders gut gelangen dem Meister Männertränen von Seltenheitswert. Ein einzigartiges Glanzstück seiner Redekunst war jenes Plädoyer, mit dem er es schaffte, die Geschworenen davon zu überzeugen, dass die Angeklagte die sechs aufeinanderfolgenden Schüsse aus ihrem Revolver *aus purem Zufall* abgegeben habe.

Die Gangster:

Rasieren sollte man sich zu Hause

Der Italiener mit dem reizenden Nachnamen Anastasia (1903–1957) war der Boss des berüchtigten Syndikats »Murder incorporated«, das Killeraufträge annahm und insgesamt etwa fünfhundert »Bestellungen« ausführte. Dabei wurde Alberto Anastasia während seiner langen Karriere nur ein Mal auf frischer Tat ertappt. Er saß anderthalb Jahre in der Todeszelle, dann erreichten die Rechtsanwälte eine Revision des Falles, und während der Wiederaufnahme stellte sich heraus, dass vier Kronzeugen der Anklage verschollen waren ... Was Anastasia den Kopf kostete, war seine Angewohnheit, sich im Friseursalon rasieren zu lassen. Eben dort, im Sessel sitzend, das Gesicht eingeseift, wurde er von den Killern, die der perfide Vito Genovese geschickt hatte, durchlöchert.

Trotz aller Absonderlichkeiten ihrer Biographien gehören diese vier Greenwoodler zweifelsohne in die Kategorie der typischen Vertreter. Aber unter den Bewohnern des Friedhofs sind auch solche, deren Schicksal die Phantasie übersteigt, denn *so etwas gibt es einfach nicht.*

Am meisten drängte es mich, das Grab der berühmtesten (genauer: skandalösesten) Frau des neunzehnten Jahrhunderts zu sehen, das der Lola Montez (1821–1861). Ich wusste, wo die Parzelle lag, und hatte die Grabnummer, konnte das Grab aber trotzdem nicht finden. Das wunderte mich nicht sonderlich, in tiefster Seele hatte ich immer den Verdacht, dass Lola gar keine reale Gestalt ist, sondern eine Erfindung der Journalisten und Romanciers. Das kurze Leben dieser legendären *Femme fatale*

ist zu theatralisch, es gibt zu viele verhängnisvolle Liebesge-
schichten und große Liebhaber, unerhörte Aufschwünge und
vernichtende Stürze. Ja, wirklich, ist es möglich, dass ein ge-
wöhnliches irisches Mädchen in einem Zeitraum von ein paar
Jahren die Geliebte von Liszt, Balzac, Dumas dem Älteren, Zar
Nikolaj I., dann ein Star des erotischen Tanzes, die Mätresse
des bayerischen Königs Ludwig I. (und Regentin seines Landes),
Baronin und Gräfin, Spiritistin, Anlass für eine Revolution, ein
paar Gerichtsprozesse und viele Duelle sein kann? Sie rauchte
Zigarren, ging mit ihrem weißen Papagei auf der Schulter
spazieren, wechselte mit Leichtigkeit Länder, Kontinente und
Staatsbürgerschaften. Ihr Lieblingsausdruck war: »Wenn Lola
etwas will, geht sie hin und nimmt es sich.« Mit dreißig war
ihre Chronik der Skandale zu Ende. Sie war gezwungen, die Alte
Welt zu verlassen, in der Neuen Welt bekam sie keinen Fuß auf
die Erde und starb, von allen verlassen, mit kaum vierzig Jahren.
Kein Wunder, dass ich ihr Grab nicht finden konnte. Wie sich
später herausstellte, steht auf dem Stein nicht das effektvolle
Lola Montez oder das aristokratische *Gräfin von Landsfeld,* sondern der Allerweltsname, mit dem dieser weibliche Vamp geboren wurde: *Eliza Gilbert.*

Noch ein Rätsel von Greenwood, das die Phantasie der Zeitgenossen beschäftigt hat, ist Mollie Fancher (1846–1916). Nach
einem Unglück, das man heutzutage zu den Verkehrsunfällen
zählen würde, war sie mit zwanzig Jahren völlig gelähmt und
fiel ins Koma. Das folgende halbe Jahrhundert bis zu ihrem Tod
verbrachte sie im Bett, ohne Bewusstsein, antwortete aber im
Flüsterton auf Fragen. Sie sah, was hinter den Mauern ihres
Zimmers vor sich ging, konnte einen verschlossenen Brief lesen,
sagte Brände und andere Unfälle voraus. Die einen nannten

sie einen Scharlatan, die anderen sagten, Miss Fancher sei zwischen der Welt der Lebenden und der Welt der Toten steckengeblieben, und deshalb sei ihr mehr zugänglich als gewöhnlichen Menschen. Mir gefällt die zweite Hypothese besser.

Wie jeder Friedhof, der auf sich hält, hat Greenwood eine gewisse Anzahl herzzerreißender Geschichten mit dem Thema Liebe und Tod in seinen Annalen. In den Tragödien dieses Typus gibt es ein Konservierungsmittel, das sie resistent gegen die Zeit macht. Das Drama einer abgebrochenen Liebe erregt Zeitgenossen und Nachkommen in gleicher Weise. Vielleicht, weil alles wirklich Traurige schön ist?

Der arme Theodore Roosevelt. Am 14. Februar 1884 traf ihn ein fürchterlicher Schlag. Durch einen tragischen Zufall verlor er an ein und demselben Tag erst seine Frau und wenige Stunden später seine Mutter. »Das Licht ist erloschen. Mein Leben ist zu Ende«, notierte er in seinem Tagebuch. So war es eigentlich auch. Roosevelt wurde später Polizist, Soldat, Minister, der jüngste Präsident in der Geschichte der USA, aber er brachte nie wieder den Namen seiner ersten Frau über die Lippen, denn sie gehörte zu seinem früheren, zu Ende gegangenen Leben.

Die bekannteste der Liebestragödien von Greenwood ist ganz unamerikanisch romantisch. Zum gotischen Denkmal der Charlotte Canda (1828–1845) führt man die Touristen auch heute noch, während im neunzehnten Jahrhundert regelrechte Wallfahrten hierher unternommen wurden. Die Tochter eines ehemaligen napoleonischen Offiziers starb an ihrem siebzehnten Geburtstag: Ein Donnerschlag hatte die Pferde erschreckt, sie waren durchgegangen, und die Kutsche war umgekippt. Der untröstliche Vater gab ein ganzes Vermögen für das Denkmal aus. Die Unglückszahl siebzehn, die das Mädchen umbrachte, ist allgegenwärtig: Die Höhe des Obelisken beträgt siebzehn Fuß, die Gruft unter ihm ist siebzehn Fuß tief, auf der Steintafel sind siebzehn Rosen. Und ganz in der Nähe, auf ungeweihter Erde, steht der bescheidene Grabstein von Charles, Charlottes Bräutigam, der sich genau ein Jahr später in ihrem Haus erschoss. Eine schöne Geschichte, nur recht unamerikanisch. Sie würde besser zum Pariser Friedhof Père Lachaise passen. Nach dem Motto: Die sind nun mal so, die Franzosen, da ist nichts zu machen.

Auf mich persönlich hat das naive Basrelief auf dem Denkmal für Jane Griffith (1819–1857) einen viel stärkeren Eindruck gemacht. Es hat nichts Romantisches, eine gewöhnliche Frau, die an einem Herzanfall gestorben ist. Der Bildhauer hat den Augenblick des Abschieds von ihrem Mann dargestellt. Sie verabschieden sich auf den Stufen ihres gemütlichen Hauses. Er bricht zu seinen üblichen Geschäften auf (in der Ecke steht ein wartender Omnibus), Jane begleitet ihn vor das Haus. Ich habe viele trauernde Engel und rührende Grabsteine gesehen, aber ich kenne nichts Ergreifenderes als dieses Denkmal des unwiderruflich verlorenen Glücks.

Ein Friedhof ist und bleibt ein Friedhof, ein Ort der Trauer, so sehr man das auch hinter Hainen und Eichenwäldchen versteckt. Die Leute, die hier Picknicks veranstalteten, müssen starke Nerven gehabt haben, wenn ihnen die Nähe des Grabdenkmals von Jane Griffith nicht den Appetit verdarb. Übrigens hatten die New Yorker des neunzehnten Jahrhunderts auch keine Angst vor ihrem eigenen Grab. Der reiche William Niblo (1789–1875) ließ sich noch zu Lebzeiten ein Mausoleum bauen, rundherum einen Garten anlegen, einen Teich ausheben, züchtete dort Karpfen und veranstaltete viele Jahre hintereinander geschlossene Gartenpartys am Ort seiner zukünftigen Ruhestätte. Und das war nicht ein Einzelfall, sondern eine recht verbreitete Praxis. Ein gewisser Kapitän Correja (1826–1910) stellte sich ein Denkmal aus Carrara-Marmor auf sein im Voraus gekauftes Grab: Der zukünftige Verstorbene ist dort in voller Größe dargestellt, hat eine Schirmmütze auf und hält einen Sextanten in der Hand. Die Skulptur ist ein halbes Jahrhundert vor dem Tod des Seemanns angefertigt worden, so dass sie zum Zeitpunkt der Beerdigung eine edle und vor allem ansehnliche Patinaschicht aufzuweisen hatte.

Das sind die typischen Greenwood-Bestattungen: solide, gekauft nicht im Augenblick, wo man sie braucht, sondern vorher, zum Sonderpreis – eine rentable Investition in die Zukunft. Selbstverständlich liegen auf dem Friedhof auch Kunden eines abrupten Todes: Opfer von Kriegen, Katastrophen, Unfällen und Verbrechen, aber den Vorrang hat eindeutig nicht der stürmische, sondern der ruhige Tod, nicht die Rose oder die abgebrochene Säule, sondern die Ähre, die zur Garbe niederfällt.

Greenwood ist ein Territorium des geplanten Todes, die erste Schwalbe des berühmten *positive thinking*, des amerikanischen Optimismus, der den Ausländern so auf die Nerven geht. Für die Bewohner der Neuen Welt ist es sehr wichtig, dass bei ihnen alles tipptopp ist – auch wenn die Angelegenheit eine schlimme Wendung nimmt. Diese existentielle Einstellung ist auch in der Phraseologie verankert. Wie oft haben wir in Hollywoodfilmen gesehen, wie der eine Held sich über den anderen beugt (der von oben bis unten mit Wunden übersät ist und sich alles gebrochen hat) und ihn fragt: »*Are you okay?*«, obwohl ein Blinder sieht, dass er nicht okay sein kann, und es unsere Art wäre, in Wehklagen auszubrechen: »Um Gottes willen! Wie schrecklich! Was haben diese Scheusale mit dir angestellt!« Aber der erste Held wird nicht wehklagen, und der zweite wird tapfer antworten: »*I'm fine.*« Weil beide echte Amerikaner sind und positiv denken. Ich weiß, es gibt Leute, die diese positive Haltung anwidert, aber mir gefällt sie. Nicht zu jammern, kein Mitleid erregen zu wollen, seine Probleme anderen Leuten nicht unter die Nase zu reiben, was soll daran schlecht sein? Das ist doch eigentlich sogar schön. *I'm fine*, antwortet der sterbende Held, und wir verlieren ihn.

Die Optimisten des vorletzten Jahrhunderts, die zwischen den Särgen feierten und Picknicks veranstalteten, waren Träger echten amerikanischen Pioniergeistes. Sie versuchten, sich das Reich des Todes genauso anzueignen, wie sie sich die Räume des Wilden Westens angeeignet hatten: Sie bauten bequeme Wege und Häuser, sie machten die tote Wüste nutzbar, ja sogar wohnlich. Diese prinzipiellen Positivisten versuchten nicht nur, ihre Welt zu kultivieren, sondern auch das negative Reich des Todes. Warum sollten wir Angst vor ihm haben, scheinen die prächtigen Mausoleen und die bescheideneren Denkmäler zu sagen. Wir haben ehrlich gelebt, ehrlich gearbeitet und haben ein Recht auf eine entsprechende Belohnung. Das zukünftige Leben kann uns unmöglich enttäuschen, das wäre *unfair play.*

Are you okay?, fragt über das Wasser des East River die Silhouette Manhattans, dessen Wolkenkratzer, nachdem sie zwei Genossen verloren haben, aufgerückt sind und Schulter an Schulter stehen, so dass bei ihnen jetzt wieder alles in bester Ordnung ist.

I'm fine, antwortet der Friedhof Greenwood. Alles wird *all right sein.*

Unless

Das begann alles schon am Freitagabend. Misch sagte zu seiner Frau: »*Darling,* ich habe ein *appointment* für morgen. Na, du weißt schon. In Greenwood. Ich habe es dir ja erzählt.«

Dorothy fing keinen Streit an, sondern runzelte nur ein wenig die Stirn. Für eine moderne Frau hatte sie ein seltsames Vorurteil gegen alles, was das Leben nach dem Tod und dessen Einrichtung betraf. »Wie du willst, Misch, das ist deine Sache«, sagte Dorothy kurz angebunden.

Eigentlich hieß er Mischa, und seine Kollegen und Bekannten nannten ihn Mike, aber einmal, noch im ersten Jahr ihres Ehelebens, hatte Dorothy gehört, wie ein Kunde auf Russisch sagte: »Misch, was ist denn los? Wofür zahl' ich dir denn die Piepen, Misch ...« Die Worte hatte sie natürlich nicht verstanden, aber die Anrede gefiel ihr. Auf diese Weise mutierte er also in seiner Familie von Mischa zu Misch.

Er war ein total glücklicher Mensch, von denen es in Amerika nach Umfragen der *public opinion* achtunddreißig Prozent gibt; hinzu kommen vierundvierzig Prozent einfach glückliche. Aber in Mischs Fall war das kein Tribut an den nationalen Optimismus. Er war wirklich sehr glücklich. Ein sicheres Anzeichen für echtes Glück ist es, wenn jemandes Laune ernsthaft in den Keller geht, weil das Wetter schlecht ist. Oder einer sitzt in seinem Auto, plötzlich klingelt das Handy, aber er hat vergessen, es aus der Tasche seines Jacketts zu ziehen, und nun windet er sich in den Sicherheitsgurten, wobei er zu allem Unglück über dem Jackett auch noch einen Regenmantel anhat, und das Handy klingelt und klingelt; plötzlich hört es auf, und diese Lappalie reicht so jemandem, um zwei Stunden gereizt zu sein. Weil nichts Schlimmeres als schlechtes Wetter und ein verpasstes Telefongespräch in seinem Leben passiert.

So also ging es Misch.

Seine Eltern hatten ihn in einem idealen Alter aus Leningrad nach Amerika gebracht: Er konnte die russische Sprache nicht mehr vergessen und sollte die englische noch wie seine Muttersprache lernen, so dass Misch absolut zweisprachig war. Er hatte eine Law School absolviert, keine besonders renommierte, aber für seine Richtung musste es auch nicht Harvard sein.

Misch war ein hochqualifizierter Spezialist mit einem sehr begrenzten Tätigkeitsfeld. Er beschaffte Greencards für Bürger der GUS. Keine schwierigen Fälle, keine Flüchtlinge und illegalen Grenzverletzer, nur wohlhabende Gentlemen, die sich gegen den Fall von Unannehmlichkeiten bei sich zu Hause absichern oder ein zweites Haus in Kalifornien oder Florida haben wollten. Mischs Kunden lebten in Moskau, Kiew oder in irgendeinem Chanty-Mansisk, kamen oft nach New York, aber nur für kurze Zeit, und wenn sie da waren, nahmen sie die besten Zimmer sehr teurer Hotels. Die Dienstleistungen des *lawyer* bezahlten sie, ohne zu feilschen, und sie gaben einen guten Zuschlag bei Eilaufträgen.

Alle Kollegen, darunter auch Harvard-Absolventen, beneideten Misch. Er hatte bei seinen Vorgesetzten einen ausgezeichneten Ruf, und sein Verdienst lag fünfundsiebzig Prozent über dem Durchschnittseinkommen eines Juristen seines Alters und Backgrounds – und all das, ohne dass er sich in fremde Lebensdramen vertiefen musste, ohne dass er die Kunden wie ein Vampir aussaugte und ohne irgendwelche Prozessschwierigkeiten.

Misch hatte ein fast schon abgezahltes hervorragendes Haus in New Jersey, am Ufer des Hudson, seine vortreffliche Frau Dorothy und einen prächtigen Sohn mit dem russisch-amerikanischen Namen Colin. In zwei Jahren wollten sie sich auch ein Töchterchen anschaffen, aber es nicht auf die Welt bringen, sondern adoptieren, denn Colins Erscheinen war Dorothy zu teuer zu stehen gekommen, was ihre Körperformen betraf. Die Eheleute waren sich noch nicht einig, woher das Kind stammen sollte. Die Frau zog Haiti vor, da konnte man ein reizendes farbiges Schnuckelchen finden, das nicht ganz schwarz war, sondern die Farbe von Sahnekaffee hatte. Das war modern und unter allen Gesichtspunkten goldrichtig. Misch bestritt nicht, dass das modern und richtig war, aber er wollte lieber eine Flachsblonde. Ein Moskauer Kunde hatte versprochen, ihm bei der Adoption zu helfen und die Sache ohne viel Aufhebens zu deichseln, aber Misch hatte seiner Frau bisher noch nichts davon erzählt, er hob sich den Trumpf für das entscheidende Gespräch auf.

Misch glaubte, man müsse das Leben planen. Und in seinem gegenwärtigen, nach heutigen Begriffen noch ganz jugendlichen Alter hatte er seine eigene Zukunft in allen Einzelheiten vorgeplant, ja, er hatte sogar eine chronologische Tabelle angefertigt.

Die Tabelle sah so aus:

2006 ein zehn bis zwölf Monate altes kleines Mädchen adoptieren. Das wäre der ideale Altersunterschied zu Colin, wie Fachleute versichern. Der ältere Bruder würde dann das Schwesterchen nicht beleidigen, sondern beschützen, was für beide Kinder von Nutzen wäre.

2008 wird das Haus abgezahlt sein, was heißt, dass man schon ein *mortgage* für ein Penthouse irgendwo in der Gegend der East 70th Street mit Blick auf den Central Park aufnehmen kann.

2010 endgültig nach Manhattan umziehen und das Haus in New Jersey als *country house* nutzen.

Etwa 2015 müsste man Misch zum Juniorsozius in der Kanzlei machen.

2020 zum Seniorsozius, und wenn das nicht eintritt, wollte er eine eigene Kanzlei eröffnen.

2024 vorzeitig das Penthouse abzahlen, die Immobilie in New Jersey verkaufen (deren Wert nach Mischs Berechnungen zu diesem Zeitpunkt um dreihundert bis dreihundertfünfzig Prozent gestiegen sein müsste) und beginnen, ein gutes *estate* für das Leben nach dem Retirement zu suchen. Am Meer. Vielleicht in Europa, wenn es zu diesem Zeitpunkt nicht ganz heruntergekommen sein wird. Oder in Neuseeland, Fachleute meinen, im zweiten Viertel des einundzwanzigsten Jahrhundert sei das der ideale Ort für ein ruhiges Leben.

Für 2035 plante Misch das Retirement. Damit er noch Kräfte und die Gesundheit hätte, nach Lust und Laune auf seinem *estate* zu leben, zu reisen und Golf zu spielen.

Das Einzige, was sich einer genauen Prognose entzog, war der Augenblick des Übertritts ins Jenseits. Der würde voraussichtlich nicht früher als 2045 und nicht wesentlich später als 2060 stattfinden. Ein zweifellos trauriges, aber unvermeidliches Ereignis, was hieß, dass man sich darauf vorbereiten sollte. Misch studierte den Markt und kam zu dem Schluss, dass die optimale Variante der Greenwood-Friedhof war. Er war jetzt ein wenig aus der Mode gekommen, würde aber in der Mitte des Jahrhunderts mit hoher Sicherheit wieder der attraktivste Ort für die letzte Ruhestätte sein. Zweifellos würde dann der Boden dort Gold wert sein, während man jetzt eine Parzelle für eine Familiengruft zum Preis von nur 4999 Dollar kaufen konnte.

Also, um die lange Geschichte abzukürzen: Misch setzte sich am Samstagmorgen kurzentschlossen ans Steuer seines neuen BMW Cabriolets und fuhr über die Verrazano Bridge nach Brooklyn.

Die Verhandlungen mit dem Manager verliefen blendend, Misch schlug noch einen ordentlichen Rabatt heraus und eine Option für die Auswahl einer Parzelle unter insgesamt drei gleichen Preises. Der Manager riet ihm, den neunundvierzigsten District zu wählen, wo sie vor kurzem eine neue Begrünung vorgenommen und achtzig Ulmen angepflanzt hatten; die hätten in fünfzig Jahren gerade ein gutes Alter. Aber Misch war es gewohnt, die Auswahl allein zu treffen, ohne dass ihm jemand hereinredete, und wollte sie besichtigen. Er verzichtete auf einen Begleiter und ließ sich den Friedhofsplan geben.

Der achtzehnte District, am nächsten zum Eingang gelegen, gefiel ihm nicht. Dafür mochte er den neunundvierzigsten District sofort. Misch hatte schon beschlossen, dass er diese Immobilie haben wollte, aber sei es wegen seiner angeborenen Umständlichkeit oder, um ein Idiom aus der russischen Sprache zu benutzen, *um sein Gewissen zu entlasten*, fuhr er doch noch in den abgelegenen sechsundzwanzigsten District.

Er rollte in seinem Cabriolet langsam durch die Alleen und studierte die Karte. Weit und breit war kein Mensch zu sehen. Der Himmel verdunkelte sich, es roch nach Feuchtigkeit, und von oben tröpfelte es. Der Regen wurde immer stärker. Bis Misch das Dach des BMW hochgezogen hatte, hatten die Tropfen ihm die Brille vollgespritzt und die Haare durchnässt, wodurch die Stimmung dieses Glückspilzes sofort auf den Nullpunkt sank.

Plötzlich sah er ganz nah am Weg eine Frau. Sie war schlank, hatte einen eleganten Hosenanzug an und trug einen Hut mit Schleier. Ohne den Regen zu beachten, stand sie an einem Grabdenkmal. Dann beugte sie sich graziös vor, und man konnte sehen, dass ihre Hand einen Strauß violetter Blumen hielt, deren Namen Misch nicht kannte, weil er in der Botanik völlig unbewandert war.

Die Frau nahm eine Blume aus dem Strauß, legte sie liebevoll auf das Grab, richtete sich auf und ging zur Allee zurück.

Misch holte sie in seinem regengeschützten Cabriolet mühelos ein.

Wie es die Regeln der Höflichkeit verlangten, bremste Misch und sagte mit seinem gewinnendsten Lächeln: »Sie werden ja völlig nass. Setzen Sie sich, ich fahre Sie. Ich muss in den sechsundzwanzigsten District, und dann bringe ich Sie zum Ausgang.«

»Zum sechsundzwanzigsten?«, fragte sie. »Ich muss zum fünfundzwanzigsten, das ist daneben. Bringen Sie mich dahin, ich will nicht zum Ausgang.«

Sie hatte einen leichten Akzent, aber man merkte nicht sofort, was für einen. Es gibt in New York zu viele verschiedene Akzente. So einen, mit Aspirierung und aufsteigender Melodie am Satzende, hatte Misch noch nie gehört.

Sie fuhren los. Nach den Regeln der Höflichkeit hätte die Frau Misch überschwänglich für seine Aufmerksamkeit danken müssen, aber die Frau schwieg. Misch sah sie von der Seite an. Die hatte Stil. Sie wusste, was sie wollte. New York ist voll von Vertreterinnen dieser biologischen Gattung. Sie war es gewohnt, dass die Männer sie angafften. Aber Misch hatte das Alter der sexuellen Expansion schon hinter sich, er brauchte keine außer Dorothy. Er schaute nach vorne, auf den Weg.

Aber fahren und schweigen, das war auch ungemütlich.

»Ich habe gesehen, Sie waren an dem Grab …«, sagte er, halb fragend, damit sie einfach nicken konnte, wenn sie keine Lust hätte zu antworten.

Ihre Antwort war länger und ehrlicher, als er erwartet hatte: »Ja, da liegt ein Mann, den ich geliebt habe.«

Das kam in ruhigem, fast zerstreutem Ton. Misch schielte wieder von der Seite. Die Frau hatte sich etwas abgewandt und schaute aus dem Fenster.

»Ich habe hier viele Menschen, an denen mir liegt«, setzte sie fort und seufzte traurig, aber auch nicht übermäßig. So spricht man von Personen, die vor langer Zeit gestorben sind und um die sich die Trauer gelegt hat. »Ich besuche sie jeden Tag.«

›Meine Güte, jeden Tag‹, dachte Misch. ›Dann ist es kein Wunder, dass sie nur eine einzige Blume hingelegt hat, sonst müsste sie, wie meine verstorbene Großmutter sagen würde, Geld wie Heu haben.‹

Man hörte ein metallisches Klicken, die Frau zündete sich eine dünne Zigarre mit Goldrand an.

»Entschuldigen Sie«, sagte Misch schnell. »Aber meine Frau und mein Sohn mögen es nicht, wenn das Auto nach Rauch riecht. Ich muss Sie leider bitten ...«

Er ließ das Fenster an ihrer Seite herunter.

Aber die Frau warf die Zigarre nicht extra weg, sondern atmete im Gegenteil genüsslich den würzigen Rauch aus und drehte dabei Misch ihren Kopf zu. Ihre Augen blitzten spöttisch durch den Schleier. »Und wenn ich dafür zahle?«, fragte sie lachend. »Nicht mit Geld, natürlich. Ich könnte ihnen beispielsweise aus der Hand lesen.«

Und sie machte etwas Merkwürdiges: Ohne seine Erlaubnis abzuwarten, nahm sie seine rechte Hand vom Steuer. Ihre Finger waren sehr heiß, das war selbst durch den Handschuh zu spüren.

Die Hand wegzuziehen wäre unhöflich gewesen, Misch unterließ das deshalb. Außerdem war er, offen gesagt, sehr irritiert; ein derartig spontaner Körperkontakt war in seinen Kreisen eine Seltenheit.

»Sie haben noch neunundvierzig Jahre zu leben ... Ja,

neunundvierzig ...« Die Frau sprach langsam und zog von Zeit zu Zeit an ihrer Zigarre. Merkwürdig war nur, dass sie nicht auf Mischs Hand, sondern in seine Augen schaute.

Er nickte, diese Zahl stimmte in etwa mit seinen eigenen Prognosen überein.

»Man wird Sie in Greenwood beerdigen ...«

Er nickte wieder. Diese Schlussfolgerung machte keinen großen Eindruck auf ihn. Wenn man einen Menschen auf dem Friedhof trifft, liegt die Vermutung nahe, dass er hier eine Familiengrabstätte oder etwas Ähnliches hat. Das hat jedenfalls eine hohe Wahrscheinlichkeit.

»... auf Parzelle neunundvierzig, meiner liebsten«, sagte die Frau, und Misch musste mit beiden Händen nach dem Steuer greifen, das Auto war zur Seite ausgeschert, weil er unwillkürlich eine heftige Bewegung gemacht hatte.

»Woher wissen Sie das?!«, rief er aus.

Sie nahm wieder seine Hand und betrachtete sie jetzt.

»Das steht hier ... Ja, auf der neunundvierzigsten, kein Zweifel. In neunundvierzig Jahren, auch das ist sicher ... Unless ...« Sie fuhr auf und sah sich um. »Ach, hier ist die Parzelle fünfundzwanzig! Halten Sie an!«

Misch drückte automatisch auf die Bremse, und sie stieg aus. Ohne sich zu verabschieden und ohne sich zu bedanken. Sie ging zu einem abseits stehenden Marmorobelisk, wobei sie unterwegs eine Blume aus dem Strauß nahm.

»Inwiefern *unless*?«, fragte Misch aus dem Auto, aber nicht sehr laut, weil man auf einem Friedhof ja nicht so laut sprechen darf.

Sie hörte es nicht.

Da zuckte er die Achseln und fuhr weiter.

Der Regen hörte auf. Es roch im Auto nach der Zigarre und den violetten Blumen; der Duft war angenehm, aber irgendwie aufdringlich.

Wie zu erwarten, war die Variante auf Parzelle sechsundzwanzig indiskutabel, kein Vergleich mit Parzelle neunundvierzig. Misch fuhr zurück zur Verwaltung und unterzeichnete einen Vorvertrag.

Zu Hause erzählte er seiner Frau davon; die nickte und wechselte das Thema.

Am Sonntagmorgen sagte Misch überraschend und zu seiner eigenen Überraschung: »Weißt du was, Dorothy, ich glaube, ich fahr' noch mal hin und gucke mir das Grab an, mich lässt die Sache nicht mehr los.« Und er scherzte: »Schließlich werden wir beide da bis zum Jüngsten Tag schmoren, das ist eine Investition mit einer ganz ungewöhnlich langen Laufzeit.«

Als er auf die Allee vom Vortag gekommen war, drosselte er die Geschwindigkeit auf fünf Meilen. Er reckte den Kopf und suchte seine gestrige Begleiterin. Er drehte eine Runde, dann eine zweite. Er kam gerade zu dem Schluss, ihr Gerede vom täglichen Besuch des Friedhofs sei eine Übertreibung, da entdeckte er die bekannte feine Silhouette: den Hut mit dem Schleier, den Hosenanzug, einen anderen als gestern, aber nicht weniger elegant. Heute hatte die Frau noch einen glitzernd bestickten Lederbeutel.

Sie stand mit gesenktem Kopf an einem schmalen Grabmal. Auf das Geräusch des anhaltenden Autos reagierte sie nicht.

Misch stieg aus und näherte sich ihr.

Das Grabmal war ungewöhnlich, ohne den Namen des Verstorbenen und die Lebensdaten. Auf den dunkelroten Marmor war nur ein Würfel geritzt, der die Sechs zeigte: fünf schwarze und ein einziger weißer Punkt.

Misch war so erstaunt über die Gestaltung des Obelisken, dass er eine andere Frage stellte, als er vorgehabt hatte: »Wer ist das?«, fragte er mit einer Direktheit, die er im selben Moment als distanzlos empfand. (Eigentlich hatte er vorgehabt zu fragen: »Was sollte das *Unless* gestern heißen?« Deswegen war er auf den Friedhof gekommen.)

Die Frau drehte sich um. Sie zeigte keinerlei Verwunderung. »Oh, das war ein wunderbarer Mann«, erklärte sie freimütig. »Ich habe ihn sehr geliebt. Ein echter, begnadeter Don Juan.«

»War er ein *Gambler*?« Misch schaute auf den Würfel. »Woran ist er gestorben?«

»Hat sich am Nachtisch vergiftet.«

Misch verstand die Antwort nicht. Es handelte sich offenbar um eine Anspielung oder schwarzen Humor. Für alle Fälle sagte er, was man in einer solchen Situation immer (und vor allem: trefflich) sagt: »Gott sei seiner Seele gnädig.«

»Ich bezweifle, dass seine Seele zur Ruhe gekommen ist«, sagte die Frau nachdenklich. »Wer auf der Welt ist, um fremde Herzen zu brechen, der kommt nicht zur Ruhe. Das ist eine Leidenschaft, die stärker ist als der Tod. Oh, er war ein wahrer Künstler, aber ich war für ihn ein zu harter Brocken.« Und sie fügte hinzu: »Wenn ich ihn doch noch einmal treffen könnte ...«

Als Antwort auf die Schwärmerei, die in ihrer Stimme anklang, regte sich bei Misch eine Art Eifersucht, ein Gefühl, das er seit der Highschool nicht mehr verspürt hatte.

»Zu Parzelle dreizehn, zum Teich«, sagte die Frau, die ohne Aufforderung in das Auto stieg.

Ihr gebieterischer Ton war befremdend. Aber noch verwunderlicher war, dass Misch widerstandslos gehorchte.

Die Allee führte auf einen Hügel. Über den Gipfeln der Bäume sah man die Zacken von Manhattan.

»Wohnen Sie in einem dieser Hochhäuser?«, fragte die Frau.

»Nein, aber ich arbeite in einem von ihnen. Mein Office ist im einundvierzigsten Stock.«

»Gibt es da einen Balkon?«

»Ja, für die Raucher. Ich benutze ihn manchmal, um die Stadt von oben zu betrachten.«

»Und haben Sie nie Lust gehabt, einfach so, ohne irgendeinen Grund, sich über das Geländer zu schwingen?«

»Um Gottes willen, weshalb denn das?!«, rief Misch erstaunt aus.

Sie schaute ihn mit großen Augen an, neigte den Kopf ein wenig und antwortete ruhig: »Alle Männer, soweit sie echte Männer sind, wollen das hin und wieder. Auch Sie überkam schon einmal der Wunsch dazu, das sehe ich. Sonst wäre ich übrigens nicht in Ihr Auto gestiegen.«

Er zuckte die Achseln, um zu zeigen, dass er dieses sinnlose Gespräch nicht weiterführen wolle. Aber plötzlich erinnerte er sich. Vor drei Jahren, noch vor der Geburt Colins, war das gewesen. Dorothy und er hatten sich etwas gegönnt. Sie hatten eine dreitägige Kreuzfahrt im Karibischen Meer gebucht. Seine Frau war im Badezimmer, um sich zum Abendessen zurechtzumachen. Misch stand auf der Terrasse und betrachtete das goldene Meer vor dem Sonnenuntergang.

Alles war wunderbar. Aber auf einmal schaute er nach unten und klammerte sich an das Geländer, dass ihm die Gelenke wehtaten, so stark war plötzlich der Wunsch, darüber zu springen, vom zwölften Deck durch die Luft zu fliegen und dann der Länge nach auf das Wasser aufzuschlagen. Es war weniger ein Wunsch als die Vorstellung, wie das wäre. Dorothy käme aus dem Bad, und er wäre verschwunden. Sie würde denken, er sei auf dem Deck. Aber er wäre nicht auf dem Deck. Er wäre überhaupt in Zukunft nirgends mehr. Und sein Verschwinden wäre für alle ein Rätsel. Für immer. So eine wilde Phantasie überkam Misch unter dem Einfluss der Meeresluft und zweier Cocktails nach dem Mittagessen.

Aber woher sollte das die Frau im Schleier wissen? Er selbst hatte ja diesen flüchtigen selbstmörderischen Impuls längst vergessen.

»Hier. Halten Sie an!«, befahl sie.

Das Grab war ganz alt, mit verwitterten Buchstaben und zur Seite gerutschtem Kreuz. Es war mindestens hundert Jahre alt.

Misch hielt es nicht aus und erkundigte sich neugierig: »Und wer ist das da?«

»Ein prächtiger Junge. Ich habe ihn sehr geliebt. Er hat einen Streithahn, der sich abfällig über mich geäußert hat, zum Duell herausgefordert. Der arme Junge konnte absolut nicht schießen. Es wäre besser gewesen, wenn ich an seiner Stelle zu dem Duell gegangen wäre. Ich treffe eine silberne Dollarmünze auf zwanzig Schritte.«

Und sie legte eine violette Blume auf den Stein.

Erst jetzt kam Misch endlich der Gedanke: Das war ja eine Verrückte, da führte kein Weg dran vorbei. Und er, er hatte wie ein Idiot an ihren Lippen gehangen.

»Entschuldigen Sie«, sagte Misch und wich zurück. »Ich muss gehen.«

Und er ging zu seinem BMW, was in dieser Situation das einzig Richtige war.

Sie fragte nur: »Wollen Sie denn nicht wissen, was mein *Unless* bedeutet?«, mehr brauchte sie gar nicht zu sagen, um ihn in ihren Bann zu ziehen.

Misch machte drei Fehler. Erstens zuckte er sichtlich zusammen (na, das geht ja noch); zweitens blieb er stehen (ein großer Fehler!); und drittens drehte er sich um (das war ein nicht wieder gutzumachender Fehler!).

Weil er sich nicht nur umdrehte, sondern die Frau auch noch ansah, genau in dem Augenblick, als die Sonne hinter den Wolken hervorkam, und dadurch die schwarzen Haare der Verrückten golden schimmerten, die Augen unter dem Schleier funkelten und die Lippen feucht glänzten.

Flügelschlagend flog ein bunter Papagei vom Baum und setzte sich der Frau auf die Schulter. Als Misch das sah, dachte er zuerst, er sei ebenfalls verrückt geworden, aber dann erinnerte er sich sofort, dass er in der Zeitung etwas über die Papageien von Greenwood gelesen hatte. Etwas von einem Käfig mit Vögeln aus Südamerika, der sich versehentlich geöffnet hatte.

Die Sonne kam ganz hinter der Wolke hervor und schien ihm direkt in die Augen, so dass Misch die Augen zusammenkneifen musste. Er sah jetzt die Frau mit dem Papagei auf der Schulter nicht mehr, dafür aber lag wie auf einem Display seine wunderschöne, ideal geplante Zukunft ganz klar vor ihm: das Penthouse mit dem Fenster, das sich über die ganze Wand zog; die auf den Wellen schaukelnde eigene Yacht; der Golfplatz; der Dämmer des letzten Alzheimer-Jahrzehnts, der bei einem (dank cholesterinfreier Diät) kräftigen Herzen unweigerlich zu erwarten ist. Und das widerte ihn so an, dass er ein Antidepressivum hätte einnehmen wollen oder, wie seine Großmutter sagte, *sich kopfüber in einen Strudel hätte werfen mögen.*

Die Frau nickte und sagte: »Ja, genauso wird es kommen. Und in neunundvierzig Jahren hierhin, nach Greenwood. *Unless* ... Wenn Sie mir jetzt einen Schritt entgegenkommen. Einen Schritt.«

Zugegeben, sie streckte ihm nicht die Hände entgegen und lächelte auch nicht einladend, nein. Sie stand nur da und schaute gespannt.

Misch tat den Schritt selbst.

Sie fragte ihn oder suggerierte ihm, was wusste er schon: »Sie wollen mich wohl küssen?«

Und ihm wurde klar: Ja, ja, genau das wollte er um alles in der Welt.

»Meinen Kuss muss man sich verdienen.«

Sie holte einen Revolver aus dem Beutel, einen vernickelten und mit Einlegearbeit verzierten, aber mit einem breiten, furchtbaren Lauf. Man sah sofort, dass das kein Damenspielzeug, sondern ein tödliches Instrument war.

Misch kam nicht dazu, einen großen Schrecken zu bekommen, weil die Frau die Waffe sofort mit dem Griff nach vorne drehte. Sie kippte die Trommel hoch, und man sah, dass nur eine einzige Patrone darin lag, die anderen fünf Kammern waren leer. Sie schloss die Trommel wieder, drehte eins weiter und hielt den Revolver an ihre Schläfe. Der Papagei untersuchte die glänzende Mündung mit seinem Schnabel.

»Der Preis für einen Kuss«, sagte die Frau und streckte Misch den Revolver entgegen. »Sonst geht es nicht. Ich muss mich davon überzeugen, dass Sie kein Feigling sind.«

»Wie kitschig«, ging es ihm durch den Kopf. Ein aus Russland stammender Rechtsanwalt spielt russisches Roulette. Was ist denn schon ein Kuss? Eine Kontraktion der Lippenmuskeln, begleitet von einer verstärkten Sekretion der Speicheldrüsen und einer erhöhten Durchblutung der Genitalien. Wegen so einer Lappalie sollte er sein Leben riskieren?

Die Frau konnte Gedanken lesen, so viel war sicher. Denn sie sagte mit träumerischem Blick: »Oh, Sie wissen nicht, was ein echter Kuss ist.«

Sie leckte sich die Lippen mit der Zungenspitze, und sie wurden auf einmal so rot, dass es wehtat, sie anzusehen.

»Schauen Sie her, das ist doch ein Kinderspiel.«

Sie hielt sich den Lauf an die Schläfe, und noch bevor er ihre Hand packen konnte, spannte sie den Hahn.

Ein hohes, unangenehmes Klicken war zu hören.

Der Papagei flatterte von ihrer Schulter und setzte sich auf einen Zweig.

Die Frau schaute Misch an und lächelte.

»Was soll's«, sagte er sich tollkühn, »die Chancen stehen fünf zu eins. Und ich könnte wetten, dass es eine Attrappe ist.«

Er entriss ihr die Waffe, drehte die Trommel, und noch bevor sich die rationalen Kontrollmechanismen einschalten konnten, drückte er schnell auf den Abzug.

»Bravo«, sagte die Frau. »Er hat noch nicht einmal ein Auge zugemacht. Die meisten kneifen die Augen zu.«

Es folgte ein Kuss – wenn man das überhaupt einen Kuss nennen kann. Misch hätte sich nie träumen lassen, dass es solche Küsse gibt. Es war, als ob die Welt auf dem Kopf stünde, und zwar buchstäblich: Das grüne Gras und die Kreuze waren auf einmal über Mischs Kopf und der Himmel unten, und er stand direkt auf einer Wolke, die unter seinen Füßen federnd nachgab.

Während er nach Luft schnappte und mit den Augen zwinkerte, um zu sich zu kommen, schminkte sich die Frau gekonnt die Lippen. »Das war der Aperitif«, erklärte sie beiläufig, nachdem sie den Taschenspiegel weggesteckt hatte. »Danach kommen die Horsd'œuvres. Das kostet doppelt soviel.« Die Finger mit dem knallroten Nagellack steckten geschickt eine weitere Patrone, die zweite, in die Kammer. »Ist es Ihnen recht?« Die Frau streckte ihm wieder den Revolver entgegen. »Danach biete ich Ihnen die Suppe an. Die kostet drei Patronen, aber ich verspreche Ihnen, dass Sie nie etwas Schmackhafteres gekostet haben. Dann kommt das Hauptgericht. Hmmm!« Sie verdrehte die Augen und begann zu flüstern. »Und am Ende das teuerste Gericht, der Nachtisch. Fünf Patronen. Was sind Sie so bleich

geworden? Sie brauchen doch keine Angst zu haben, Sie
können immer mitten im Mahl anhalten.«

*   *   *

Sie beerdigten Misch in einem geschlossenen Sarg. Der
Kosmetiker vom Beerdigungsinstitut hatte alles versucht,
aber es ist unmöglich, einem Menschen ein anständiges
Aussehen zu geben, der sich mit einer Kugel den halben
Schädel weggepustet hat. Trotz des skandalösen Todes
(vielleicht auch gerade deswegen) hatten sich viele Leute
versammelt.

»Ich verstehe absolut nichts«, sagte der Chef der Anwalts-
kanzlei und schüttelte der Witwe die Hand, auf deren Gesicht sich (jetzt wahrscheinlich bis an ihr Lebensende) ein
halberstauntes Lächeln breitmachte. »Er hatte keinerlei
Gründe, absolut keine ... Aus dem Gutachten geht hervor,
dass er vor dem Schuss noch die Trommel des Revolvers
gedreht hat. Von sechs Kammern war nur eine leer. Das ist
selbst für das russische Roulette übertrieben.«

Die Beerdigung war anständig. Ein früherer Kunde des
Verstorbenen schickte aus Neftejugansk mit dem Flugzeug
den Trieb einer sibirischen Fichte. Die Ulmen auf der Parzelle neunundvierzig waren noch ganz klein, es würde
lange dauern, bis sie ausgewachsen wären, während die
aus dem Norden stammende Kiefer im Klima von Brooklyn
schnell hochschießen würde.

Einem rührenden russischen Brauch folgend, warf jeder
eine Handvoll von der Friedhofsverwaltung in besonderen
silbernen Eimern zur Verfügung gestellten weißen Sand
auf den Sargdeckel.

Als Letztes trat eine Frau in schwarzem Schleier an die Grube. Keiner der Anwesenden kannte sie, aber einige Männer hatten schon lange ein Auge auf sie geworfen.

Die Frau warf eine Handvoll schwarzen Sand auf den weißen Sandberg und legte am Fuß des Grabes ein violettes Veilchen nieder.

Jüdischer Friedhof auf dem Ölberg
(Jerusalem)

Er entschlief (schnief)
oder
Der nicht schreckliche Tod

Ist das nicht seltsam? Da bist du am Ende des Buches angelangt und beginnst gerade erst zu ahnen, warum du über Friedhöfe und Tote schreiben musst. Das heißt, du hast schon früher ge- spürt, dass du das machen musst, aber dir war nicht klar, wo- für, es drängte dich einfach, sonst nichts. Aber wenn du dann an einem sonnigen Tag auf dem niedrigen Berg stehst und auf die von moslemischem Gold gekrönte jüdische Stadt blickst, dann runzelst du auf einmal die Stirn, und dir wird klar, was das alles soll.

Eigentlich ist das gar nicht Gott weiß wie überraschend: Du stöberst auf alten Friedhöfen herum, weil du ein Alter erreicht hast, in dem man die Natur des Todes begreifen will. Nein, das stimmt nicht ganz. Die Natur eines Geheimnisses kann man nicht begreifen, es wäre ja kein Geheimnis, wenn es eine Natur hätte. Richtiger muss man sagen: Du wolltest die Angst vor dem Tod begreifen und dich vielleicht dadurch für immer davon befreien. Oder wenigstens die Hoffnung schöpfen, dass das prin- zipiell möglich ist. So in etwa.

Aber alles der Reihe nach.

Da stehst du also am westlichen Abhang des Ölbergs gegen- über vom Tempelberg. Die Stadt Jerusalem zieht deinen Blick an, und du hast überhaupt keine Lust, dir den Friedhof anzu- sehen, um dessentwillen du von weither gekommen bist. Der

Friedhof gefällt dir überhaupt nicht. Er ist auch nicht darauf angelegt zu gefallen. Es gibt dort absolut nichts zu sehen, man kann sich kaum eine deprimierendere und leblosere Szenerie vorstellen als diese dürre Erde, den Müll und die flachen Steine.

Aber du gehst nicht gleich weg, um dich später nicht zu ärgern – du hast schließlich so lange gebraucht, um hierherzukommen. Und außerdem auch deshalb nicht, weil du zu spüren beginnst: In diesem Staub und Kehricht steckt eine Botschaft für dich ganz persönlich. Du versuchst eine Weile, sie zu entziffern. Du vergleichst: Er ähnelt dem Steingarten im Ryoanji-Tempel von Kyoto, in dem, egal, wo man sich hinsetzt, vierzehn Steine zu sehen sind, während der fünfzehnte immer im toten Winkel liegt. Und was soll das heißen? Dass das Nichts unbegreiflich ist? Oder ist es buchstäblich ein »toter Winkel«?

Nein, so ist es nicht.

Du strengst noch ein Weilchen deinen Kopf an, bis du den Gedanken an die Botschaft vergisst, dich einfach umschaust und dich an alles erinnerst, was du über diesen Friedhof vor der Reise gelesen hast. Und nach einer Weile hörst du auf, über die Vergangenheit zu grübeln, und beginnst, über die Zukunft nachzudenken.

Natürlich nicht sofort, keineswegs.

Also.

Was die Konzentration heiliger Orte betrifft, kann es der Ölberg mit dem gegenüberliegenden Tempelberg aufnehmen. Die Christen verehren ihn wegen des Gartens Gethsemane, wegen des Grabes der Jungfrau Maria und besonders deshalb, weil Jesus von diesem Hügel zum Himmel auffuhr. Für die Juden bedeuten die oben aufgeführten Heiligtümer nichts, dafür befinden sich aber hier über dem Josaphat-Tal die Grabmäler der Propheten und der größte jüdische Friedhof, in dessen Boden jeder fromme Jude ruhen will.

Der älteste Teil der berühmtesten Nekropole der Welt ist unten, in einer Schlucht, wo der wenig überzeugende Fluss Kidron fließt (ich habe ihn nicht gesehen – es wird behauptet, er sei mal da, mal weg). Dort stehen eine Reihe steinerner Mausoleen, von denen jedes seinen mythischen Bewohner und den entsprechenden Namen hat.

Hier die berühmtesten von ihnen.

In dem Grabmal mit einem konischen Dach soll der Königssohn begraben sein, der eine so wunderbare Haarpracht hatte, dass es heißt: *Vnd wenn man sein Heubt beschur (das geschach gemeiniglich alle jar / denn es war jm zu schweer / das mans abscheren muste) so wug sein Haubt har / zwey hundert sekel nach dem königlichen Gewicht.* Und Absalom erhob sich gegen seinen Vater, den König David, wurde im Kampf geschlagen und kam um, weil er mit seiner einzigartigen Haarpracht an einem Ast hängen blieb. Im Reiseführer steht, früher hätten die jüdischen und arabischen Bewohner Jerusalems ihre Ablehnung des respektlosen Sohnes dadurch zum Ausdruck gebracht, dass sie Steine in die Gruft warfen, aber das bodenlose Grab sei nie voll geworden.

Hier stimmt eigentlich gar nichts. In der Bibel heißt es: *VND sie namen Absalom vnd worffen jn in den Wald in eine grosse Gruben / vnd legten ein seer grossen hauffen Stein auff jn.* Die Gruft befindet sich keineswegs im Wald und stammt genauso wie auch die anderen Mausoleen eindeutig aus einer späteren Epoche, so dass der Königssohn hier nicht begraben sein kann.

Und auch Steine haben die Juden nicht hineingeworfen, vielmehr wurden diese alten Grabmäler von der sephardischen Gemeinde benutzt, um die heiligen Bücher, die ausrangiert werden mussten, feierlich zu begraben.

Aber in Palästina darf man nicht zu genau und pedantisch mit dem traditionellen Volksglauben umgehen, man riskiert sonst, ganz ohne Heiligtümer auskommen zu müssen. Die christliche sakrale Topographie stammt größtenteils aus der frühen byzantinischen Zeit, die jüdische entstand ein paar Jahrhunderte davor. Aber ist es denn im Endeffekt wirklich so wichtig, an welchem Ort sich Golgatha und Gethsemane genau befinden und wo wer begraben ist? Die Hauptsache ist doch, dass viele Generationen an die Wahrheit dieser Details der Heilsgeschichte geglaubt haben; und ein ehrlicher Glaube, der stark ist und sich schon über Jahrhunderte hält, tendiert dazu, nicht nur geistige Energie zu akkumulieren, sondern auch materielle Gestalt anzunehmen.

So siehst du zum Beispiel die roten Flecken, mit denen die Wände des würfelförmigen Grabmals des Propheten Zacharja bedeckt sind, und glaubst, das sei das getrocknete Blut der Jerusalemer, die von den Babyloniern ausgerottet wurden, denn eine Legende, die zweitausend Jahre alt ist, wagt man nicht anzuzweifeln. Der ruchlose Joas, König von Juda, ließ den Propheten steinigen, aber in seiner Todesstunde drohte Zacharja seinen Landsleuten eine schreckliche Rache an, die sie zum angekündigten Zeitpunkt tatsächlich auch heimsuchte.

Natürlich kann nicht die Rede davon sein, dass Zacharja tatsächlich in der Gruft liegt, die seinen Namen trägt, genauso wenig wie König Josaphat in der Josaphat-Gruft daneben liegt. Alle diese Namenszuschreibungen stammen aus dem Mittelalter. Für wen diese Mausoleen errichtet wurden, ist unbekannt. Als gesichert kann nur die Entstehung des Jakob-Grabs gelten, über dessen dorischen Säulen man im neunzehnten Jahrhundert eine halbverwitterte Inschrift fand, die besagte, dass die Gruft dem Priestergeschlecht Hesir gehörte.

Ich fuhr zwei Mal auf diesen Friedhof, im Abstand von einem halben Jahr. Beim ersten Mal bewegte ich mich von unten nach oben, von den alten Mausoleen zu den normalen Gräbern, die wie ein Amphitheater angeordnet sind. Diese Reihenfolge ist einleuchtend und chronologisch, aber falsch. Die berühmten Grabmäler haben nichts mit dem Geist und Sinn der Nekropole zu tun; sie führen den Besucher in die Irre, indem sie seine Aufmerksamkeit in die falsche Richtung lenken. Wenn du danach den eigentlichen Friedhof betrachtest, langweilst du dich nur und bist enttäuscht, zumal auch der Aufstieg auf den steilen Hang in der Hitze nicht gerade philosophisch stimmt. Beim ersten Mal habe ich den Friedhof nicht verstanden. Der erste Besuch schlug fehl, ich beschloss, ihn nicht zu zählen.

Als ich wieder auf dem Ölberg war, korrigierte ich den Fehler und bewegte mich bewusst von oben nach unten. Die Steinmützen der angeblichen Absaloms und Zacharjase versuchte ich ganz zu ignorieren, auch Jerusalem blendete ich so weit wie möglich aus.

Der obere Teil des Friedhofs erinnert an die Ausgrabungen einer antiken Stadt, von der nur noch die durch die Zeit beschädigten Umrisse der Mauern und Fundamente erhalten sind. Es liegen Steinscherben herum, Bruchstücke von Tafeln, haufenweise Schutt, etwas weiter entfernt treiben ausgezehrte, geschäftige Köter ihr Unwesen.

Ich hatte natürlich gehört, dass die Gräber von den Arabern

geschändet worden waren, während der Ölberg nicht der Verwaltung des neu gegründeten Staates Israel unterstand. Ein Teil der Tafeln wurde einfach zerschlagen, andere wurden in Jordanien als Straßenbelag benutzt. Aber mir wäre nicht im Traum eingefallen, dass sich in der Zeit, die seit 1967 ins Land gegangen war, keiner die Mühe gemacht haben sollte, die Spuren der Verwüstung zu beseitigen.

Der erste Eindruck war merkwürdig: Da stehst du in den geschändeten jüdischen Ruinen, oben sind die Dächer des arabischen Dorfes Silwan, unten das Panorama Jerusalems mit dem unerträglich in der Sonne blitzenden Felsendom. Und das soll der ersehnte Ort sein, wo die wahren Juden ihre Ruhestätte haben wollen?

Juden verschiedener Länder sparten ihr ganzes Leben, um im Alter nach Jerusalem »aufzusteigen« und hier zu sterben. Nach jüdischem Brauch werden die Toten schnell beerdigt, da fackelt man nicht lange; deshalb musste man in der Nähe des geliebten Friedhofs sterben. Keiner hätte den Leichnam übers Meer schaffen lassen, zumindest nicht, als es noch keine Flugzeuge gab.

Ein Jude fuhr also noch zu Lebzeiten in die Ewige Stadt, kaufte von den türkischen Behörden das Recht, sich eine Parzelle auszuwählen – je näher bei Zacharja, desto teurer, außerdem war noch wichtig, dass das Grab sich *im Schatten des Tempels* befand, das heißt, dass es bei Sonnenuntergang im Schatten des Tempelbergs lag. Dann lebte er die verbleibende Zeit (normalerweise nicht sonderlich lange, das erlaubte das harte Klima nicht), starb, und die Mitglieder der Beerdigungsbruderschaft Chewra Kadischa bestatteten den Glückspilz am selben Tag oder spätestens am folgenden in der heiligen Erde.

Der jüdische Glaube hat ein weniger klares Verhältnis zum Tod als das Christentum oder der Buddhismus. Was DANN sein wird, darüber lassen die religiösen Bücher nichts verlauten. Man hat den Eindruck, das interessiert die Juden nicht sonderlich. Trauer ist eine unjüdische Gattung. Man beerdigt hier nicht nur schnell, sondern stellt auch seinen Kummer nicht zur Schau. Es kam mir so vor, als sei dieser Friedhof nicht als Ort des Gedenkens und Weinens gedacht. Das ist verständlich: Wenn das Volk Israel seine Toten lange und leidenschaftlich beweint hätte, dann hätte ihm bei seiner Geschichte für nichts anderes mehr die Zeit und die Kraft gereicht. Für die Klage gibt es einen anderen Ort und einen anderen Grund: Trauern kann man auf dem gegenüberliegenden Hügel, an der Klagemauer, aber nicht um die Gestorbenen, sondern um die Zerstörung des Tempels.

Mich interessierten die Gestorbenen sehr viel mehr als der zerstörte Tempel. Schließlich drehte ich Jerusalem den Rücken zu, damit es mich nicht ablenkte. Das war richtig. Als ich nur die flachen, fast nicht zu unterscheidenden Grabsteine im Blickfeld hatte, konnte ich mir den Ölberg mit seinem ganzen dem Auge verborgenen Inhalt vorstellen: eine Million Skelette, die dicht beieinander liegen, viele Schichten übereinander; etwas tiefer alte Höhlengräber (es muss hier eine Unmenge geben); und noch tiefer, im Inneren des Berges, die unterirdischen Gänge, an deren Nähe den religiösen Juden so viel lag, dass sie ihr ganzes Leben dafür Geld gespart hatten. Im Buch Joel heißt es: *Ich wil alle Heiden zusamen bringen / vnd wil sie ins tal Josaphat hinab füren / vnd wil mit jnen daselbs rechten ...* Am Jüngsten Tag werden die Toten der ganzen Welt durch die engen und dunklen Gänge des Ölbergs hierher, ins Tal, hinabsteigen. Und dann wird der Herr auf der Höhe stehen, neben der heutigen

Himmelfahrtskirche, und der Berg wird sich spalten, und Myriaden Entschlafener werden auferstehen, und über alle Menschen wird Gericht gehalten werden.

Die Friedhöfe, die ich für mein Buch ausgewählt habe, haben etwas gemeinsam, was für mich sehr wesentlich ist: Sie haben entweder überhaupt keine neuen Gräber, oder diese sind deutlich in der Minderheit. Mein Untersuchungsobjekt sind nicht die blutenden Wunden, sondern die zugewachsenen Narben, nicht der Schmerz des Verlusts, sondern der von der Patina der Zeit bedeckte und darum nicht mehr nach Zersetzung riechende Tod. Ich betrat die Friedhöfe nicht, um Mitleid zu haben und zu erschrecken, sondern um das zu verstehen, was ich vorher nicht verstanden hatte. Ein paarmal geschah es, dass ein alter Friedhof, der sich zunächst gut für meine Ziele zu eignen schien, mich mit seinen Grabkränzen und einer trauernden Gestalt an einem frisch ausgehobenen Grabhügel abschreckte – dann ging ich schnell fort, denn ich wusste, dass mir dieser Ort nicht passt, weil der scharfe Geruch der Tragödie und des Schreckens dort alles dominiert.

Der Ölberg ist die einzige Ausnahme. Er ist kein historisches Kulturdenkmal, sondern ein ganz aktives Mitglied der rituellen kommunalen Wirtschaft Israels (oder wie man das dort nennt); der Anteil der neuen Bestattungen ist recht hoch, aber erstaunlicherweise hat meine feine Nase keinerlei abschreckende Aromen in der Luft aufgeschnappt.

Hier hat man keine Angst vor dem Tod, wurde mir auf einmal klar. Und zwar nicht deshalb, weil er zu lange her ist wie auf dem Alten Donskoje oder in Highgate, sondern *man hat einfach keine Angst und basta.*

Ob es an ihrer Zufriedenheit mit sich selbst liegt? Während die anderen Völker durch die engen, unterirdischen Labyrinthe hierher ziehen müssen, haben die hiesigen Verstorbenen schon die besten Plätze besetzt, haben sich sozusagen bereits im Parterre niedergelassen.

Nein, mit Selbstzufriedenheit hat das nichts zu tun. Das kann man eher vom Nowodewitschje-Friedhof sagen, auf dem zu liegen als würdige Vollendung einer sowjetischen Nomenklaturakarriere galt. Da ist alles Show: die Blaufichten, die riesigen Denkmäler, die protzigen goldenen Buchstaben und die Kriegstechnik auf den Sarkophagen der Marschälle.

Während der Ölberg überhaupt nichts Pompöses hat. Keinerlei schöne Skulpturen. Am Grab ist nicht zu erkennen, ob derjenige, der hier begraben ist, arm oder reich war, berühmt oder unbekannt ist. Es fehlt die obligatorische Borte aus Bäumen und Sträuchern, überall nur nackte Erde und Steine, biblischer *Staub und Asche.* Das liegt keineswegs an der Unfruchtbarkeit des Bodens – es gibt im Umkreis so viel Grün, wie du willst, aber es sprießt nur außerhalb des Friedhofs. Die Ödnis und Unansehnlichkeit ist also geplant, sie ist Absicht.

Der Friedhof ist schlecht geeignet, um ihn mit der ganzen Familie zu besuchen, alle in schwarzen Anzügen und strengen Kleidern wie in Japan, mit Blumen und Wein wie in Italien oder mit Papiersträußen und Wodka wie in Russland. Andere Nekropolen existieren, damit die Lebenden die Toten möglichst lange nicht vergessen und ihre Gräber möglichst oft besuchen. Andere, dieser nicht. Sogar im unteren Teil, der relativ in Ordnung gehalten wird, gibt es kaum Wege, und Bänke habe ich überhaupt keine entdeckt. Die Grabsteine sind sichtlich nicht für die Ewigkeit bestimmt – in fünfzig, allerhöchstens in hundert

Jahren sind sie in der Erde versunken oder zerborsten. Die flach eingemeißelten Buchstaben werden noch früher verschwunden sein. Na, und wenn schon, das macht nichts. Was allein zählt, ist, dass du hier liegst, dass du einen Platz direkt an der Tür hast und, wenn der Empfang beginnt, einer der Ersten sein wirst.

Die hiesigen Verstorbenen legen keinen Wert auf Lappalien wie die Aufmerksamkeit von Verwandten und Nachfahren. Sie haben eine ernste Beschäftigung: Sie liegen da und warten.

Mir ging auf: Dieser Friedhof ist einfach ein riesiger Wartesaal, wo sie ruhig und zuversichtlich warten. Warum zuversichtlich? Weil hier Juden begraben sind, die erfüllt sind vom Gefühl eines richtig gelebten Lebens. Wenn ein Mensch Gründe hat, das Gottesgericht zu fürchten, würde er dann wohl einen Platz in den ersten Reihen besetzen? Die Verstorbenen des Ölbergs trauern über nichts und haben keine Angst vor etwas.

Als ich das verstanden hatte, wurde ich erst neidisch. Und dann hörte ich auf, an die Vergangenheit zu denken, und dachte über die Zukunft nach, wenn alle Friedhöfe diesem ähnlich sein werden. Nicht dem Aussehen nach (da sei Gott vor), sondern dem Sinn und der Stimmung nach.

Das wird dann geschehen, wenn die Menschheit sich ihren wichtigsten Traum erfüllt hat, auch wenn die Menschen, die zur Verwirklichung dieses Traumes beitrugen, ganz andere Ziele hatten.

Der wichtigste Traum der Menschheit ist, die Angst vor dem Tod und damit auch alle anderen Ängste loszuwerden. Das heißt nicht, den Tod ganz abzuschaffen, sondern nur den unerwarteten, unvorhersehbaren und vorzeitigen, der den Menschen überfällt, wenn er das Leben noch nicht satt hat und seine Bestimmung noch nicht erfüllt hat. *Den Tod in unsere Gewalt bekommen,* das ist der Motor für die Wissenschaft, den Fortschritt und das gesellschaftliche Denken.

Angenommen, das Ziel wird erreicht: Dem Menschen droht weder der Tod durch eine Krankheit (sie sind alle besiegt) noch durch Gewalt (Kriege und Verbrechen gibt es nicht mehr) noch durch eine Naturkatastrophe (die man prognostizieren und vorher unschädlich machen kann) noch durch einen Unfall (wie das, weiß ich nicht). Wenn der Tod keine Angst mehr macht und nicht mehr als ein Übel angesehen wird – dann kann man der Ansicht sein, die Menschheit habe ihren Weg glücklich vollendet und sei in den Garten Eden zurückgekehrt.

Jeder wird selbst beschließen, ob er genug hat, ob er sich zur Ruhe betten, ob er auf den Ölberg will – weil der Mensch, wie eine Ähre voll Korn, vom Leben voll ist und lebensmüde. Ein solcher Tod wird nicht widernatürlich oder tragisch sein, dann hat der König Salomo recht, wenn er sagt: *Vnd der tag des Tods / wird besser sein denn der tag der Geburt.*

Wenn ich den Sinn der jüdischen Religion richtig verstehe, dann geht es ihr immer darum: so lange wie möglich und nach den Regeln (das heißt richtig) zu leben, um dann *mit dem Gefühl einer tiefen Zufriedenheit* zu sterben. Und in Ruhe in einem Grab zu liegen mit Blick auf den Ölberg und ohne Zittern das Gericht zu erwarten, das vielleicht für jemand anders schrecklich ist, nur nicht für uns.

Happyend

»Hör mal, was im ›Wissenschaftlichen Bulletin‹ steht«, sagte der Uralte Schriftsteller. So lebhaft hatte seine Frau den Uralten Schriftsteller schon lange nicht mehr gesehen. Genauer: seit er sein letztes Buch, das hundertfünfzigste, abgeschlossen und erklärt hatte, er werde nicht mehr schreiben, die Tinte in seinem Inneren sei verbraucht. »Nein, hör doch mal! Die Japaner haben eine Studie über die psychophysiologischen Aspekte des *Shinju* durchgeführt, na, du weißt schon, über den Doppelselbstmord von Verliebten. Sie haben schriftliche Zeugnisse und Chroniken analysiert und alte Gräber geöffnet.«

»Was denn für Gräber?«, unterbrach sie, wohlweislich ahnend, worauf er hinauswollte. In den hundertzwei Jahren, die sie zusammenlebten, hatte sie Gott sei Dank gelernt, ihren Mann nach einem halben Wort oder ganz ohne Worte zu verstehen, und außerdem redete der Uralte Schriftsteller in der letzten Zeit nur von einem. »Was können die Japaner denn für Gräber haben, wo sie doch Buddhisten sind und ihre Verstorbenen immer verbrannten?«

»Da kommst du an und willst mich über Japan belehren, du Enzyklopädistin«, unterbrach er sie. »Bis zum zwanzigsten Jahrhundert hat man dort nur die Priester und Verstorbenen aus wohlhabenden Familien verbrannt, alle anderen bestattete man in der Erde. Wenn mich mein Gedächtnis nicht trügt, lag der Anteil der Feuerbestattungen am Ende der Meiji-Zeit lediglich bei 29,8 Prozent.«

Das Gedächtnis trog den Uralten Schriftsteller natürlich nicht. Nach dem Nooregenerationskurs funktionierte es besser als in seiner Jugend. Er hatte diese Therapie vor vierzehn Jahren durchlaufen, konnte sich aber immer noch nicht an die Ergebnisse gewöhnen und brüstete sich in einer Tour mit irgendwelchen Zahlen, Daten und Zitaten. Genauso war es vor einem halben Jahrhundert gewesen, als man ihm schneeweiße Zähne implantiert hatte, da hatte er vor Freude so exzessiv gelächelt, dass er sofort zwei sehr tiefe Nasenlippenfalten bekam und wie ein Orang-Utan aussah. Man hatte diese hässlichen Falten schließlich mühevoll entfernen müssen.

»Hör mal zu und unterbrich mich nicht. Chroniken und Exhumierungen, darauf kommt es nicht an. Die Hauptsache ist etwas anderes: Die Japaner haben sorgfältig die Angaben und Psychogramme gescheiterter Selbstmörder studiert, das heißt derer, die durch das Stadium des klinischen Todes gegangen sind und dann wieder zum Leben erweckt wurden. All diese Angaben hat man seit Beginn dieses Jahrhunderts aufbewahrt, als die Gelehrten sich zum ersten Mal ernstlich für die Metamorphosen des Bewusstseins jenseits des biologischen Lebensendes zu interessieren begannen. Weißt du noch, in den Zwanzigern war diese Richtung in der Wissenschaft sehr angesagt.«

»Nein, in den Zwanzigern stritten alle um die Gesetze des Klonens, sie brachten einander fast um.« Die Frau des Uralten Schriftstellers strich sich vor dem Spiegel über ihre Locken und schielte in die linke Ecke des Trumeaus, um auszuschließen, dass sie ein Doppelkinn hatte. Nein, kein bisschen. Da sieht man, was eine gute Klinik bewirkt.

»Weißt du noch, wie sie rasten. Sie hätten dich fast zerrissen. O Gott, wie furchtbar das war!«

»Wie wunderbar das war«, seufzte der Mann. »Wenn man sich vorstellt, dass es eine Zeit gegeben hat, wo die Leute sich wegen unterschiedlicher Meinungen spinnefeind waren. Aber du hast mich schon wieder unterbrochen. Ich meinte nicht die Politik, sondern die Medizin. In den Zwanzigern verlangten auf einmal alle nicht religiöse, sondern wissenschaftliche Informationen über das Leben nach dem Tod. Weißt du noch, wie viele Artikel, Bücher und Filme es gab?«

»Ja, ich weiß, ich weiß. Und dann entdeckten sie diesen Tunnel und das dahinter leuchtende Licht und kamen keinen Schritt weiter.«

»Regeneration ist ja schön und gut, aber am Altern führt kein Weg vorbei«, dachte sie. »Wir wiederholen ständig ein und dasselbe, erzählen einander Dinge, die uns beiden längst bekannt sind. Er hat recht: *Alles ist schon da gewesen.*«

»Ja, ja«, sagte der Uralte Schriftsteller, erregt durchs Zimmer gehend, »damit war das Ende der Glaubwürdigkeit erreicht, es folgten bloße Hypothesen, so dass man sich distanzieren musste. Auch die Wissenschaft hat ihre Grenzen. Aber weißt du, was Professor Shinigami herausgefunden hat, als er die Materialien der zwanziger Jahre durchsah? Bei einem Shinju *steigt die Seele nicht allein durch den schwarzen Tunnel*, sondern zu zweit. Verstehst du, zu zweit! Die Historiker versichern, die mittelalterlichen Japaner wussten das. Deshalb praktizierten sie auch Doppelselbstmorde. Sie glaubten, beim gleichzeitigen Tod zweier sehr vertrauter Menschen, *vereinter Seelen*, bleiben diese auch nach der Wiedergeburt zusammen. Das ist der Sinn all dieser Selbstmorde in Sonezaki und auf der Insel der Himmelsnetze, nicht die Flucht vor der Ausweglosigkeit des Lebens! Die Wissenschaftler der zwanziger Jahre haben sich nicht speziell mit den Doppelselbstmorden beschäftigt, sie interessierte die generelle Erfahrung nach dem Tod. Den Angaben von Beteiligten am Shinju, die einen *gemeinsamen Flug* erwähnten, maßen sie keine Bedeutung bei und werteten sie als Halluzinationen. Professor Shinigami dagegen untersuchte nur die Shinju, verglich die Daten und analysierte diese. Die Erfahrung, sich *zusammengehörig* zu fühlen, machten siebenunddreißig Prozent der Fälle!«

Die Frau des Uralten Schriftstellers nahm die Gießkanne, goss die Blumen und tat so, als ob sie seine Worte nicht im Mindesten beeindruckten.

»Und warum erzählst du mir das? Was soll mich daran reizen, dass sich deine halbverrückten Japaner zusammengehörig fühlen?«

Obwohl es sie selbst durchaus reizte. Ein Flug zu zweit?

»Und dann, was heißt schon siebenunddreißig Prozent?«, sagte sie nüchtern. »Ein Drittel. Und wenn wir uns beide dann auf einmal nicht mehr zusammengehörig fühlen, sondern bei den restlichen zwei Dritteln sind? Das ist ja schließlich kein Roulette, wo du auf die falsche Zahl gesetzt hast und darauf pfeifst.«

Der Uralte Schriftsteller sprach einschmeichelnd und samtweich: »Vergiss bitte nicht, dass die verliebten Selbstmörder am Anfang des Jahrhunderts noch junge Leute waren, sie waren allenfalls knapp über sechzig, wenn ich dich daran erinnern darf. Was ist das schon für ein Alter? Und dann, Leidenschaft, das ist noch keine Liebe. Und schon gar nicht ein Zusammenleben über hundertzwei Jahre. Du und ich, wir haben uns längst in siamesische Zwillinge verwandelt, uns kann kein Tunnel voneinander trennen ... Du hast es mir doch versprochen und dein Wort gegeben! An Neujahr, weißt du noch?«

»Das ist mir doch egal, was ich versprochen habe«, sagte sie und wandte sich ab, um die Blätter der Tradescantia genau zu inspizieren; sie waren dabei zu vertrocknen, so schien es. »Da hast du eine alte Frau mit Sekt betrunken gemacht und ihr die Ohren vollgesäuselt. Und dass ich mein Wort gegeben hätte, daran erinnere ich mich gar nicht.«

»Wie? Du hast doch gesagt: ›Lass uns warten, bis die Iris im Garten blühen, dann ja.‹ Deine Iris sind schon verblüht. Du hast dich an ihnen gar nicht besonders gefreut. Du hast gesagt: ›Soll ich an ihrer Stelle Orchideen anpflanzen?‹ Und dann ist dir eingefallen, dass du schon einmal Orchideen hattest, vor der Kakteen-Phase. Alles ist schon einmal da gewesen, Mädchen. Alles. Meine Güte, man schämt sich auf der Welt zu leben, wenn alles das zehnte Mal geschieht. Dort, auf der anderen Seite, lockt ein Licht. Es erwartet uns sehnsüchtig, ich spüre das, ach, wie ich das spüre! Wir fliegen zusammen dahin, und wenn wir beieinander sind, wird es nicht schrecklich sein.«

»Aber die Wissenschaft hat doch nicht herausgefunden,

was das für ein Licht auf der anderen Seite des Tunnels ist. Und wenn es nun etwas Schreckliches ist?«, sagte die Frau des Uralten Schriftstellers, die anfing nachzugeben, weil sie immer nachgab, wenn er mit *dieser* Stimme zu ihr sprach – sie hatte in den hundertzwei Jahren nichts dazugelernt, die dumme alte Gans.

»Was kann an einem leuchtenden Licht denn schrecklich sein? Weißt du noch, wie die Augenzeugen – Menschen, die von dort zurückgekehrt sind – die Begeisterung beschrieben haben, die ihr ganzes Wesen erfasste? Und dann ...« – in den fahlen Augen des Uralten Schriftstellers blitzten Funken, was sie schon viele, viele Jahre nicht mehr gesehen hatte – »das Schreckliche, das ist doch so interessant! Mit dir und mir ist entsetzlich lange nichts Schreckliches geschehen! Stell dir mal vor, wir beide kommen in einen strahlenden Palast, und eine Stimme donnert drohend: ›Na, ihr Lieben, jetzt müsst ihr mir für alles Rede und Antwort stehen!‹«

Und er ließ einen hustenden Lacher ertönen und verdarb damit alles.

»Du mit deinen idiotischen Gesprächen«, schnitt sie ihm das Wort ab. »Du würdest besser die Welpen füttern gehen. Erst züchtest du das Viehzeug, und dann drückst du dich.«

Und der Uralte Schriftsteller ging mit unübersehbarem Widerwillen zum Hundezwinger. Früher hatte er sich stundenlang mit den Hunden abgegeben, früher hatte man ihn von da nicht wegbekommen. Wie er sich gefreut hatte, wenn die neuen Welpen zur Welt kamen ...

Sie ging mit einem Buch auf die Veranda. Halb vier, erst

halb vier. Die Tage waren unendlich lang geworden, denn sie brauchte jetzt nur drei Stunden Schlaf, und zu tun hatte sie eigentlich nichts, außer den Dingen, die man sich selbst ausdenkt. Alle Angelegenheiten waren längst erledigt, alle Ziele waren erreicht. Und die Kinder? Lachhaft, sie Kinder zu nennen. Sie waren über hundert. Für die Mutter war das damals eine äußerst schwierige psychologische Hürde gewesen, aber die Kinder gehörten zu einer anderen Generation, ihnen machte nichts mehr etwas aus. Die Enkel ähnelten ihr und ihrem Mann schon eher. Ist es nicht seltsam, dass man sich mit den Enkeln sehr viel mehr abgibt als damals mit den eigenen Kindern? Für die Urenkel reicht die Energie nicht mehr. Und für die Ururenkel erst recht nicht. Und was die Ururur... Hier verhedderte sich die Frau des Uralten Schriftstellers und kam mit den Präfixen durcheinander. Oder ist »ur« gar kein Präfix? Ach, ist doch egal.

Sie schlug das Buch »Nicholas Nickleby« auf. Wohl zum tausendsten Mal. Sie hatte schon lange keine neue Literatur mehr gelesen, sondern nahm sich immer wieder die alte vor. Nicht um in das Leben der wohlbekannten Helden einzutauchen, sondern um die alten Empfindungen wieder aufleben zu lassen. Doch auch dieses Vergnügen wurde sie leid, und es schwand, obwohl sie jetzt so weit waren, die Bücher genauso wie in ihrer Kindheit herauszugeben: mit einem echten Buchrücken, und der Bildschirm fürs Auge und sogar für die Finger ganz wie eine Papierseite gestaltet.

Tropf, tropf!

Ein heller, durchsichtiger Klang war zu hören.

Sie hob zerstreut den Kopf. Unter der Dachrinne stand

ein breiter Kupfertopf, in dem Blumenblätter schwammen. Einmal, vor wer weiß wie vielen Jahren, hatte sie in einem japanischen Tempel gesehen, wie die Gärtner die heruntergefallenen Blütenblätter der Sakura nicht auffegten, sondern sie sammelten und in Kübel mit Wasser schütteten. Sie machte in ihrem Garten dasselbe. Früher, weil sie es schön fand, in den letzten Jahren einfach aus Gewohnheit. Na, Wasser mit bunten Blättern eben.

Sie stellte die Schrift größer und drückte auf eine Taste, um die Seite umzublättern.

Tropf!

Es hatte nachts geregnet, aus der Dachrinne träufelten immer wieder späte Tropfen. Der Kupfertopf war voll bis zum äußersten Rand, aber das Wasser floss nicht über – es blähte sich, überragte das Gefäß wie eine glitzernde Kuppel, aber floss nicht ab. Genauso hatte sich der Ozean am Horizont gekrümmt, als sie zum ersten Mal eine Weltreise gemacht hatten. Und der Klang des Tropfens war auch etwas sehr Bekanntes. Ach ja, sie hatten sich bei Pskow vor dem Regen in einer verlassenen Kirche versteckt. Ihnen war das Benzin ausgegangen, sie vertraten sich die Beine und wurden auf einmal von einem kurzen Wolkenbruch überrascht. Ein lustiges, vergessenes Wort: *Benzin* ... Ach, nein, das war in Venedig gewesen, zweiundneunzig. Der Kran im Badezimmer hatte getropft, war ihnen aber nicht auf die Nerven gegangen, weil sie jung und das erste Mal in Venedig gewesen waren. Sie war jedes Mal aufgewacht, wenn aus dem Badezimmer der leise Laut eines Tropfens zu ihr drang, und glücklich wieder eingeschlafen.

Tropf!

Vom Rand des Messingtopfs löste sich ein feines Rinnsal und schlängelte sich die unebene, rötliche Oberfläche hinunter.

Und ganz ruhig und träge kam ihr der Gedanke: Doch, es ist, glaub' ich, Zeit.

1999–2004

Inhaltsverzeichnis